溯梦『唯美中国』

——华文文学与『文化中国』

SU MENG
WEIMEI
ZHONGGUO

沈庆利◎著

巴蜀书社

图书在版编目(CIP)数据

溯梦"唯美中国"——华文文学与"文化中国"/沈庆利著.
—成都:巴蜀书社,2018.5
ISBN 978-7-5531-0962-6

Ⅰ.①溯… Ⅱ.①沈… Ⅲ.①华文文学—文学研究—世界 Ⅳ.①I106

中国版本图书馆 CIP 数据核字(2018)第 073319 号

溯梦"唯美中国"
——华文文学与"文化中国" 沈庆利 著

责任编辑	李 蓓
出　　版	巴蜀书社 成都市槐树街 2 号　邮编 610031 总编室电话:(028)86259397
网　　址	www.bsbook.com
发　　行	巴蜀书社 发行科电话:(028)86259422　86259423
经　　销	新华书店
照　　排	成都完美科技有限责任公司
印　　刷	四川五洲彩印有限责任公司(028)85011398
版　　次	2018 年 5 月第 1 版
印　　次	2018 年 5 月第 1 次印刷
成品尺寸	210mm×148mm
印　　张	10.375
字　　数	250 千
书　　号	ISBN 978-7-5531-0962-6
定　　价	30.00 元

本书若有印装质量问题,请与工厂调换

目　录

S H A N G B I A N

上　编

文化历史中的“文化中国”

WENHUA LISHI ZHONGDE WENHUA ZHONGGUO

第一章
“海外”语境下的“文化中国”

近年来，“文化中国”一词逐渐进入社会公众视野，借助于新闻出版、影视与网络传媒，该词不仅成为一个令人耳目一新又耳熟能详的时尚“关键词”，也变身为备受社会文化界、商界和网络传媒所“宠爱”的“热词”之一；一系列以“文化中国”命名的网站、影视讲坛节目和商业机构也相继涌现。这充分显示出“文化中国”作为一个体现着五千年中华文明之象征内涵的文化符号所具有的鲜活性、生动性、时代性以及丰富性。不过，随着“文化中国”越来越被传媒界和商界所“青睐”，原本附丽于这一概念之上的独特深邃的文化哲理内涵，以及它所寄托的海内外精英知识分子的复杂情怀与内心衷曲，却被大大冲淡甚至扭曲了。有感于此，笔者试图以杜维明、唐君毅等中国台、港暨海外学者关于“文化中国”的论述为中心，对“文化中国”进行“追本溯源”式的理论廓清，并初步探讨一下这一概念所隐含的多重文化心理特征，以及对于当代中国文化建设的积极意义。

一、“文化中国”概念由来

根据学者考证，作为固定概念的“文化中国”一词，最初来自20世纪70年代末一群到中国台湾留学的马来西亚“华侨生”，其中一位就是后来移居到香港并以通俗小说流行于世的温瑞安。这群华侨生十分眷恋自己的祖国和传统中华文明，他们心系大陆神州却无法回到祖国内地，只好选择到台湾学习。正是在台湾学习期间，他们创办了一个名为《青年中国》的杂志。该杂志创刊号即以“青年中国”为题，具有明显效仿“五四”时期陈独秀创办《新青年》杂志之意；第二期以“历史中国”为题；出版于1979年11月的该杂志第三期，便是以“文化中国”为题刊发的，主要内容包括“建立文化大国专题”“神州文化推广专文”等，据说这是有据可考的最早的对“文化中国”之术语的使用①。时隔6年后的1985年，台湾学者韦政通作为《中国论坛》半月刊杂志编委会的召集人，策划筹办了以“海峡两岸学术研究的发展”为主题的专号，并召集两岸学者举办了一次意义非常的学术座谈会。韦先生在那次座谈会的《约稿函》中写道：“自从1949年以来，海峡两岸学术研究即分别在两种政体下各自发展，影响所及，不只方法论大有差异，亦形成不同的风貌。唯基于文化中国的立场，双方学术研究发展各有特殊意义，殊值重视。”② 这被认为是陆港台学术界首次使用“文化中国”这一概念，随后逐渐为其他学界同仁所沿用。20世纪80年代，台湾著名学者傅伟勋教授曾5次以

① 参见张宏敏：《“文化中国”概念溯源》，《文化学刊》2010年第1期。

② 参见张宏敏：《“文化中国”概念溯源》，《文化学刊》2010年第1期。

“文化中国与中国文化”为主题，在中国大陆发表演讲，对当时的中国大陆学界产生了颇具震撼力的影响。而在探讨与宣扬“文化中国”的海内外学者中，用心最深、同时也是理论建树最多的一位，则是美国哈佛大学教授杜维明先生。自1990年开始，他先后在美国夏威夷东西文化中心、普林斯顿中国学社等西方学术重镇，围绕“文化中国”这一课题进行过数次演讲与讨论，大力宣扬“文化中国”，在英语世界引起了热烈反响。1999年，杜教授在台湾出版了《文化中国的认知与关怀》一书，收集荟萃了他多年来对“文化中国”的思考和学术讨论成果，称得上是“文化中国”相关理论探讨之初步成熟的重要标志。

依照杜维明教授的界定，“文化中国”可划分为三个层次不同却彼此关联的“意义世界”。第一个意义世界由中国大陆、香港、台湾和新加坡等国家和地区组成。这一意义世界中的四个成员地区虽然在经济发展、政治制度和社会组织等领域各有分歧，却拥有“共同的族性、语言、历史和世界观”[①]。一些学者如余英时等人，曾主张“文化中国”的“第一意义世界”只能由中国大陆“独自担当”。但这过于强调政治文化和意识形态分野的看法，显然有违于杜教授所主张的化解意识形态分歧、整合中华文明之“精神意义世界”的初衷。杜维明所强调的“文化中国”绝非只是一个政治文化的观念，更是一个“精神意义世界的观念”[②]。第二个意义世界是散布于世界各地，

① 杜维明：《文化中国：以外缘为中心》，《杜维明文集》第五卷，武汉出版社2002年版，第391页。

② 杜维明：《关于文化中国的涵义》，《杜维明文集》第五卷，第409页。

“包括东亚、东南亚、南亚、太平洋地带乃至北美、欧洲、拉美、非洲等世界各地的华人社会”。作为中华民族的“离散族裔”，这一意义世界虽然在人数上与第一意义世界的主体社会相距甚远，却涉及更为广阔而复杂的空间地域，同时也是中华民族“走向世界”，与异域各国尤其是西方主流社会互相沟通、彼此关联的不可或缺的重要桥梁。相对而言，杜维明对“文化中国”第三个意义世界的划分则引起了更大的争议。因为它包括了“所有在国际上从事中国研究以及关切中国文化的学人、知识分子、自由作家、媒体从业人员，乃至一般读者和听众”[①]。由此而来，那些出身于不同国界、操着不同语言的国际汉学家，以及与中华民族既无血缘又无婚姻关系，仅仅喜爱或者关切中华文化之历史与未来的国际普通人士、政府官员等，也统统被纳入了“文化中国”的范畴。这虽然为“文化中国”增加了一个较为晦暗模糊的边缘区域或“中间地带”，或许会在某种程度上淡化“文化中国”的文化心理属性，但由此也大大延伸并丰富了“文化中国”的多重内涵，有助于这一概念在国际社会产生更加广阔的辐射力和影响力。迄今为止，杜维明教授对“文化中国”三个“意义世界”或“象征世界”的界定与划分，依然是海内外学术界对“文化中国”最具权威性，同时也是最有代表性的界定和解说。

二、“文化中国”的文化心理特征

以杜维明教授对“文化中国”的论述为中心稍作考察，不

① 杜维明：《关于文化中国的涵义》，《杜维明文集》第五卷，第411页。

难发现这一概念本身具有超越性、批判性、对话性、兼容性、全球性和想象性（虚拟性，或曰梦幻性）等几个明显的特征。“文化中国”的提出，本身就含有一种“观察问题的超越精神”[①]。正如杜维明所说，他希望借助这一概念能够超出特殊的地域、国籍、种族乃至语言的束缚，以一种学术与文化的超越精神重新看待和思考现代中国的各种问题。这种超越精神既得益于海外华人学者所秉承的“文化比政治更永久，学术乃天下之公器”一类的传统士大夫情怀，一种以文化传统包容并超越现实社会政治的胸襟和抱负，同时也与他们长期受到西方现代文明的浸染而形成的独立批判性人格不可分割。正是基于这种彻底的独立批判精神，这些海外华人学者才一再强调不应将“文化中国”的提出与倡导简单地理解为对中华传统文化的复兴。相反，在他们看来，更为重要和紧迫的任务应是如何继承与发扬“五四”新文化运动和“五四”知识精英的理性反思精神。只不过这种反思精神既包括对中华传统文化的批判与扬弃，又包含着对理性主义、启蒙主义、实证主义和社会达尔文主义等西方思想理论的批判反思；不仅要对中华中心观念给予持久的批判和否定，同时也应对当今世界普遍流行的习焉不察的西方中心主义观念保持清醒的警惕性头脑。要做到这一点，最重要的是在海内外华人知识分子中形成一种“具有批判意义的自我意识”，真正站到启蒙心态的高度去化解启蒙心态，在继承“五四”新文化传统的基础之上进一步超越“五四”[②]。

---

① 杜维明：《关于“文化中国”与儒学发展》，《杜维明文集》第五卷，第418页。

② 杜维明：《关于文化中国的涵义》，《杜维明文集》第五卷，第412页。

按照杜维明等人的界定，“文化中国”还是一种话语平台或“话语社群”，其建构目的乃是希望通过对话与沟通，尤其是以“沟通理性”为主要方式，逐步消解“因不同语言（如闽南话、广东话、上海话和北京话）、不同地域、不同信仰，乃至性别、年龄、职业或阶层而引发的异化感”。只有“（不同）语言、地域和信仰，乃至性别、年龄、职业或阶层之间”的对话和沟通，才是“文化中国”这个话语社群“结善缘、积功德的康庄大道”①。诚哉斯言，如果我们真正做到以对话代替冲突，以交流化解误会，那么不论在“文化中国”内部还是“文化中国”之外的世界各地，都能变得更加和谐安定。而对话各方的彼此平等、相互尊重、坦诚相待以及诉诸理性，则直接决定着“文化中国”这一交流平台的广度与深度。当然，此种对话性、交流性又与它的兼容性乃至全球性特征融为一体。“文化中国”的提出与倡导，虽然离不开海外华人知识分子为家国天下谋福祉的传统士大夫情怀，却与狭隘的民族主义和“单元的文化沙文主义”有本质区别。正如杜维明教授所说：“我们真切地体认到中国人的觉醒和觉悟绝不能重蹈帝国主义霸权心态的覆辙，不能以暴易暴或用亚太的黄色取代欧美的白色而横行霸道。”即使有一天，中华民族真的在全球政治和经济领域中担当起了领导角色，也“必须联合世界各地的弱小民族，为他们安排合情合理的生存条件，并以此为基础结合东南西北的各种民族，形成真正具有代表性的人类的生命共同体”②。正所谓“海纳百川、有容乃大”，吸纳了不同地区、不同族群、不

① 杜维明：《培育“文化中国”》，《杜维明文集》第五卷，第429页。

② 杜维明：《培育“文化中国”》，《杜维明文集》第五卷，第428页。

同历史文化传统的“文化中国”概念，不仅是古老中国内部传统与现代两种势力之间相互对话的产物，更应成为中华文明与西方文明等其他世界文明相互交流的纽带与桥梁。这样一个由不同意义、不同价值观念和象征符号所组成的话语社群或交流平台，对于化解当今世界不同文明传统和地区国家之间的纷争，消除因价值观念和意识形态而造成的误会、隔膜、偏见乃至仇恨等“偏狭的激情”，无疑有重要意义。

作为话语社群或话语平台的“文化中国”，其人文想象性的特征同样不容忽视。在“中国”之前冠以“文化”二字，“就是为了突出价值理念，强调人文反思，使得中国也成为超越特定的族群、地域和语言含意的想象社群”①。可见想象性、梦幻性或者说虚拟性，应是“文化中国”最本质的属性之一。杜维明甚至坦言“这个社群目前只是想象中的空中楼阁，并没有经验意义的实质内涵”②。然而，如同任何事物都有既对立统一又相辅相成的双面特征一样，既能想象，便有“从梦想变为现实”的可能，“文化中国”作为一个“从想象逐步落实到日常生活中”的“话语社群”③，绝非是一个空洞虚泛的学术命题，而是有着深刻的实质意义和广泛的社会政治意味。它相当典型地体现了一定的政治性、在地性（地域性）和社会现实性，尤其体现了中国台、港暨海外华人知识分子追寻民族自我认同，寻求和重建中华文明的不懈努力；它还集中表达了全球

① 杜维明：《减少内耗 加强协力——“文化中国”知识分子的自处之道》，《杜维明文集》第五卷，第439页。

② 杜维明：《培育“文化中国”》，《杜维明文集》第五卷，第428页。

③ 杜维明：《培育“文化中国”》，《杜维明文集》第五卷，第428页。

华人企盼祖国繁荣富强、实现民族中兴的美好心愿，以及散居在世界各地的华人族群以祖国为依靠，期冀不断加强内部联系，减少内耗，团结互助，促进文化心理一体化的共同愿望。而以文化想象的方式建构一个具有世界意义的“中国”，当然也并非空穴来风或“天方夜谭”，而是以深厚的社会历史和共同的文化心理属性为坚实基础的。文化如水，至弱至柔以至无形，但在另一方面，只要假以时日，“水滴”也能“石穿”。文化的无用之用恰恰可以成就社会政治、军事霸权所无法承担的社会历史之“大用”。

三、“文化中国”的“海外”历史渊源

“文化中国”最先由一群马来西亚“华侨生”提出，并逐渐得到中国台、港暨海外华人知识分子的认同与发挥，这绝非偶然现象，而是与他们长期“孤悬海外”[①] 的特殊政治处境，以及流散到异域他乡之后难以排遣的故国情怀密切相关。中国历史上的宋、元及明、清时期，都曾持续出现面向东南亚等地的移民活动。但这些民间自发的移民活动并不像西方殖民者那样常常受到国王的派遣或资助，每到一个新地点，就代表本国政府插上国旗，宣称脚下的土地归自己的“国王陛下”所有。与之形成鲜明对照的，是当年的康熙皇帝将那些背井离乡的中国移民称为“天朝弃民”。可即使是被“天朝”抛弃，或是为了躲避“天朝”的战乱与迫害而流亡海外，这些移民从没动摇过自己的“中国人”认同。流散海外的人生体验反而更加刺激

① 这里所指的“海外”并非严格意义的国外，如20世纪60年代，人们常将台、港亲属视为“海外关系”。

起他们的拳拳爱国心，以及对中华母体文化的依恋。一个著名的典型例证是：出生于马来亚槟榔屿并曾到欧洲游学多年的辜鸿铭，成年后不仅成为一名中国传统文化的狂热鼓吹者，还回到祖国内地效力终生。因为这些海外移民身处东西与中外文化激烈撞击的夹缝地带，所以他们中的很多人比国内百姓更早产生了民族国家观念的自觉，期盼着专制落后的祖国尽快向现代民族国家转型。且不说海外华人华侨对辛亥革命的巨大贡献，仅在十四年抗日战争期间涌现的无数华人华侨不惜倾家荡产为国捐资捐款，乃至回国参战、英勇捐躯的感人事迹，就显示出他们心系祖国的一片痴情。

抗战胜利后爆发的国共内战，很快以中国共产党的全面胜利和国民党败退台湾结束。1949 年中华人民共和国的成立和海峡两岸的分离分治，再加上以美国为首的西方列强对新生的红色政权的封锁围堵，台港同胞暨海外华人华侨的回国回乡之路遭到阻隔，他们甚至一度陷入前所未有的孤苦无依、进退两难的生存困境中。正所谓“几家欢乐几家愁”，当祖国内地的广大百姓沉浸在“翻身解放”“当家作主”的喜悦之中时，那些流落到东南亚等地的华人华侨却不得不吞下亲人分离、“一家两国”乃至“家国不再”的命运苦果。他们又在居住之国遭受到种种的排斥和迫害，却不得不忍辱偷生，痛苦地下定“落地生根”的决心。与此同时，随着西方民族国家理念的普遍性植入，散居于东南亚和世界各地的华人华侨在国家认同上也不得不发生变化。据历史记载，新马华文报刊一直到“二战”以后多年，每逢谈到中国或与中国有关事物，都以“祖国”“我国”“国庆”“国父”等词汇称之，直到 1952 年后这一状况才逐渐发生改观，“中国认同渐淡，本地认同渐盛”[1]。而20世纪五六十年代，中国政府颁布了一系列不承认双重国籍的法律法规，并与其他国家签订了相关条约，更从法理上彻底断绝了这些海外移民的“双重国籍梦想”。马来西亚华人作家林幸谦在其《中国崇拜》一诗中，更宣称要“忍着泪”吐出“我的中国”，相当“极端”地表达出一种孤苦流离的悲情意识。不过林幸谦们要吐出的，只能是作为民族国家的社会政治意义上的“中国”，至于那有着五千年历史的文化心理上的“中国”，却是无论如何也吐不出来的。而即使是宣称要吐出“我的中国”的林幸谦本人，最终还是选择已回归中国的香港作为自己的定居地。

海外华人华侨一方面对中国大陆新生红色政权有些难以认同，另一方面则是对五千年中华文明的痴痴守望和自觉坚守。甚至如杜维明所说，一部分华人知识分子不得不选择以远离祖国（内地）的方式，来保持自己的“中国性”[2]。这既折射出知识分子个人在时代风云变幻和纵横捭阖的社会政治面前的无力和无奈，又体现了一种坚定而执着的文化担当。1962年，从内地流落到香港的现代新儒家代表人物唐君毅先生，写下了著名长文《说中华民族之花果飘零》，集中表达了流散于世界各地的炎黄子孙共同体验着的悲凉与悲哀。在他看来，中华民族近百年来处于外族欺凌和内乱频仍的动荡之中，竟如“一大树之崩倒，而花果飘零，随风吹散”。针对当时一些东南亚国家

---

① 龚鹏程：《散居中国及其文学》，http：//www.fgu.edu.tw/～literary/wc—literature/drafts/taiwan/gong/gong—01.htm.

② 杜维明：《文化中国：以外缘为中心》，《杜维明文集》第五卷，第391页。

发生的“排华”事件，他还发出这样的慨叹：“如果中国之在今日之世界，如汉唐之在当时之世界，何至有东南亚之侨民之处处受排斥，而倾家荡产，致不得以自己之语言，教其子孙？又何至有许多人之千方百策，谋归化他国，以为久居之计？又何至由东南亚各国直到美国，都以种种移民法案，去限制中国人之前往与久居，以至限制中国青年之往求学？”[①] 联想到20世纪60年代初中国大陆社会经济的停滞困顿、海峡两岸的紧张对峙和海外华人在当地屡遭拒斥的现实状况，我们也会对唐先生那“撕心裂肺”般的痛楚感同身受。而越是对中国社会的现实处境感到忧心，也就越容易激发一种对文化历史中的古老华夏文明的追寻、回归和依恋心理。这在唐君毅为新亚书院所作的演讲《海外中国知识分子对当前时代之态度》中表露无遗：“若问中国在哪里？就在诸位的生命里。我们每一个人，皆有资格代表中国，毫无惭愧。要说认同，即要先认同于自己个人心中之中华民族，与中国文化生命。”[②] 这中间既折射出一种典型的家国难回、只好“梦回神州”的复杂心理，同时又反映了这些中国台、港暨海外华人知识分子在文化身份上的自觉。唐先生的这一体认，是后来台湾著名诗人余光中等人一再宣称的“凡我在处，就是中国”之文化态度的历史先声，也是对德国作家托马斯·曼所宣扬的“我在哪里，德国文化就在哪里”[③] 的东方回应，鲜明表达了他们以传承中华文明为已任的

---

① 唐君毅：《说中华民族之花果飘零》，台湾三民书局1974年版，第3页。

② 唐君毅：《海外中国知识分子对当前时代之态度》，《说中华民族之花果飘零》，第98页。

③ 余光中：《余光中对话集》，梁笑梅编，人民日报出版社2011年版，第108页。

豪气与悲壮，当然也凸显出梦幻中的“文化中国”与现实政治中国之间的疏离和撕裂。

然而，如同梦想和现实不可能彻底切断联系一样，梦幻般的“文化中国”与现实政治中国之间真的可以完全疏离吗？台湾学者龚鹏程对此一针见血地指出：“华人在其所在国之处境，终究仍与中国强不强大有关……而文化上‘存文保种’之做法，可能也是一种迂曲的表达方式。”① 即使是在意识形态尖锐对立、甚至“势不两立”的特殊年代，以中国大陆为中心的华夏中国仍然是全球华人共同的心理支柱和坚强后盾。五千年源源不断、生生不息的文化历史，近一千万平方公里的广阔疆域和占世界五分之一强的庞大人口，雄伟壮阔、深厚悠远的“大中国”在让全世界为之侧目的同时，更足以令全球炎黄子孙引以为傲。“没有几个离散华裔曾经考虑过作为统一的‘文明国家’的中国竟有解体的可能。他们不惜牺牲自己的生计，只求中国昌盛，极少有人想到舍弃这份执著所能得到的好处。”② 如同祖国内地的动荡必然要殃及海外华人一样，中华民族的完整统一和繁荣昌盛也同样是全球华人的共同福祉。自20世纪70年代末以来，随着中国大陆社会政治的重新回归历史理性和改革开放的有序深入，中国内地社会已经走过了30多年平稳而快速的经济发展期，中国的国力得到空前增强，对海外离散华裔的吸引力也显著增加。我们不仅顺利收回了香港、澳门的主权，而且在海峡两岸之间逐渐建立起行之有效的良性互动机

---

① 龚鹏程：《散居中国及其文学》，http：//www. fgu. edu. tw/～literary/wc－literature/drafts/taiwan/gong/gong－01. htm.

② 杜维明：《文化中国：以外缘为中心》，《杜维明文集》第五卷，第391页。

制，台湾、香港、澳门与海内外华人社会之间呈现出一种全方位、多元化、深层次的交流融汇局面。“正是因为祖国的磁场广大而引力深厚，近百年来中华民族饱受内忧外患之苦，目前正从分崩离析、自顾无暇走向互通声气、交流融合的化解时代；海外华人社群和第一意义世界进行多渠道的联系，而‘文化中国’体中的成员之间，特别是海峡两岸之间，开展各层次、各类型的互动关系更是大势所趋。”[①] 杜维明先生这一发表于20年前的预言，如今正得到有力的现实印证。

四、海内外汇聚下的“文化中国”建构

如果进一步放宽历史的视野，还会发现“文化中国”的提出与建构不仅涉及中国大陆与台港澳、海外华人社会之间的离散与阻隔、沟通与融汇，还关联到近代中国的一系列社会变革，尤其是传统与现代、东方与西方之间的文化碰撞和交融。历史上的中国更多的是一种文化心理概念，以文化立国、以文明立国向来是最为深厚和主流的社会历史传统。近代以来，西方列强以先进的洋枪洋炮撞开了古老中国的大门，迫使中国社会不得不发生一场数千年未有的天翻地覆之变局，中国知识分子开始“睁眼看世界”，重新审视和评价本民族的文化传统。而在面临着可能被开除“球籍”的民族危机和社会危机的特殊时刻，彻底西化和现代化的社会思潮也应运而生。越来越激进的批判传统、迅速促进社会变革的主张，逐渐成为时代的最强音。从晚清改良派的“器物革新”“制度革新”，到“五四”新

① 杜维明：《培育“文化中国”》，《杜维明文集》第五卷，第428页。

文化运动高潮时期的思想文化领域的全面革新运动，一方面显示出我们这个民族难能可贵的自我批判、自我反思的能力，验证了中华民族绝非是完全故步自封、顽固不化、盲目排外的东方古国，而是一个勇于自我反省、不断开放兼容的有着开拓创新气魄的伟大民族；另一方面，过于激进的变革主张和思潮也造成了现代中国社会与传统文化之间难以弥合的断裂。从五四运动时期少数激进派喊出的“打倒孔家店”，到后来“文化大革命”中的种种过激言行，我们都可窥见激进派对传统文化的激烈批判态度和丑化亵渎情绪。但正如杜维明等海外华人学者所质疑的，“五四”以来承受着“西风东渐”并以拯救国家为己任的现代中国知识分子，往往在民族主义与反传统主义之间艰难地纠结着，“如果境内的知识分子如此彻底地厌弃中国文化，他们能够以全心致力于全盘西化来界定自己的中国性吗？如果他们对中国事物的诋毁是全盘的，这是不是意味着他们已经自愿放弃在中国性的定义里占有一席之地的权利？”① 我们不能不承认杜维明先生对国内一部分知识分子“全面反传统”的质问，是相当尖锐而切中其要害的。现代中国在追求“现代”的同时，如何保持住自己独特的“中国性”，而不至于被“西方化”的现代化所淹没，从而陷入“舍本忘祖”的可悲境地中，无疑是海内外华人知识分子需要共同面对的重大历史命题。

20 世纪 60 年代，先从祖国大陆流落到台湾，后又从中国台湾“流放”到欧美的海外华人作家於梨华等人曾发出“我们

---

① 杜维明：《文化中国：以外缘为中心》，《杜维明文集》第五卷，第 384 页。

都是失根的一代”之沉痛叹息，引发无数海外游子的高度情感共鸣。其实“失根”的又何止那些流离于海外的华人华侨，祖国内地社会在一次次的社会政治运动和激进变革思潮中，又何尝不在一定程度上迷失了真正的自我？20世纪80年代兴起的声势浩大、持续不断的“寻根”文学思潮，反映出的恰是整个社会普遍性的“失根”之感。从海外华人的“失根”到国内文人的“寻根”，陆港台及海内外华人文学与文化思潮的遥相呼应，折射出文化领域内不断融汇与合流的时代大趋势。经过一个多世纪的上下求索、离散聚合之后，海内外华人知识分子终于开始寻找并返回久违了的文化历史传统之家园，并在此基础上建立起越来越广泛的社会历史共识。当年痛感于中华民族之“花果飘零”的唐君毅先生，曾在“绝望的痛苦”中倡导华夏文化传统的“灵根自植”，并殷殷期待“有朝一日风云际会时，共负再造中华，使中国之人文世界花繁叶茂，于当今之世界之大任者也”[①]。笔者要说的是，唐先生当年所展望的“风云际会”的这一天已经到来，海内外华夏文人共负“再造中华”之神圣使命，促成中华文化之共生共荣，共同造就中国人文世界的“花繁叶茂”，实现中华民族的伟大复兴，已成为不可抗拒的滔滔历史洪流。正如很多学者所指出的，“中国”这两个字既凝聚了五千年生生不息的文化传统，又体现着百余年来华夏儿女追求现代化国家而前仆后继的奋斗历程，还代表了全球华人共同的梦想与追求。从这一意义上讲，“文化中国”的提出与建构不仅可以增加全球华人的凝聚力和文化心理纽带，增强

---

① 唐君毅：《花果飘零及灵根自植》，《说中华民族之花果飘零》，第58页。

当代中国的文化软实力，为中华民族进一步走向现代化、中华文化进一步走向世界，探索出一条健康、理性和科学的道路，同时也有助于丰富现代中国之国家建构的文化心理资源。

第二章
“文化中国”与两岸文化互动

作为固定语词的“文化中国”最早出现于20世纪70年代末的台湾，与1949年后中国台、港两地与大陆的长期对立与隔绝，以及近现代中国历史剧变息息相关。历经长期的酝酿发酵，中国台、港文人作家的“文化中国”情怀不仅形成了一套体现着华人共同文化心理特征的话语体系，而且与中国大陆社会日益关注的“文化自觉”“文化寻根”等命题互动并“合流”，成为全球华人文化认同的重要符号。海峡两岸暨海内外华人知识分子如何在凝聚共识的基础上，构建一个“现代的文化中国”，理应成为一个亟待完成的“共同志业”。

一、“文化中国”与六七十年代（以来）台湾社会

作为固定语词的“文化中国”，最初来自20世纪70年代末一群到中国台湾留学的马来西亚“华侨生”，其中包括后来移居香港并以武侠小说流行于世的温瑞安。20世纪80年代，台湾著名学者傅伟勋教授出版了《“文化中国”与中国文化》一书，并先后5次以“文化中国与中国文化”为主题赴中国大

陆发表演讲，对当时的中国大陆学界产生了颇具震撼力的影响。此后，美国哈佛大学教授杜维明先生自1990年开始，先后在美国夏威夷东西文化中心、普林斯顿中国学社等西方学术重镇，围绕“文化中国”这一课题进行过数次演讲与讨论，大力宣扬“文化中国”，成为全球华人学者中探讨与宣扬“文化中国”用心最深、同时也是理论建树最多的一位。

“文化中国”这一固定语词尽管迟至20世纪70年代末才正式出现，但我们稍稍回顾一下历史，不难发现早在这一概念明确提出之前，海内外华人知识分子就产生了浓烈的类似于“文化中国”的心理情怀，并历经长期的酝酿发酵，逐渐形成一套体现着华人共同文化心理特征的话语体系。“文化中国”情怀的产生，其直接动因首先应追溯到1949年后中国台、港两地与大陆的对立与隔绝。1949年国民党政权在国共内战中的惨败和“国府迁台”，对众多将其奉为正硕并有着深厚传统文化积淀的精英知识分子而言，无疑是一次天崩地裂般的心灵重创。而五六十年代大陆掀起的一系列排山倒海般的政治运动，对外一度奉行的脱离西方世界主流体系的“闭关自守”政策，更让他们痛心疾首，忧虑万千。他们在对祖国人民遭受的种种苦难牵肠挂肚、感同身受的同时，又担心绵延了数千年的传统文化道德观念在革命语境下被“连根拔起”，以至“国将不国”。

1958年元旦，恰逢中国大陆的“大跃进”运动山雨欲来的历史时刻，流落到香港“一隅”的唐君毅、牟宗三联合徐复观、张君劢共同发表了一篇《为中国文化敬告世界人士宣言》（以下简称《宣言》），试图探讨并回答当时占全人类近四分之一人口的中国人，如何安顿自己的精神和心灵的问题。在他们看来，“这全人类四分之一人口之生命与精神，何处寄托，如何安顿，实际上早已为全人类的共同良心所关切”。而所谓“中国问题”也已转化为世界性问题：“如果中国文化不被了解，中国文化没有将来，则这四分之一的人类之生命与精神，将得不到正当的寄托和安顿；此不仅将招来全人类在现实上的共同祸害，而且全人类之共同良心的负担，将永远无法解除。”① 当时正处在四分五裂中的全球中国人该如何安顿自己的生命和精神呢？唐、徐等人的回答非常明确：简言之，就是只有扎根在自己的文化传统中，中国人的生命才能得以安顿，灵魂才能有所寄托。而只有在经过现代化淬炼和转型的中国文化的积极参与，并与其他文化良性互动的前提下，一个多元的、体现着“天下一家”的世界文化体系才有可能形成。

以今天的眼光视之，《宣言》的主旨正是要“促使中国文化返本开新，以建立一个现代的文化中国”②，唐、徐等人通过这一《宣言》，实际上旗帜鲜明地表明了自己的“文化中国”情怀和立场。而《宣言》发表后，很快在当时全球各地的华人社群中产生了强烈影响，至今仍“余音缭绕”。“当代新儒家”也由此演变为国际汉学的一个重要流派。

20世纪六七十年代的台湾，既在心理上以“文化中国”的中心自居，又在现实中一度担当了全球性“文化中国”的核心角色，那无疑是一个“固守中国”并“发现中国”的时代。

---

① 唐君毅：《说中华民族之花果飘零》，第120页。

② 戴琏璋：《中国文化与文化中国》，台湾《鹅湖月刊》1998年12月，第21期。

一方面，失去中国大陆的怆痛和被迫从故国家园四散流离的悲哀，激发着台湾对祖国“万里江山”的回望和向往；另一方面，“偏安小朝廷”的耻辱与危机，既刺激着“党国要人”真假难辨的“反共复国”幻梦，又进一步加深了执政当局对自身统治难以持续的焦虑和不安，迫使他们在实行“白色恐怖”的同时，不得不向传统的文化历史资源寻求“救命稻草”。而海峡对岸涌起的一波又一波“革命”高潮，更为国民党当局抢夺中国“正统”地位提供了绝佳时机。1966 年 11 月，为了应对大陆“史无前例”的“文化大革命”，蒋介石政权发起了一场自上而下的“中华文化复兴运动”。在最高当局的示范和倡导下，对中华文化的守护与眷恋一时蔚然成风，甚至一度形成一种中华传统文化、“三民主义”主流意识形态与台湾执政当局“三位一体”的时代共识抑或“错觉”。不能否认，这一传统文化的复兴运动对于巩固和强化台湾当局的执政合法性，对于强化台湾岛在全球性“文化中国”的中心地位（当然前提是中国大陆的“缺席”），都是颇有成效的。这一运动同时也为东方社会，尤其是中国大陆如何在现代转型中建构自己的文化身份，积累了不少前瞻性的历史经验。六七十年代的台湾社会，足以称得上经济发达、文化繁兴，简直就是众多海外华侨向往的“圣地”所在。正如有的论者指出，当时的台北作为一个发达资本主义的都市文化空间，“犹如三〇年代的东京之于日据下受日本教育长大的台湾青年”，抑或“二十世纪初期以来的巴黎之于拉丁美洲的文学青年”一样令人景仰，吸引了包括本文篇首提及的温瑞安等大批海外华侨前来学习和“朝拜”。而台北之所以能占有这样的“便宜”，更像是一种“历史的偶然”

或阴差阳错：如果不是中国大陆持续发生的天灾人祸，这样一个全球华人文化与文学的“孵育之地”，或许更应该是中国大陆的上海抑或北京，而非台北①。

不过威权体制下对中国的“固守”和“发现”，自然也充斥了诸多吊诡和矛盾之处，并留下不少难以“消化”的历史后遗症。首先是实体与想象之间的巨大落差，“使得台湾自我扭曲成一个压缩版的中国，一个畸形的小人国”②。而当“反共复国”的幻梦被彻底粉碎，台湾当局以小小的“边陲孤岛”和“偏安政权”代表整个“大中国”的合情合理与合法性也就不复存在了。其次是台湾当局一方面要“复兴传统”和“固守中国”，另一方面却不得不依赖美国等西方列强的“保护”；一方面不得不依附于美国等西方列强，另一方面却又从维护自己威权统治的需要出发，排斥来自西方的“民主”“自由”等主流价值观念。当时其整个社会面临着如何在“西化”与“（中国）传统”、自我想象与客观处境之间寻找平衡的文化命题。“二战”后类似“半殖民地”的文化氛围和教育体制，使得台湾新一代年轻人几乎将美国输出的西方价值观念奉为不二选择，甚至出现了“哈美”“哈日”一类的时尚潮流。相对而言，那个落后守旧乃至专制腐朽的“祖国”——中国，反而日渐成为他们内心深处无法认同乃至厌恶、摈弃的对象。

在六七十年代那样一个经济高速发展和开放、政治却集权且专制的时代，台湾民众发生认同的纠结和自我身份的迷惘，

---

① 黄锦树：《马华文学与中国性》，台湾麦田出版城邦文化视野股份有限公司 2012 年版，第 14 页。

② 黄锦树：《马华文学与中国性》，第 14 页。

无疑是一种"必然"。而长期被压抑的台湾本土意识和族群矛盾，尤其是特定时代下的台湾省籍冲突，更在威权体制下持续发酵并借着"民主"诉求和"党外运动"的兴起而不时浮出水面。及至20世纪80年代，以台湾本土对抗"中国中心"，乃至"去中国化"的社会思潮，终于在国民党专制统治的松动瓦解中喷薄而出，并在"解严"后上升为"时代主流"抑或甚嚣尘上的新一轮话语霸权。正因如此，当我们重新"审视"温瑞安等马来西亚"华侨生"当年到台湾追寻和发现"中国"的种种遭际，难免会产生一种啼笑皆非、"哭笑不得"的感觉。温瑞安原本是怀着对"（文化）中国"的满腔期待去到台湾的，他凭借自己的人格魅力发起、组织了名震一时的"神州诗社"，本以为可以在这片"（神州）乐土"中找到渴盼已久的精神家园，并大展身手，大有作为，实现自己"为中国做点事情"的抱负，然而一不小心却从"中华民国"的"好小子"，几乎变成无家可归的"野小子"。——由被当局猜忌发展到被以莫须有的罪名关进大牢，乃至被"驱逐出境"。这就好比从豪情万丈、痴情满怀的情感"巅峰"一落千丈，跌入寒冰彻骨的深渊一样，可谓直观而生动地折射出海外华人对"（文化）中国"的幻想与实体之间的巨大落差。然而我们发现温瑞安对"中国"的追寻是如此热烈而执着，足以称得上无怨无悔，九死未悔。即使在"梦断台湾（现实中国）"、被迫流落到当时还属于英国殖民地的香港，他依然通过自己的武侠小说创作尽情幻想和宣泄那不可抑止的"中国梦"，通过绚丽多姿的文字建构了一个充满传奇色彩的"武侠（内在）中国"形象。温瑞安对"（文化）中国"的追寻和建构（虚构），在众多"身在台湾

（抑或香港、南洋、北美等世界各地）”却“心系中国”的华人作家中颇具代表意义。笔者认为这相当鲜明地印证了唐君毅先生在70年代对年轻学子的谆谆告诫：“若问中国在哪里？就在诸位的生命里。我们每一人皆可代表中国，毫无惭愧。要说认同，即要先认同于自己个人心中之中国民族，与中国文化生命。”[①] 而著名诗人余光中一再强调的“凡我在处，皆是中国”，更可谓是对唐君毅“文化生命里的中国”的自觉回应和积极发挥。

然而时过境迁之后，无论是唐君毅倡导的“文化担当”，还是余光中对故国家园的神圣“回望”，以及温瑞安对中国“青春无悔”般的“单相思”，在今天中国台、港社会的很多年轻人那里，似乎都已是明日黄花。尽管不少人依然沿着父辈先人的足迹苦苦追寻并建构着那个内在的文化心理的中国，但这一“内在中国”却更多地与现实中国（无论是台湾还是大陆）实施了切割。这就难怪不仅有马来西亚华人作家宣称：“真正的文化中国是活在我们内心，而不活在世界上的任何角落，任何土地上。”[②] 更有林幸谦等“六字辈”作家要含泪“吐出我的中国”。时代变迁下价值观念的变化如此天翻地覆，究竟是历史发展的一种趋势，还是原地踏步式的轮回交替？抑或在反感父辈们不可救药的“文化恋母”或“文化迷情”，而进入貌似清醒的“文化叛逆（逆反）”阶段？更不要说当今台湾（乃至

① 唐君毅：《海外中国知识分子对当前时代之态度》，《说中华民族之花果飘零》，第98页。

② 刘育龙：《旅台与本土作家跨世纪座谈会会议记录》（上），马来西亚《星洲日报·星洲文艺》1999年10月23日。

香港）社会的“去中国化”思潮如何愈演愈烈且鼓动人心了。

二、“文化中国”与近现代中国历史变迁

如果我们将历史的视野放宽，走出“以台湾为中心”的“孤岛情怀”或狭小天地，不难发现“文化中国”话语的产生，抑或海内外华人知识分子逐渐积聚的“文化中国”情怀，又与19世纪中后期到20世纪前期整个现代中国历史的沧桑巨变息息相关。

古老的华夏中国与其说是一个“民族”，不如说是一种源远流长的文明，而且在中国古人眼中，它还是唯一的文明。现代西方列强对华夏中国的强行接触及“进入”，才迫使中国艰难地蜕变为一个现代民族国家，并屈辱地加入西方主导的当今世界体系。在这样一个艰难而痛苦的过程中，知识分子的思想裂变和人格冲突自然十分强烈。众所周知，近现代中国知识分子从第一次鸦片战争后就被迫开始“睁眼看世界”，并对自身的社会文化和历史传统进行反省与革新。一般认为这种自我反省经历了一个从“器物革新”（洋务运动）到“制度革新”（百日维新），再到“文化革新”（五四运动）的发展历程：最初对清朝帝国“修补”式的维新运动乃至“立宪”运动，皆未能起到“立竿见影”的社会效应并达到人们的预期，于是更为激烈的颠覆式的革命思潮应运而生，迅速上升为不可逆转的时代主潮。辛亥革命的爆发终于瓦解了清政府的统治，并草草结束了几千年的封建王朝专制政体。——无论从何种角度看，这样的变革都不可不谓之“剧烈”和“彻底”。但在很多启蒙知识分子和激进革命者眼中，这场革命却夹杂了太多的“妥协”和

“不彻底”。于是又有了以“文化革新”为旗帜的“五四”新文化运动之爆发，以及陈独秀等人更加振聋发聩的道德革命主张——“伦理的觉悟，为吾人之最后的觉悟[①]”。反思和批判自身文化传统的“改造国民性”主张，也一度成为时代的最强音。不仅如此，这种文化启蒙运动还与更加“彻底”、更加“全面”的“新革命”主张联系起来，20世纪20年代后期的“北伐战争”和40年代的社会主义革命运动，最终能够“勇往直前”地奏响一路凯歌，虽然个中原因极其复杂，但莫不与当时社会主流思想界的这种“革命”向往和革命伦理息息相关。一个著名的例子，是左翼作家郭沫若在五四运动高潮时发表的《凤凰涅槃》一诗中，以凤凰“集香木而自焚”并复活这一意象，表达了一种“只有旧中国彻底灭亡，新中国才得以诞生”的强烈诉求。诗人将“旧中国”与“新中国”完全对立起来的观点，应该说体现了众多知识分子对当时中国社会的共同认知。但所谓“新中国”果真能与“旧中国”彻底割裂吗？后来的历史足以证明：伴随大革命而来的不仅有大变革、“大翻身”和“大解放”，还有大动荡、大破坏，以及大流离、大恐慌和“大分裂”。而在激进变革的汹涌思潮中，那种迫不及待地主张“全盘西化”与“他化”的观点，今天看来自然不无草率和幼稚。

然而今天的我们却不能也不应对那些近现代先驱的文化选择过于苛责和诘难，他们经历了太多“天塌地陷”“乾坤颠倒”式的身心裂变，也有着太多民族危亡压力下的茫然失措、紧张窘迫，同时不乏“改天换地”“开天辟地”的豪情万丈和创造

① 陈独秀：《吾人之最后觉悟》，《青年杂志》1916年第1卷第6号。

“新时代”的自我体验和想象。置身于社会急剧变迁的历史夹缝中，他们一度产生文化认同与政治认同、历史认同与现实认同、民族认同与“政权”认同、族群身份认同与社会心理认同之间的矛盾、纠结乃至错乱，都是在所难免的。与之相应的则是西化与本土、东方与西方、现代与传统、叛逆（革命）与回归，乃至“左”“右”两派意识形态之间的复杂纠结。且不说曾经叱咤风云的“五四”新文化运动“总司令”陈独秀，晚年被他亲手创建的政党打击为“托派”，陈氏本人也对自己早年激进的文化主张进行了痛彻反省；鲁迅和周作人这一对现代中国文学史上的“双子星座”，也由早年的志同道合发展为中年的“兄弟失和”，尽管其中涉及一些“不足为外人道也”的私家隐情，却也足以堪称文人士大夫之间在道德和价值观念上“分道扬镳”的生动写照。至于他们后来一个成为伟岸高大的“民族魂”，一个却一不小心沦落为人人唾弃的汉奸，更折射出现代中国知识分子家国认同的“分裂”。此外，还有一个“历史细节”颇值得注意：身为“民族魂”的鲁迅，晚年却长期定居于异族管制下的上海租界，且已离不开那里的生活环境。这或许更有力地佐证了鲁迅这一代现代知识分子在家国认同、社会认同和政治认同之间的纠结与“撕裂”。当今中国大陆的一些鲁迅研究者津津乐道于鲁迅生前对古代中国“汉唐气魄”的追慕，试图对先前那个被定格了的“激进反传统”的鲁迅形象进行“纠偏”和校正。但这不也恰恰揭示出鲁迅在现代启蒙者与传统士大夫这两种角色之间的彷徨游离？而鲁迅用文字反复书写的那个“汉唐气魄”，自然也可视为近现代文人建构的“文化中国”的某种先驱性原型。

相对而言，另外一些被称为“文化保守主义者”的文人学者，对近现代中国在急剧变迁中的“西化”和“他化”倾向则有着特殊的敏感，其内心深处的“文化中国”情怀也更加突显。早在20世纪初，出生于马来西亚并深受西学影响的辜鸿铭，就对“真正的中国”正在消失而痛心疾首（《中国人的精神》）。如果说辜鸿铭的言论主张在民国“新时代”难免给人以守旧、张狂之印象，那么作为现代新儒家创始人之一的梁漱溟对陈独秀等人的谏言，却更能体现出一种难能可贵的历史理性。在梁看来，中国（以及印度）与最先步入现代化的西方列强相比，并非仅仅是“不及”，其实还有很多的“不同”：不同的历史演进道路、不同的文化历史观念。而“不同”与“不及”相比，恰恰包含着完全不一样的理性认知和价值判断。值得注意的是梁漱溟对传统中国文化弊病的认知，与陈独秀、鲁迅等“五四”文化先驱并无二致。他认为中国文化不仅“早熟”，更夹杂着“幼稚”“老衰”“暧昧”“消极”等多种劣根性。尽管如此，梁漱溟依然认定中华民族乃整个人类的一大“奇迹”，因为它是“无比之大”“无比之久”，又是“无比之融合统一”[①]。梁漱溟对陈独秀等人“伦理觉悟”一类主张的反驳，今天看来的确击中了要害。近年有西方学者如杜赞奇等人，一再强调中国和印度的“复线”或“分叉”历史与西方的“线性”历史观迥然有别，从而引起了学术界的巨大反响。其实梁漱溟先生在20世纪20年代就已提出类似观点，当然这也是所谓“国情特殊论”的历史先声，而“国情特殊论”又容易

---

① 梁漱溟：《中国文化的命运》，中信出版社2010年版，第82页。

引发人们对东方专制主义传统的辩护，这或许又会成为某种历史性吊诡。

在现代中国文坛上，表现出浓郁的“文化中国”情怀并对建构现代“文化中国”做出了历史性贡献的，还有两位文人值得一提：20 世纪 30 年代的林语堂和 40 年代的张爱玲。林语堂在五四运动之后，曾有过一段紧紧跟随周氏兄弟，且对传统持激烈批判态度的时期，甚至提出过“彻底欧化”的激进观点。但他早年接受的西学教育背景和长期游学欧美的人生经历，尤其是他那“先天性”的基督教家庭背景和“两脚踏中西文化”的宏阔视野，却使他比国内其他知识分子更容易突入西方主流文化的精神内核，从而对西方文明有着相对全面和清醒的认识，同时又避免了因一知半解或固守某一文化立场而导致的偏见和偏激。他既没有像自己的福建同乡辜鸿铭那样复古保守，又没有将西方现代文明简单地视为疗治古老中国一切弊端的灵丹妙药。林氏通过自己的英文著作《生活的艺术》《吾国吾民》《京华烟云》等作品，以自己充满个性化的想象与虚构，勾勒了一个近乎乌托邦的完美中国形象。这当然掺杂了不少一厢情愿的主观想象成分，甚至不乏迎合西方读者的东方主义“媚俗”倾向。但在他那些看似主观化的虚构和不经意的幽默闲谈中，却常常蕴含着对中国文化“生生不息”之传统的深刻洞察。他对中国国民性的探究，也由周氏兄弟等人单一化的“国民劣根性”批判，转向了对“国民独特性”的客观描述；他笔下的那一幅幅满怀诗意的道家文化图景，可谓与梁漱溟等人建构的“儒家中国”既相异成趣又异曲同工；而从小就生活在租界的张爱玲则站在“半中半西”的现代化租界“立场”，以一双冷眼反观“半新半旧”、半殖民地半封建之中国社会。张爱玲几乎终其一生都在追逐并享受着西方现代物质文明和个人主义理念带来的种种便利和自由，与此同时却又不由自主地频频回望那个带给她伤痕累累的旧式家庭及其背后的“老中国”。尤其是她后半生被迫“仓皇出逃”的人生经历，一方面迫不及待地从现实中国逃离到“新大陆”，另一方面却与美国主流社会格格不入，甚至难以栖身。张氏晚年孤独寂寞地“躲”在美国洛杉矶那座无人知晓的公寓内深居简出，依靠品味“红楼梦魇”而聊度残生。其内心深处的家与国、灵与肉、梦想与现实之间无法排解的矛盾与痛苦，想必只有她本人才能深深体悟到。作为现代华文作家的“祖师奶奶”（王德威语），她也在无意之中开创了一个建构“唯美（文化）中国”的博大而庞杂的书写传统，并直接影响了从白先勇到严歌苓等众多海内外华人作家的写作风格。

综上所述，从近现代中国知识分子在激进变革中对“复兴”古代中国之辉煌历史的想望，到梁漱溟等人对中华文明“独特性”的体察和认知，以及鲁迅、林语堂、张爱玲等人对古老的华夏中国自觉不自觉的频频“回望”；从唐君毅等人宣扬的“文化生命里的中国”，到余光中、白先勇、金庸和温瑞安等众多台港作家苦苦追寻、刻意发掘的“内在中国”，可清晰见出“文化中国”话语谱系的演变轨迹。同时，这些文人作家通过各自的“回忆”和想象，以各种手段打造了一个多棱立体且复杂深邃的“文化中国”形象。如果再进一步追溯一下历史，既然古代中国更多的是一种文明形态，那么所谓“中国”本身就含有一种深厚独特、不言而喻的文化心理内蕴。诚如梁漱溟所说：从秦朝时期的“车同轨”“书同文”，历经汉代数百年的大一统时代，华夏中国就已演变为“世界少有的文化统一大单位”，而且两千多年来的中国就一直延续着这样一个“文化统一的大单位”，相对而言，“政治的统一”倒是次要的。因而古代中国“是以天下而兼国家的”①。梁先生的观点早已得到西方学者如列文森等人的认同并加以发挥，这无须赘言。近年来也有海外学者强调，古代中国与周边藩属国的从属关系，其实更像是“以儒家为意识形态核心，以‘朝贡’为制度的‘文化霸权’”，并认为这种“文化霸权”不是以“增进国家的物质利益为目标的，而只是想以一种象征性的文化形式维持中国与周边国家的关系的稳定”②。这当然很有道理。

然而过分夸大古代中国的文化属性，在一些学者看来又可能面临瓦解中国历史同一性和地域统一性的危险。针对目前台湾及西方汉学界在古代中国历史研究中频频出现的消解或“超越”中国同一性的学术倾向，大陆历史学者葛兆光就提出了尖锐批评，他质疑这些做法“是否过度放大了民族、宗教、地方历史的差异，或者过度小看了‘中国’尤其是‘汉族中国’的文化同一性？”③ 葛兆光赞同中国古人由于相信天下没有另一个足以与汉族文明相抗衡的文明，因此“相当自信地愿意承认，凡是吻合这种文明的就是‘夏’，而不符合这种文明的则是‘夷’，这个时候，国族的民族因素、空间和边界因素，都相当

① 梁漱溟：《中国文化的命运》，中信出版社 2010 年版，第 83 页。

② 郑永年：《中国民族主义的复兴——民族国家向何处去》，东方出版社 2016 年版，第 14 页。

③ 葛兆光：《宅兹中国》，中华书局 2011 年版，第 34 页。

地薄弱”[1]。他同时也承认古代的儒家学者始终认为“夷夏之别”的重点不在地域和种族，而主要在于文化与文明的分野，但他在考证大量史料的基础上，又认定这一边界模糊的状况到唐代中叶以后就发生了“根本性的变化”，到宋代时期则实现了更为剧烈的转变，从而使得传统中国的华夷观念和朝贡体制从实际的“策略”转化为“想象的秩序”，“从真正制度上的居高临下，变成想象世界中的自我安慰”；而“过去那种傲慢的天朝大国态度”，也在现实中变成了“实际的对等外交方略”；至于士大夫知识阶层关于天下、中国与四夷的观念，也“从普天之下莫非王土的天下主义”，转化为了“自我想象的民族主义”[2]。应当承认，这一论述除了对“民族主义”和“对等外交方略”一类现代西方概念的滥用以外，是大致符合历史的实际状况的。葛兆光提出的“中国”意识在宋朝时期趋向固定的看法，也很难被否定。尽管历史上没有一个皇朝政权直接以“中国”为名号，以“中国”自居或自称为“中国人”的传统却代代相传。正是在这深厚持久的历史传统作用下，辛亥革命后创建的现代中国——“中华民国”，才能够顺应时代的潮流“呼之欲出”。

不过，笔者同时认为，既然古代中国的“天下主义”与皇权专制连接在一起，现代中国的“民族主义”也离不开“人民主权”这一核心理念，那么这其实是两种截然不同的国家性质，两者不可混为一谈。而在如何使古代中国向现代中国转型的过程中，一方面剥离其皇权专制主义的阴影，另一方面将

---

① 葛兆光：《宅兹中国》，第46页。

② 葛兆光：《宅兹中国》，第46－47页。

"人民主权"真正贯穿其中，并使之与"大一统"的传统理念实现现代意义的有机结合，恐怕才是现代中国之理论（乃至实践）建构的关键问题所在。

三、"文化中国"与未来两岸文化互动

海内外华人知识分子"文化中国"情怀的隐现及"文化中国"话语的涌现，在某种程度上乃是全球华人"文化寻根"的产物，同时也是海内外文化界互动与呼应的历史结晶。它折射出以当代新儒家为代表的中国台、港暨海外华人知识分子彰显中华民族的自身文化身份，寻求精神安顿和心灵寄托的内心渴望。而"文化中国"的理论构想在20世纪90年代趋于成熟和定型，也绝非是历史的偶然：离散到世界各地的华人族群数百年来受尽了各种各样的排斥、歧视与压迫，他们与祖国内地的关联一度被迫中断，不同的社区和社群之间更缺乏联系与整合。长期以来为了各自的生存，他们常常被迫"孤军奋战"，甚至陷入孤苦无依的可悲境地。诚如杜维明所说，这种状况直到20世纪80年代才有所改变。而这一时期正是中国大陆实行改革开放，社会政治开始步入正轨和理性，海峡两岸也由紧张对抗转向经济共荣、"和平发展"的"新时代"。尽管此前的30多年（1945—1979），日本国力的重新恢复和以韩国、新加坡、中国台湾、中国香港等地为代表的"亚洲四小龙"的经济腾飞已是举世瞩目，然而同样引人注目的却是中国大陆的缺席，"外界的敌对态度和自我孤立的政策，使中华人民共和国

与东亚的崛起大体上互不相关”[①]。从这一意义上讲，中国大陆20世纪70年代末启动的“改革开放”不仅改变了东亚乃至整个世界的历史方向，更为全球华人社会的互动与整合提供了坚实的现实基础，全球视野下的“文化中国”正是由此应运而生的。

所谓“文化中国”，就是要从“文化的立场”去探讨和建构“中华民族所共同组成的一个文化世界”[②]。正因如此，“文化中国”既是一个全球性的命题，也与本土性息息相关，它超越了狭隘的地域观念和民族意识，乃至政治上的统合、经济上的纷争等议题。依照杜维明的说法，就是要在“以权力和金钱为论议主题的话语之外，开创一个落实日常生活而又能展现艺术美感、道德关切、宗教情操的公众领域”[③]，从而在倡导不同文明之间的对话、交流与和谐共存的同时，为构建一种新型的全球伦理而做出更大的贡献。笔者在前文已指出，杜教授作为对“文化中国”理论建构贡献最大的一位学者，他对“文化中国”三个“意义世界”的界定与划分，迄今为止依然是海内外学术界对“文化中国”最具权威性和代表性的解说。正是在杜维明等人的积极倡导下，“文化中国”话语体系和理论构想很快在北美、中国台湾和香港等华人社会产生了热烈反响。1993年，香港中文大学就曾举办过一次“文化中国展望：理论与实际学术研讨会”，吸引了诸多海内外学者对“文化中国”理论构想进行探讨和展望。1999年，杜教授的《文化中国的认知

---

① 杜维明：《文化中国：以外缘为中心》，《杜维明文集》第五卷，第388页。

② 杜维明：《徐复观的儒家精神》，《杜维明文集》第五卷，第199页。

③ 杜维明：《徐复观的儒家精神》，《杜维明文集》第五卷，第427页。

与关怀》一书在台湾出版，该书收集荟萃了杜先生多年对“文化中国”的思考和学术讨论成果，成为迄今为止探讨“文化中国”理论的标志性著作，由此也进一步确立了台湾作为全球性“文化中国”的“理论发源地”和“输出地”的地位。

几乎在“文化中国”理论趋于成熟的同时，它就传入中国内地并被社会各界接受。笔者发现，不仅有众多研究中国哲学的学者们频频使用和介绍这一术语，而且它很快进入社会文化乃至政治话语体系的“中心”，甚至摇身变为民族文化身份自觉的某种象征，以及展示“中国文化软实力”的重要符号。不仅如此，这一术语在中国大陆也很快“走出”书斋，进入社会公众的视野，成为令人耳目一新的“时尚关键词”之一。据笔者所知，已有不少文化公司、社会传媒和影视节目纷纷以“文化中国”命名。然而传媒界、商界和时尚界对“文化中国”的追逐和频繁使用，虽然有助于这一术语的大众普及，却也使得隐藏其后的那些独特深邃的文化哲理内涵被大大地冲淡乃至扭曲了。有感于此，笔者认为很有必要从该概念产生的源头——20 世纪六七十年代的中国台湾语境出发，探讨作为文化符码的“文化中国”之来龙去脉，不仅力求起到些正本溯源的作用，更试图发掘这一文化符码对于未来两岸文学和文化互动可能产生的多重意义。

在中国大陆学人中，最近 20 年在倡导“文化中国”领域用力最多，且影响最大的，莫过于著名社会学家费孝通先生。他虽然与现代新儒家没有直接渊源，其研究领域严格来说也不在人文社会学科范畴之列，甚至没有明确使用过“文化中国”这一术语。然而费先生自 20 世纪 90 年代以来，却一直不遗余力地倡导中华民族的“文化自觉”。在他看来，所谓“文化自觉”，即是生活在一定文化中的人对其文化所产生的“自知之明”——“明白它的来历，形成过程，所具的特色和它发展的趋向”。这既不是“文化回归”与复古，更非“全盘西化”或“他化”，而是为了“加强对文化转型的自主能力，取得决定适应新环境、新时代的文化选择的自主地位”。他还强调指出：“只有在认识自己的文化、理解所接触到的多种文化的基础上，才有条件在这个正在形成中的多元文化的世界里确立自己的位置，然后经过自主的适应，和其他文化一起，取长补短，共同建立一个有共同认可的基本秩序和一套各种文化都能和平共处、各抒所长、联手发展的共处守则。”① 对于这样一个“文化自觉”的思想历程，费孝通以一句“各美其美，美人之美，美美与共，天下大同”②，进行了言简意赅的概括。而稍加比较便可发现，这样一种对现代“文化中国”之内涵的最简洁有力的揭示，不仅与杜维明一再倡导的将“文化中国”建构为跨文明对话与沟通的“话语社群”不谋而合（简直可以说是同一思想内涵的不同话语翻版），也使我们很容易联想起孙中山先生当年在《民族主义第六讲》（1924 年 3 月 2 日）的演讲中一再表达的主张：中国在未来如果真正实现了繁荣富强，“我们不但要恢复民族的地位，还要对世界负一个大责任”。在孙中山看来，中国在恢复了“民族主义和民族地位”之后，便要以中国传统的“固有的道德和平做基础”，去“统一世界”，建立一个

① 费孝通：《文化与文化自觉》，群言出版社 2010 年版，第 195 页。
② 费孝通：《文化与文化自觉》，第 195 页。

“大同之治”，从而使得“我们民族的真精神”得以弘扬光大[①]。我们同时坚决不重蹈近代西方列强“灭人国家”的帝国主义老路，而要和其他民族一道，着手建立一个济弱扶倾、同舟共济的国际新秩序，“我们对于弱小民族要扶持它，对于世界列强要抵抗它”[②]。笔者认为，这乃是现代“文化中国”情怀抑或理想的一个最早的“理论（话语）源头”。

鉴于费孝通作为中国人大常委会副委员长的特定身份，其“文化自觉”的主张自然可被视为更多体现了大陆官方的主流意识形态。而中国国家主席习近平于2013年6月5日访问墨西哥时，在墨西哥参议院的演讲中也引用了这一说法。他强调中国和拉丁美洲国家之间要加强文明对话和文化交流，“不仅‘各美其美’，而且‘美人之美，美美与共’，成为不同文明和谐共处、相互促进的典范”[③]。种种迹象表明，大陆官方正越来越清醒有力地推动现代“文化中国”的建构。无论是积极倡导的以合作共赢、文明互鉴、对话和平为基础的周边国际秩序，还是“一带一路”构想中的“共商、共建、共享”等理念诉求，甚至习近平主席一再申明的“中国梦既是中国人民追求幸福的梦，也同各国人民追求幸福的梦想相通”[④]等主张，都不难从中管窥到“文化中国”建构的积极推进。

20世纪70年代“栖居”香港的唐君毅先生曾自述，他埋头撰写了数百万字的学术论著，其目的正是要“唤醒中共之中

---

① 孙中山：《民族主义第六讲》，《孙中山全集》，中华书局2006年版，第9卷第253－254页。

② 孙中山：《民族主义第六讲》，《孙中山全集》，第9卷第253页。

③ 习近平：《习近平谈治国理政》，外文出版社2014年版，第312页。

④ 习近平：《习近平谈治国理政》，第64页。

国人的成分”[①]。唐先生甚至不无天真地认为：“只要此事能做到，则中共，与国民政府，及海外的一切中华儿女，自然融融恰恰，天下太平。”[②] 唐先生当年的主张自然不脱一介书生的“迂腐之见”，但中国大陆至少已从苏联的解体中吸取了不少教训，尤其已充分意识到唐君毅等人生前一再指出的“中国的文化与民族必两脚俱立”[③] 的极端重要性。然而颇具讽刺意味的是，自 20 世纪 80 年代以来的台湾知识界及民进党执政当局，却在大力弘扬民主化与本土主张的同时，掀起一场轰轰烈烈的“去中国化”社会思潮。——遥想半个世纪前中国大陆上演的以反传统为旗帜的“文化大革命运动”，以及台湾当局针锋相对的“中华文化促进运动”，不仅令人产生“此一时也，彼一时也”的感喟，想必还有一种“今夕何夕”之慨吧？

而在一些西方主流学者如塞缪尔·亨廷顿等已故政治学者眼中，“文化中国”的提出和建构则含有明显的中国（华）民族主义倾向。亨廷顿相当敏锐且不无偏见地对作为中国“软实力”的“文化中国”发出了警告：“散居在各地的华人，即具有中国血统的人（以此区别于“中国人”即生活在中国的人），越来越明确地使用‘文化中国’这一概念来表明他们的共识。20 世纪曾是西方众矢之的的中国认同，现在正根据中国文化这一持续要素来被重新阐述。……因此，‘大中华’不仅仅是一个抽象的概念。它是一个迅速发展的文化和经济的现实，并

① 唐君毅：《海外中国知识分子对当前时代之态度》，《说中华民族之花果飘零》，第 87 页。

② 唐君毅：《海外中国知识分子对当前时代之态度》，《说中华民族之花果飘零》，第 87 页。

③ 唐君毅：《说中华民族之花果飘零》，第 93 页。

开始变成一个政治的现实。”[①] 从理论上讲，作为想象性话语社群的“文化中国”既然能被想象，就有变为现实的可能。更何况“文化中国”之构想的宗旨，乃是要使世界各地的华人社群发展壮大并走向进一步的整合呢？在亨廷顿看来，这很可能对美国主导的西方霸权构成严峻挑战，并导致更加剧烈的文明冲突。从西方中心的角度看，亨廷顿的担忧并非全无道理，不过这是否也可理解为当今世界其实更需要不同文明之间的对话与交流，由此反而更加突显出建构一个作为“（对话）话语平台”的“文化中国”的必要性和紧迫性呢？

正像海峡两岸一些学者共同指出的，中国为何称之为中国？中国人为什么称之为中国人？或者“中国”究竟是什么？这些问题相较四五十年前非但没有解决，反而在21世纪的今天显得更加严峻和急迫。海峡两岸暨全球华人迄今仍然面临着如何安顿自己的生命与精神的重大问题。正因如此，以今天的眼光重新梳理和反思六七十年代以来台湾（或香港）社会涌现的“文化中国”话语，及其近现代以来人文知识分子的“文化中国”情怀，和海内外华人作家对“文化中国”的想象性建构，就不应仅仅理解为一种简单的“怀旧”，更应成为对两岸知识分子“当下之要求”的积极回应和自觉担当。虽然有学者认为，为了解决“台湾问题”和“统一问题”，“今天最困难也最重要的挑战就是要如何重新让‘中国’变成一个政治范畴，而现在中国什么都有，就缺这个东西”[②]。但在目前海峡两岸一

① ［美］塞缪尔·亨廷顿：《文明的冲突与世界秩序的重建》，新华出版社2002年版，第183页。

② 汪晖：《当代中国历史巨变中的台湾问题》，《文化纵横》2015年第1期。

时无法建构起一个共同的“政治中国”，或者无法就作为政治范畴的中国达成共识的现实处境下，“文化中国”的提出和建构不能不说是一个相对理性而智慧的选择。

文化既包容政治又超越政治。不论古代中国是以“文明立国”，还是现代中国更像一个“以国家的姿态出现的文明”（白鲁恂语），都反映了“中国”超乎寻常的文化凝聚力量。中华文化代代相传的持久性和令人惊异的统一性是不可分割的，无论是梁漱溟等中国学人，还是西方学者如白鲁恂等，都对此有着清醒的洞察并深感“不可思议”。这无疑对“古代中国”顺利转型为现代意义的民族国家至关重要。民族认同也可视为个人自我认同的重要内容，若生活在不能认同的文化类型中，往往会产生自我认同的痛苦，从而造成与他人和社会之间的严重疏离与异化[①]。近年来西方社会频频发生的自杀式恐怖袭击事件，那些恐怖主义实施者往往是为生活所迫而移民到西方国家，却无法融入主流社会，无法认同自己所在社会的信仰、价值观念一类的“边缘人”。此可谓是“文化认同”与“民族认同”、个人认同与国家认同无法统一，乃至走向紧张对立后失智失常，甚至失去人性的极端案例。现代中国历史变迁中一再出现的激进、冒进主义思潮，也与唐君毅等人在20世纪中期一再指出的“文化”与“民族”的建构未能实现真正意义的统一，由此造成的文化政治的“跛脚”不无关系；另一方面，某种程度上体现着中国文化政治和文化心理之奥秘的“文化中

① 李瑞全：《中国文化价值中的民族与文化并立的意义》，台湾《鹅湖月刊》2014年9月，第471期。

国”，又是联结历史与未来、“海内”与“海外”的纽带。如果说古代的华夏文明作为共同的人类创造和人类遗产已超出某一民族与国家的界限，成为了“天下一统”的义理根据，那么经过创造性转化的现代意义的“文化中国”，更可成为未来“大同世界”的重要基石。唐君毅先生当年甚至主张“大家不必太看重身份证上的白纸黑字，与西方的国籍法”，因为“历史的意义，比地理的意义，当然深厚重大得多”①，当然也是从如何返本开新，建构起全球性的“现代的文化中国”这一历史命题而发挥的。纵观古往今来，文化都是实现民族沟通与民族融合的最自然和平的方式，“孔子的创见是明确地以文化来衡量种族间的差异，以文化消弭民族之间的区别性以至敌对性”②。

笔者完全同意并赞赏这样的观点：如果这样一个“现代的文化中国”得以真正建立起来，如果我们每一个人都能实现政治认同与文化认同、历史认同与现实认同，乃至家国认同的有机统一，那么不仅普通个人不再被自己“安身立命”的纠结所困惑，同时整个中国社会也能够长治久安。费孝通等人“文化自觉”的夙愿，杜维明一再倡导的华人社会之间“减少内耗，加强协力”的诉求，自然也不在话下。如果当今中国在经济崛起、政治崛起之外，又能实现思想文化的崛起，“中国作为一个理念，涵盖了一套有号召力的价值与实践，形成了一个能提

---

① 唐君毅：《海外中国知识分子对当前时代之态度》，《说中华民族之花果飘零》，第 87 页。

② 李瑞全：《中国文化价值中的民族与文化并立的意义》，台湾《鹅湖月刊》2014 年 9 月，第 471 期。

供给人类新的安身立命，以及与万物相处共荣的道路”[1]，那么不仅“台湾问题”的最终解决会充满希望，全球华人之间的相互关联和整合也将指日可待。

① 赵刚：《风雨台湾的未来》，《台湾社会研究季刊》第95期，2014年6月。

第三章
香港历史变迁与身份认同建构

所谓“身份认同”，是从英语identity一词翻译来的。在英语中，identity可直译为“身份”“同一性”等词语，代表着某一事物是其本身而不是其他东西的特质。它相当典型地反映了西方人的思维特征：与中国人整体性的模糊思维不同，他们往往以一种分割式、分析式的思维不断加深着对事物的理解，并在此基础上把具有一致性或同一性的事物看作单独的、独一无二的个体，以区别其他事物的规定性。而当把idendity用于人的时候，它指的是“使一个人成为他/她自己而不是其他人的独特的、本质的、稳定的东西。这也就是人们所说的‘个人身份’（pesornal identity）的基本意思”①。可见“身份”的确定，就是要破解“我（们）是谁”的问题。身份认同也可以被认为是一种文化心理过程，指的是“个人（即行为的主体）和个人以外的对象（即客体，包括个人、团体、观念、理想及事务）之间，产生心理上、感情上的结合关系，亦即通过心理的内摄

① 贺玉高：《霍米·巴巴的杂交性身份理论研究》，中国社会科学出版社2012年版，第17页。

(introjuction) 将外界的对象，包摄在自我之中，成为自我的一部分。结果在潜意识中，将自己视为对象的一部分，并作为该对象的一部分而行动”[①]。顾名思义，身份认同包含着对身心“归属感”的追求，从对某一地域、社区以及某一群体的归属感，到整个国家民族的身份认同，都与这种“将自己视为对象的一部分”的心理过程融为一体。对于生活在香港的广大民众而言，身份认同更多的是指“香港本地认同”与作为国家民族的“中国认同”之间的同构、互动以及复杂纠结。本章也正是从这一意义上，对香港社会和广大民众身份认同的历史变迁加以初步探讨。

一、1841 年—19 世纪 40 年代：“在港中国人”的身份认同

英国殖民者先是通过鸦片战争以武力霸占了香港岛（1841），然后又强行割占九龙半岛（1860）和“租借”新界地区（1898），使整个“香港地区”沦为英国的“皇家领地”。英国殖民者对香港的占领，除了将其作为本国商人和商船在中国沿海地区的“居停处”和货物转运港之外，更主要的目的是打通进入中国的门户。因而港英当局始终将香港定位于“自由港”和“中国门户”的角色上，对香港与中国内地之间的人员流动与商贸往来，奉行一种支持与鼓励的政策，从而在无形之中强化了香港作为内地居民“避难所”和离散中转站的“使命”。从 1841 年到 1950 年前后的一百多年间，两地之间密切的经贸往来和人员流动不仅导致了香港与中国大陆近乎“同

① 崔贵强：《新马华人国家认同的转向 1945—1959》，厦门大学出版社 1989 年版，第 1 页。

步”的变迁发展，也促进了香港与祖国内地尤其是闽粤沿海地区的“一体化”建构。其中，陆、港之间一次次大规模的人口迁移和往返流动，更可谓是“离散中国”与“聚合中国”在近现代历史中沧桑变迁的典型表征之一。可以说祖国内地的每一次重大变动和离乱，无不迅速波及香港并对其产生重大影响，由此也从另一角度反映出香港与内地社会之间息息相关的“完整性”和同步性。

殖民统治之初的香港，在很长时期内都是一个罪案高发、黑社会横行的“江湖”边缘社会。当时来港的华人华工大多是采石为生的客家人、出卖苦力的劳工和小贩等。他们在内地原本属于社会最底层的边缘群体，很多人来到这片“化外之地”冒险打拼，仅仅是为了满足简单的生存愿望。不仅如此，由于中英之间价值观念、风俗习惯的差异，以及广大华人居民对异族殖民统治的不满，他们与港英当局之间的矛盾也时有激化。“自 1841 年到 1941 年一百年间，香港出现过多次大大小小的骚乱、暴动、罢工、罢市事件，都是华人对社会各种各样不满的宣泄。”[①] 其中较著名的事件，包括 1844 年因“人口登记”而激发的华人反抗运动，1857 年因裕盛面包店“中毒”事件和 1894 年香港鼠疫而引发的社会冲突等。这些事件和冲突都曾导致大批华人的罢市、罢工及离港回迁。仅仅在 1894 年鼠疫蔓延期间，就有大约十万华人离港返回内地。而随着内地辛亥革命的爆发和一系列社会动荡，广东沿海地区的部分民众再次大规模涌入香港，使得香港在成为战乱避难所和栖居地的同

① 王赓武主编：《香港史新编》，香港三联书店有限公司 1997 年版，第 110 页。

时，还一度是中国民众因饱受西方侵略和压迫而不断积聚的民族主义情绪的爆发地。1922年因广州“沙田惨案”而发生的香港海员大罢工，1925年的省港大罢工，都重创了港英当局的殖民统治。这些此起彼伏的斗争事件，雄辩地证明了近代史上的香港，曾是中国人民抗拒西方侵略和压迫的重要前沿阵地。

就身份认同而言，且不说那些到香港的短暂打拼者魂牵梦绕的始终是自己的家乡故国；即使是在香港土生土长的华人华侨，对自己脚下这片“借来的土地”也没有产生多少认同感。他们在文化心理和价值观念上与内地居民并无本质分野，不过是（暂时）在港的中国人而已。他们在内心深处并不认同英国当年对香港地区的霸占和“租借”，也不认可英国在香港的殖民统治。相反，香港属于中国，或者迟早要归还中国的这一历史常识，牢牢扎根于广大香港市民的心中。不仅如此，面对殖民强权这一突兀的民族“他者”，香港民众反而更加催生了自己作为中国人的身份自觉。很显然，英国殖民当局这一异族他者的出现和“在场”，不仅使得香港民众通过西方“他者”的镜像，更加清晰地看清了民族“自我”的面影，还进一步催生了他们积淀已久的中华民族意识，唤起了他们从事构建现代中国的空前热情和决心，从而使历史上的香港一度成为催生现代中华民族意识的摇篮之一。

香港还是那场推翻两千多年封建帝制、缔造了现代中国的辛亥革命的重要根据地。根据学者考察，香港在辛亥革命时期既是革命党人策划和筹备起义工作的中心，又是筹集和分配军火的主要根据地；既是海外和国内革命同志的联络与招募中心，又是起义受挫、队伍解散后革命成员逃避清廷报复的避风港。革命党人发动的历次武装起义，“每次起义都是利用香港作为基地、重要策划中心或联络站，以便进行调度军械及人员”①。香港爱国华人华商对革命党人的慷慨捐赠和支援，则为革命工作及武装起义的顺利开展打下了坚实的经济基础。据1911年5月29日《香港电讯报》记载：“热心支持反清起义，慷慨献出财产资助革命的人，没有那个地方比香港更多的了。”② 革命党人还在香港创办了《中国日报》《东方报》等现代报刊宣传革命教义，与清政府和守旧的传统势力进行了有效有力的斗争。孙中山提出的“三民主义”等主张，正是经由香港《中国日报》等报刊的宣传，逐渐演变为海内外中国人的“日常用语”。《中国日报》还最早提出了“中国者，中国人之中国也”的主张，虽然这一口号在当时是为了配合革命党人的“排满”诉求而提出的，但殖民地香港最先喊出的这一时代强音，既体现了广大中国人民共同的心声，又清楚地表明了香港华人对中华民族的认同。至于“中华民国之父”孙中山先生本人与港澳社会的不解之缘更是人所共知：孙的父亲年轻时曾在澳门做小手工业者（鞋匠），中山先生本人13岁时随母亲经澳门到夏威夷求学，并于1884年到香港读书。孙后来更是经常往返于港、澳之间从事秘密革命活动。香港与辛亥革命的深切关联，还可从1912年成立的中华民国临时政府所任命的五位部长中有三位——财政部部长陈锦涛、外交部部长王宠惠和司法部部长伍廷芳，都有着在香港接受教育的个人背景这一历史

① 霍启昌：《香港与近代中国》，台北商务印书馆2012年版，第173页。
② 转引自霍启昌：《香港与近代中国》，第173页。

史实而管窥一斑。正如有学者指出：“没有香港和香港华人的支持，中国近代史上革命的进程无疑将会采取不同的形式和方向。”[①] 令人遗憾的是，这些珍贵的史料时至今日却似乎已鲜为人知。

二、20 世纪 50—90 年代：香港认同与中国认同的扭结

著名历史学家王赓武先生认为，香港的经济繁荣与近代中国沿海地区“边缘新港口城市”和通商口岸的蓬勃兴盛，有直接的承传关系[②]。近代以来，从北方的大连、天津、青岛到南方的上海、广州、香港、澳门等，一座座港口与海关城市犹如一颗颗璀璨的明珠，串联起中国内地与海外世界的经济贸易往来，同时带动了中国沿海省份的经济发展。而直到 20 世纪 50 年代之前，香港的经济贸易和文化交流功能都无法与上海相比。不过在 1949 年中华人民共和国成立之后，随着西方帝国主义对新生红色政权的畏惧和围堵封锁，以及中国近 30 年的闭关自守政策，使得上海这座最耀目的“东方明珠”一度黯然失色，香港才“后来居上”地取代了上海的经济贸易和文化中心地位，摇身变为举世闻名的自由贸易港及亚洲城市的翘楚。香港的这一历史演变，生动地浓缩了整个中国在现代化转型过程中所经历的耻辱与荣耀、落后与先进、西化与本土、变革与传统、分裂与统合之间错综复杂的纠葛，并进一步反衬出中华民族在近现代沧桑裂变中的某种吊诡和荒唐：“我们当然不能同意某些人那样居然会厚颜庆幸琦善当年草草把香港割让；然

① 霍启昌：《香港与近代中国》，第 174 页。
② 王赓武主编：《香港史新编》，第 859 页。

而，在那些无法无天，当人连作为人最基本的尊严也失去的时候，当这个小小的地方，从被咒诅变而为仍堪学习，差堪艳羡的对象，开始以各种形式向后土反馈——我们听到了历史深处的冷笑。”① 的确，香港曾是中华民族被西方蹂躏和践踏的屈辱标志，今天她却更让我们惊叹于中西文明之间的“无缝对接”和华夏儿女对现代化的热情拥抱。只是在香港这“华丽转身”的背后，总给人以阴差阳错、哭笑不得的错愕感。

一般认为20世纪50至70年代是香港本土社会的孕育及形成时期，也是香港民众对现代中国认同产生纠结的特殊历史时期。但这种纠结是与整个现代中国的动荡变迁不可分割的：众所周知，辛亥革命的胜利虽然实现了传统帝制中国向现代民族国家的转型，但这一转型却因为袁世凯复辟、军阀混战、地方割据、国共两党纷争等因素而变得格外艰难曲折。1945年8月，中国人民在历经14年同仇敌忾的抗日战争之后，曾有一个难得的化解国内矛盾、实现民族团结、集中社会各界力量共同缔造现代中国的历史机遇，然而以蒋介石为首的国民政府却白白错失了这一时代“良机”。他们率先发动内战后并很快败退台湾，从而造成了海峡两岸近30年的分离分治和紧张对峙，也使得初步完成现代转型的中华民族迄今未能实现领土的完整统一。这一政治格局的剧变，对于流散到香港以及世界各地的华人华侨产生的一个直接而重大的影响，就是祖国认同的复杂纠结。如同香港作家昆南通过小说人物之口发出的拷问：“台湾是祖国。大陆是祖国。国家的巨体分成两截，民族的气魄流

① 西西：《我城》，广西师范大学出版社2010年版，第256页。

散了。中国人仇视中国人。中国人杀害中国人。外国人统治中国人。外国人劫掠中国人……中国人何去何从?”[①] 昆南这一深沉而痛彻的质问，像鞭子一样拷打着无数炎黄子孙的心灵。国家领土的分裂和意识形态的对立，不仅造成了整个民族气魄的流散，也使得夹在海峡两岸“中间”的香港民众产生了一种无所适从的认同困惑。而“中国人何去何从”的问题，则不仅是隐藏于香港人心头难以言说的创痛，也一度成为困扰海峡两岸及全球华人身份认同的重大历史命题。

与此同时，祖国内地社会的经济迟缓和此起彼伏的政治运动，使得香港六七十年代的经济繁荣变得格外“触目”，形成了陆、港之间的强烈反差，并催生了香港民众的“本地人”意识。有学者将香港本土意识的觉醒追溯到1956年发生的“双十”暴动事件。当时因为有人在香港公共住宅区撤下国民党方面的政治旗帜，而遭到国民党拥护者的抗议，遂触发了以国、共两党为主导的左、右两派政治势力的对峙和斗争。该事件虽然反映了国、共两党的不同意识形态在香港及海外大中华地区的对抗，但克服暴动和恢复社会稳定的经历，却使香港本地市民产生了一种共同的认同情感，“成为香港认同的构成基础”[②]。1967年5月，香港的一部分“左派”在中国大陆“文化大革命”的影响下，还曾展开一次针对英国殖民政府的武装暴动。事件由最初的罢工、示威，发展至暗杀、放置炸弹等恐怖行为，并造成了严重后果，数十人在暴动中失去生命，数百人因暴动而受伤。然而，暴动不仅没有达到既定目的，反而推

① 昆南：《地的门》，香港现代文学美术协会1961版，第91页。
② 张萌萌：《香港认同构建》，社会科学文献出版社2013年版，第33页。

进了香港普通民众对极“左”意识形态的反感，扩大了中国内地与香港之间的差别。多数香港人支持港英政府平息动乱的措施与行动，他们也逐渐意识到香港能成为一个难得的避难所和安乐窝，离不开港英政府的“庇护”。而为了避免类似事件再次发生，港英政府也适时调整殖民统治策略，举办了一系列文化活动以增强香港人的本土认同感和归属感。不能不承认，这些措施和策略还是颇有成效的：“战后几十年，特别是六七年的社会动荡之后，一种本土主义的身份认同——一种认同资本主义‘香港生活方式’、认同港式消费文化、以香港为家的身份认同——逐渐冒现。”①

香港本土意识的兴起，既是香港社会稳定繁荣的文化心理表现，又对促进香港的稳定繁荣起到了积极作用。广大香港市民以港为家，共同热爱并建设香港这一“共同的家园”，无疑是一种自然而健康的心理情感。然而当本土认同夹杂了过多当地族群的自恋自大和自我中心意识，以及陶醉于对“当下”生活的过于自足时，它也容易蜕变为一种排外性的“地方保护主义”，显示出拒斥变革、趋于闭锁的保守倾向。而当这种本土意识被高度意识形态化，甚至与社会政治认同、国家民族认同扭结在一起的时候，则往往变得更加复杂敏感。但总体而言，绝大多数香港民众在心理情感上不接受、不认同来自西方异族的强权殖民统治，却依然是不争的事实。如同王赓武先生所言：“尽管香港人生活在殖民统治下，但他们无疑是中国人，也可称作香港中国人。”在王先生看来，所谓“香港人”乃是

① 孔诰烽：《论说六七：恐左意识底下的香港本土主义——中国民族主义与左翼思潮》，见罗永生编《谁的城市》，香港牛津大学出版社 1997 年版，第 89 页。

指“那些即使不公开反对殖民统治，但至少与少数欣赏英国统治的人截然不同的人们”。他又进一步强调：“从文化和历史的角度看，香港人是中国人。这种与国家认同感的联系，今天比以往更加强烈。但是，不少香港人却自认为是有不同意识的中国人。他们拒绝殖民地中国人的概念，对这种‘反面形象’已经反感了几十年，但也不等同于具有中国大陆或台湾的当代主流意识。”[①] 王赓武的这一论述相当全面地概括了香港民众的中国认同意识，尤其是它的文化历史渊源和现实复杂性。事实上，不仅“认同”包含着社会历史、文化心理和现实政治及意识形态认同的多重侧面，“中国认同”这一概念也隐含着对“中华民族”的身份认同，以及对海峡两岸政治实体之认同的复杂纠结。

1984 年中英两国联合声明的发表，确定了英国政府将于 1997 年 7 月 1 日，正式将香港交还给中国的大政方针，并决定了香港社会的未来方向。但面对即将到来的“九七回归”，不少香港市民却明显感到忐忑不安，甚至出现怀疑和焦虑的心理倾向。“80 年代大部分人担心的，是失去言论与出版自由，是失去既有的生活方式，是既有的文化被一笔抹杀——可是大家要珍惜要保有的文化是什么，是怎样的呢？好像也没说清楚。”[②] 其实香港民众最担心的，是香港回归之后的经济繁荣能否持续下去，现有的生活方式是否要被迫改变等现实问题。1989 年“六四”事件的发生，进一步加剧了港人对香港前途的担心和怀疑，一时之间甚至出现了以欧美国家为目的地的移

---

① 王赓武：《香港现代社会》，见王赓武主编《香港史新编》，第 859－861 页。
② 也斯：《香港文化十论》，浙江大学出版社 2012 年版，第 243 页。

民潮，在文化和文艺领域涌现出被媒体反复渲染的“九七情结”和“九七现象”。感受到时代风潮的香港文人通过各种文艺形式，持续关注并表现着“九七”前后香港社会文化的各种躁动与嬗变；同时他们对祖国内地在经济、社会和政治领域的变革也更为关注。而内地社会的改革开放和经济发展，为香港的顺利回归奠定了坚实的文化和政治经济基础。

三、1997 年至今：“香港中国人”的曲折建构

特殊的历史境遇和时代变迁造就了香港民众“特殊”的中国认同意识。自鸦片战争以来中国社会的持续动荡和裂变，自20世纪50年代以来陆、港之间的一度“隔绝”，再加上意识形态的长期对立和隔膜，使得部分香港民众对现实中国及祖国内地产生了一种既依恋又疏离、既关心又隔膜的复杂心态，以及政治认同的游离、困惑乃至矛盾。笔者认为香港民众的中国认同意识，是一个既深广悠远又多元立体，同时包含着复杂纠结的恒定结构。这种特殊的中国认同意识在香港文人、作家笔下表现得尤其明显。我们既可以从大量由祖国内地流散到香港的华人作家的频频“北望”，和他们对故乡、故土的怀念及历史再现中，管窥到一种源远流长的家国心理认同；也可在香港文人对中华文化之根的痴情守护中，感觉到他们对中华文化身份的自觉；即使是20世纪六七十年代兴起的香港本土思潮和本土追寻，触目可见的依然是中华传统文化的深厚底蕴。

在香港回归祖国的近20年中，经济增长和社会发展均取得了举世瞩目的成就。香港经济一直保持着稳步高速的增长，香港社会在总体上也一直延续着稳定繁荣与和谐发展的态势。

由此不仅粉碎了西方某些政治观察家的悲观预言，也消除了部分香港市民对“一国两制”的疑虑。一些在“九七”前后移民到西方国家的香港市民，近年来也纷纷“回流”，折射出对香港前途的坚定信心和乐观期待。但与香港社会经济的发展形成鲜明对照的是，香港社会和部分民众在身份认同意识的建构上，却一直没有很好地完成“去殖民地化”的历史使命。依照香港基本法和“一国两制”的基本理论框架，回归以后的香港作为中华人民共和国的政治特区，其属地的香港市民自然就成为中华人民共和国之国民。但很多香港人直至今天依然没有实现这一身份属性的文化心理转变，从而造成了身份认同的某种困惑与纠结。面对同一个“一国两制”，不难发现内地各界普遍关注的是“一国”，香港民众却更看重“两制”，甚至有人错误地以为香港在 1997 年之后，仅仅在“名义上”属于中国。——这当然从另一角度坐实了香港部分民众“国民”意识的缺乏。发展到今天，便造成了“一些香港人不仅不认同中国，而且以做中国人为耻”的恶劣倾向[①]。正如新加坡国立大学的郑永年教授所敏锐洞察到的，此种强烈的非中国认同和“反中意识”，近年来已演化为香港问题的核心症结所在，对香港政治生态的影响不容忽视[②]。

还有自由主义知识分子从西方的“先进”理论思潮出发，将香港的顺利回归阐释为重新被一个名叫“祖国”的“新殖民霸权”所统治，从而“挑战”传统意义的中国认同。笔者注意到，有新锐学者就从印度知识分子为抗拒英国殖民主义而提出

① 郑永年：《香港问题恶化不容忽视》，《新加坡早报》2015 年 6 月 9 日。
② 郑永年：《香港问题恶化不容忽视》，《新加坡早报》2015 年 6 月 9 日。

的，在拆解“欧洲”一类霸权概念的同时，还应质疑“印度”这一概念的有关论述中获得“启发”，提出“在香港问题上，于拆解‘英国’的同时，也要质询‘中国’这个概念”，并在此基础上寻求一种摆脱“中国中心”的“香港本土立场”①。从理论上讲，包括“中国”“印度”及“英国”“欧洲”一类的任何概念，自然都有进一步质询的必要。但笔者更感好奇的是，难道“香港”这一概念不是同样或者更值得质询乃至拆解吗？而当我们真正对“香港”加以追根溯源乃至“拆分”的时候，那蕴含其中且无所不在的“中国”元素，实实在在是不容易也不可能消除得了的。然而此类“前卫”主张却很容易被个别年轻学生所信奉和利用，成为他们开展“街头运动”，以激进手段追求“民主自由”乃至“命运自主”的理论资源。

对于今天香港一些高度“本土化”的年轻一代而言，他们从小接受殖民当局的西化教育，不仅与父辈乃至世代相延的家国认同情结渐行渐远，更欠缺对中国社会和中华民族历史的全面认知，从而形成一种唯我独尊、“本地（香港）优先”，甚至只关注香港本土，而不见整个中国的文化心理视野；同时在行为上则不由自主地追逐着“西化”的社会新潮，将西式的“自由”“民主”观念奉为包治当今人类社会之百病的“万能药方”。种种原因交织在一起，使得自50年代以来逐渐积聚的，原本作为一种地域认同的香港本土意识，在一些人那里已畸变为挑战现代中国国族认同的“香港城邦国家”论和“香港独立”论，由此不能不令人感到忧虑。值得注意的是，这种看似

① 周蕾：《写在家国以外》，香港牛津大学出版社1995年版，第99页。

荒唐可笑的“本土—独立”之思维逻辑，与台湾地区本土化思潮的高度泛滥及“台独”理论不仅如出一辙，而且同样亦步亦趋地套用并披上了西式“民主”“自由”一类的神圣旗帜。“港独”与“台独”的合流与相互“声援”之势已越来越明显。

早在20世纪90年代初，著名历史学家黄仁宇先生曾针对尚未成气候的“台独”势力提出自己的看法。他认为“台独”在当时虽然不能称之为“有力左右台湾今后出处的挑战者”，充其量只是一个“无结构而只带着乡土气息的运动”，但这运动却很容易“引出一个潜在有动力的问题，既有情绪上之煽动性，也在某些方面具有实质，如果处理不善，即不能担保以上情形不会迅速改变”①。黄先生对“台独”运动所具有的“情绪上之煽动性”和“潜在有动力”的分析，在今天看来依然相当清醒有力。黄先生的这一警示同样适用于今天处于“萌芽”状态、远未成气候的“港独”思潮，以及中国内地部分地区的分离主义倾向。而我们尤其不能忘却他当年颇具历史眼光的告诫：“台湾、香港、澳门与大陆的分合，是中国大历史未来发展的最大课题。”②

“一国两制”作为人类历史的一大创举，平心而论，在具体实施过程中不可能完全一帆风顺，而不出现任何曲折。如同一些学者指出，香港普通民众尤其是部分底层贫民，由于未能从回归以后香港经济的快速发展中获得相应收益，使得近年来香港社会的贫富差距有进一步扩大之势，底层民众与特权显贵之间产生了一定的隔阂和分歧，香港内部的社会矛盾也时有激

① 黄仁宇：《中国大历史》，北京三联书店1997年版，第345页。
② 黄仁宇：《中国大历史》，第343页。

化。因此不少有识之士建议中央政府要充分考虑和顾及香港社会各界的不同利益诉求，尤其是要关注香港底层市民和“草根”大众发自内心的真实呼声，以及尽快打破香港在殖民地时代形成的“官商结合”“政商一体”的畸形社会体制。这样的呼吁当然有很高的参考价值。另外，如何加快香港社会的民主制度建设，并以此促进“一国两制”的全面实施和陆、港之间的和谐互动，也应是不可忽略的关键议题。对此笔者认为郑永年先生的观点不仅极有见地，而且颇具建设性：殖民地时代形成的香港政治体制，在回归祖国的近20年中差不多被完全延续和照搬下来，其弊端不仅日益突出，而且与中国大陆的基本政治体制也越来越难以适应，因而有必要进行“自主创新”与变革[①]。香港社会民众因特殊的历史境遇而形成的“不同”于内地社会的“特殊”中国意识，可以而且应该得到内地社会的充分尊重和理解，但任何国家和政府都不可能允许或“宽容”那些以颠覆现有政权、破坏国家统一为宗旨的社会组织和行动团体，公然“合理合法”地活跃于国家机体内部。

与此同时，回归以后的香港与祖国内地之间的经济文化交流和人员流动日益便捷和频繁，但陆、港之间由于不同的历史轨迹和社会政治境遇而导致的各种文化心理隔阂，也在短期内因“密切接触”而凸显出来，甚至偶尔产生一些不必要的摩擦。例如，一方面前往香港“自由行”的大陆游客被部分港人形容为可怖的“蝗虫”；另一方面在很多内地民众眼中，香港变成了一个“被宠坏的孩子”。虽然民粹式的暴力语言和网络

① 郑永年：《香港问题恶化不容忽视》，《新加坡早报》2015年6月9日。

上的谩骂不能说明任何问题，但由此体现的陆、港两地之间的隔阂与反差，却是直观而生动的。祖国内地社会与香港之间在相互融为一体的同时，又要进行相应的“切割”，从而使双方既能保持各自社会文化的特性，又能互利互惠、合作共赢与和谐共处；而中央政府对香港特区的管控方式和治港理念，也不妨与时俱进地有所转变和改进。特别是改变传统意义的垂直管理思维模式，以周密细致的法律条文厘清中央政府与香港特区政府之间的关系，并以完善的法律制度建设替代那些意识形态明显或主观色彩强烈的“要求”，笔者认为也是必要的。“一国两制”的理论框架与“高度自治”“港人治港”的基本政策不可分割，但正如一些专家学者指出的，香港社会并非铁板一块，所谓的“港人”往往各有各的利益诉求和价值观念。为了避免某些“反对派”人士将“港人治港”曲解为“以港制港”并借机发挥政治议题，避免部分市民将香港经济暂时出现的问题“迁怒”于祖国内地及中央政府，就应在香港社会中建构起一套以法律法规为基础的民主选举制度和责任政府制度，以此为香港未来的繁荣稳定与和谐发展奠定基础；而“港人治港”的另一层意味，还应该是“港人”有能力承担起“治不好”香港的相应责任。只有当大多数“港人”依照法律和民主制度，真正参与到治理香港的具体事务之中，那么“本港”社会的自我约束机制和社会平衡能力也就能充分发挥作用，并保证香港社会在整体上不偏离法律法规的正常轨道。

四、余论：“香港奇迹”与“中国香港”

香港的经济文化成就既是中西文明“阴差阳错”地相互结

合的产物，也可以说是特殊的历史机缘和风云际会而造就的奇迹。香港奇迹来之不易，需要香港市民与祖国内地同胞共同加以维护，甚至是小心翼翼的“呵护”。在中外历史学家眼中，香港具有诸多得天独厚的优势：首先是地理位置的优势，作为中国华南地区和东亚地区海空贸易中心的香港，“全世界一半人口集中在5小时飞行路程的范围之内”[①]。位置优势为香港的海空贸易提供了特殊的便利；其次，香港还形成了一套“开放、具有国际视野，以及灵活性”的“活跃的经济体系”[②]，并在此基础上建构了香港的经济文化繁荣；再次，香港广大民众的辛苦“搏命”精神，香港与中国内地之间的特殊关联，也同样是不可忽视的关键因素。历史上香港奇迹的造就，很大程度上得益于她作为出入中国之便利门户的自我利用：近两百年来香港充分利用其背靠祖国内地、面向西方世界的独特“交通枢纽”地位，以及与中国内地之间“既内且外”“亦内亦外”的特殊文化地理空间，在中西文化融汇、现代中国建构和转型过程中扮演了不可替代的独特角色，屡屡发挥着从“边缘”影响“中心”的独特历史作用。“香港是海外华人商业网络的首府，是一个对外投资者，也是中国大陆经济的推进者，这些令香港成为一个亚洲地区利益汇聚的地方。”[③] 未来的香港如果要保持其一贯的经济文化优势，同样离不开与祖国内地的进一步关联和整合。王赓武先生曾乐观地期待香港在回归祖国以后，随着

---

① ［美］米高·恩莱特等著，曾宪冠译：《香港优势》，商务印书馆1999年版，第85页。

② ［美］米高·恩莱特等著，曾宪冠译：《香港优势》，第25页。

③ ［美］米高·恩莱特等著，曾宪冠译：《香港优势》，第79页。

中国内地的更加开放，以及与国际市场体系更加紧密的联系，“以香港为代表的中国沿海华人”应该能够成为“‘中国特色社会主义’发展动力的一个部分”，在帮助祖国内地“形成一种为中国的现代化所需要的经过改革的社会结构”的同时，引导内地中国人“吸取外部世界最有活力的文化”①。此外，香港人还应“重新评估在南部中国和东南亚地区所扮演的引人注目的角色”，在未来中国与东南亚地区的经贸往来中发挥更大作用。与此同时，随着区域整合的拓展和地区贸易的提升，香港人会发现那种“把自己局限在任何一个单一的区域内”的封闭性思维将变得越来越困难②。而今天的中国比以往任何时代都更热切地融入世界经济一体化之中，随着“一带一路”国家战略的实施，香港无疑将在“南下北上”和“东来西往”的经济文化流动中承担更重要的作用。但如果部分港人在身份认同问题上迟迟纠缠不清，甚至搅动起整个香港社会的不安，那么难免不会拖累整个香港错失下一个经济发展的时代“良机”。

另一方面，香港不应也不需要被“娇宠”。历史上的香港在动荡困苦的社会政治环境中，尚且能够凭借其“左右逢源”的自身优势实现其“华丽转身”，今天的香港与祖国内地的港口城市之间，同样既要“互补共赢”，又要展开“良性竞争”。要知道，没有竞争就没有进一步发展与创新的动力，甚至还会走向自我满足、自我封闭的老路。香港与祖国内地的经贸关系，不应再仅仅是一方（祖国内地）对另一方（香港特区）的援助、扶持乃至不必要的“挺港”“惠港”一类的单一面向。

---

① 王赓武：《香港现代社会》，见王赓武主编《香港史新编》，第866页。

② 王赓武：《香港现代社会》，见王赓武主编《香港史新编》，第866页。

从历史上看，如果说香港的经济腾飞与内地上海、广州、深圳等港口城市的一度“雪藏”相关，那么随着20世纪80年代以来中国内地的改革开放，尤其是上海、深圳等地的迅速崛起，香港作为贸易转运港的地位已经大大减弱。而香港的经济奇迹也给我们以直接的启示：香港既然如此“能”，中国大陆的上海、广州、大连、天津、深圳等城市，为什么就不能像香港那样“能”？在去殖民化的前提下，中国人民不仅有能力打造出一系列像香港和二三十年代的上海那样的国际化大都市，也应该能够闯出一条具有本民族特色的现代化转型之路。今天的中央政府积极倡导的上海等城市的“自贸区”建设，在某种程度上岂不就是去殖民化基础上的通商口岸传统的进一步发扬？当然，上海等内地沿海城市的重新开放和崛起，或许会对香港的国际贸易地位构成一定挑战。但只要处理得当，不仅香港不会产生类似的不满与反对情绪，而且与内地港口城市之间的互利互惠和经济合作关系还会进一步巩固，中国内地社会之于香港（乃至台湾地区）的向心力也会进一步增强。

至于香港之于整个中国社会的“先锋”作用，也同样不容小觑。有学者曾指出，中国内地在20世纪80年代遭遇的诸多社会问题，早在50年代的香港就已经面对过①。如前所述，香港长达一个半世纪的殖民地历史不仅见证了近代中国的苦难和屈辱，也为中华民族迈向现代化、完成现代转型提供了生动而丰富的多重经验。以香港为参考坐标反观内地社会，看到的不仅是离散和动荡、屈辱和沧桑，也不仅是“以边缘看中心”，

① 王瑞华：《殖民与先锋》，社会科学文献出版社2006年版，第13页。

还夹杂了从“现代”看“传统”，从“先进”看“落后”，从“城市”看“乡下”，从“西方”看“东方”等复杂多重的目光。且不说20世纪50年代的一部分香港文人，在身处高度“西化”的殖民地处境中最先萌生出“文化自觉”意识，为80年代以来海内外中国知识分子对自身文化身份的反省和文化心理“寻根”起到了先导作用；今天的香港主流社会和特区政府对本土意识的应对和引导，对祖国内地社会也同样不无“先锋性”的借鉴和启示意义。中国大陆当然不能完全照搬“香港经验”，但地域认同与国家认同之间的复杂纠结，地方利益与国家整体利益之间既重合又博弈的复杂态势，以及地方主义的不时“冒现”，将是未来中国社会必须面对的严峻课题之一。至于中央政府与地方政府之间如何完成明确有效的职能划分，实现各自的职能转换与革新，也将是未来中国社会政治改革的重中之重。作为中国政治特区之一的香港，在这诸多领域都可提供丰富的参考经验。

1997年香港回归之际，江泽民主席曾亲笔题词——“香港明天会更好”，表达了包括香港人民在内的全国各族人民对未来香港的美好祝愿和坚定信心。时隔近20年的今天，我们同样祝愿香港的明天会更美好。只不过这“更美好的明天”不会再由历史的阴差阳错所致，而应建立在中国内地与香港的繁荣稳定，以及香港与内地合作互惠的基础之上。

Z H O N G B I A N

中　编

经典作家与“文化中国”想象

JINGDIAN ZUOJIA YU WENHUA ZHONGGUO XIANGXIANG

第四章
林语堂：北京情怀与中国形象建构

“两脚踏中西文化，一心谈宇宙文章”的林语堂自称“一团矛盾”。缠绕在林氏身上的看似无可化解却又常常“迎刃而解”“不解自解”的“一团矛盾”，集中折射出现代中国文人在东方与西方、传统与现代、现实与理想之间的复杂纠结，以及内心的坚定和执着。这“一团矛盾”体现在他的婚姻与爱情、信仰与认同的方方面面，其中包括林语堂对北京、上海这两座城市的“利用”方式和不同态度。

纵观林氏一生，足迹可谓踏遍世界各地，但他最钟情的地方除了家乡福建漳州外，恐怕就是北京了。林氏不仅以北京为主要叙事背景先后创作了《京华烟云》《风声鹤唳》等长篇小说，还在大量的散文杂记中反复表达了对老北京的温情记忆和浪漫想象，晚年特意撰写了一部地方志式的著作《辉煌的北京》[1]，以北京为想象主体，尽情宣泄了那浓得化不开的“故国情思”。这对流散到台、港暨世界各地的广大华人作家而言，

① 该书出版于1961年，中译本有《大城北京》《辉煌的北京》等不同版本。本文采用陕西师范大学出版社2003年版的《辉煌的北京》一书。

无疑颇具"标杆"性意义。

一、以北京想象中国

林语堂在横跨中西的跨文化处境中，精心塑造了一个艺术化、唯美化和梦幻化的"老北京"形象，这既是"跨文化翻译"的典型产物，也是作家本人"文化中国"情怀的集中呈现。他将"老北京"视为古典中国的肉身原型、传统华夏文明的辉煌象征和现代中华民族的首要认同标志。林氏对"（北京）城"与"（中）国"之间同构关系的渲染，及其以"北京叙事"讲述"中国故事"的"方法论"自觉，都为后来的众多海内外华人作家所借鉴和传承，古老"北京"为他们提供了"想象中国"的广阔空间。

（一）作为"跨文化翻译"的北京书写

早在1909年，从香港进入中国的法国作家谢阁兰，途经上海、苏州、南京等城市抵达北京，才第一次感觉抵达所谓"真正的中国"——"北京才是中国，整个中华大地都凝聚在这里"①。谢阁兰心里的"真正的中国"，其实更像是西方人苦苦追寻的东方异国情调，既原始古朴又能激发浪漫想象。无独有偶，半个世纪后（1959）的林语堂在其自传中也坦承，他大学毕业后从上海来到北京，才真正接触到中国本土的历史与文化，"住在北京就等于和真正的中国社会接触，可以看到古代

① 参见吕超：《东方帝都——西方文化视野中的北京形象》，山东画报出版社2008年版，第3页。

中国的真相"[1]。在他眼中，"北京，连同它的黄色屋顶的宫殿，褐赤色的庙墙，蒙古的骆驼以及衔近长城、明冢，这就是中国，真正的中国"[2]。林氏观察北京的视角几乎跟当年的谢阁兰如出一辙，难怪华人学者宋伟杰认为，林语堂通过文字和想象建构的北京形象，完全可视为"他本人文化普遍主义或普遍主义式'文化翻译'的具体产物"[3]。与他在汉文英译过程中始终坚持"读者至上"的翻译策略相同，林语堂在对老北京城市形象进行"跨文化翻译"时，心中念及的也是那些对中国文化了解甚少却充满好奇，且不无浪漫憧憬的西方读者。不过作为一名"土生土长"的现代中国知识分子，林语堂离开中国，飘零于西方世界，在面临如何"向西方人讲中国文化"的现实境遇之时，老北京那梦幻般的空间诗学及文化艺术氛围，无疑最大限度地契合了他去国怀乡的文化心理。因此，林语堂在尽可能迎合西方民众对北京这座"东方帝都"奇观化期待的同时，还夹杂了不少带有民族自豪感的炫示和"夸耀"，尽其所能地将这座古老的都市美化、雅化和艺术化。

20 世纪三四十年代的林语堂将老北京比喻为一个"国王的梦境"，它"有的是皇宫，贝子花园，百尺的大道，美术馆，中学，大学，医院，庙宇，宝塔，以及艺术品商店和旧书店的

---

① 林语堂：《从异教徒到基督徒》，陕西师范大学出版社 2007 年版，第 21 页。

② 林语堂：《从异教徒到基督徒》，第 21 页。

③ 宋伟杰：《既"远"且"近"的目光：林语堂、德龄公主、谢阁兰的北京叙事》，见陈平原、王德威编《北京：都市想像与文化记忆》，北京大学出版社 2005 年版，第 506、510 页。

街道”[①]。后来在《辉煌的北京》一书中，他更如数家珍地对老北京城的一个个建筑和园林美景详加描述，将记忆与虚拟融为一体，从一名艺术鉴赏家的视角回忆并“建构”了一个唯美北京形象。他笔下的这座古老都市集空间与建筑之美、田园与园林之美、山水自然之美和日常生活的诗意之美于一体，美得富丽堂皇，美得惊艳无比，怎一个“美”字了得：“是艺术使北京成为一座宝石一样的城市，一座金碧辉煌的城市，是艺术安排了长长街道、高高门楼，为生活增添了魅力。不仅仅是建筑艺术，还有故宫博物院和琉璃厂的绘画艺术、雕塑艺术、陶瓷艺术、古董艺术、木版印刷的古书——所有这些使北京成为一座重要城市。”[②]

艺术化北京首先体现于她“独有”的宫廷林苑与皇家园林。“在艺术爱好者眼里，北京指的就是故宫博物院——正如人们所期望的那样，这里是中国艺术特别是绘画作品最大的汇集场所之一。”[③] 林语堂特别注意到了皇室与中国艺术传统的深厚渊源：“故宫藏有这么丰富的实物资料，还要归因于与中国皇室有关的另一个伟大的中国传统——皇帝对艺术的庇护。纵观历史，在统治者对艺术和工艺的鼓励和支持方面，没有几个国家能够与中国相比。”[④] 不过需要指出的是，正是那原本属于“帝王禁地”的紫禁城不再为皇帝私有，不再为让人“望而生畏”的皇帝专权的地方，它才能变得如此辉煌壮丽和安宁祥

① 林语堂：《动人的北京》，见《林语堂文集·爱与讽刺》，群言出版社 2011 年版，第 55 - 57 页。

② 林语堂：《辉煌的北京》，陕西师范大学出版社 2003 年版，第 87 页。

③ 林语堂：《辉煌的北京》，第 200 页。

④ 林语堂：《辉煌的北京》，第 200 页。

和，并摇身变为“中华民族的珍贵文化遗产”，成为广大普通中国人心中的骄傲。经过了一系列“去禁忌”和“去政治化”的举措之后，紫禁城和其他皇家园林向平民开放，成为“国家公共机构”，成为全体国民共有、共享的游览休闲场所，它们所蕴含的文化历史和艺术魅力才真正得以绽放四射；而当年的皇帝和王公贵族从各地搜罗来的那些书画名篇、珍宝奇玩，也重新回到民间，成了名副其实的“国宝”。整个北京在这一系列的“现代化转型”中，摇身变为传统“唯美中国”的典型化身。

林语堂眼中的老北京简直就是一座“珠宝城”，既富丽堂皇又五光十色。他注意到众多宫殿和皇家园林不仅富含精妙的“着色”艺术，连那“紫色”的西山、玉泉的碧流、被烟熏黑了的老字号招牌，都充满着色彩和线条的美感，共同汇成绚丽多姿的色彩海洋；再加上白天“那样蔚蓝的天色”，夜晚“那样美丽的月亮”①，老北京几乎变成了一个具有童话色彩的梦幻王国。而分散在不同公园和寺院中的一座座宝塔，则像是镶嵌于城市各个角落的宝石一样，散发着璀璨夺目的艺术光芒。林氏认为，如同西方的教堂在西方建筑艺术中的崇高地位一样，宝塔不仅对于传统中国的寺庙建筑至关重要，还是中国风景不可或缺的重要标志，“它就像一个花瓶，孤零零矗立在那里，完全依赖线条与形态的安排来体现其造型之美”②。在《辉煌的北京》一书中，林语堂对散布于老北京各个角落的宝塔都记忆犹新，一一道来，难掩对它们的赞叹和留恋：玉泉山的汉白玉

---

① 林语堂：《动人的北京》，见《林语堂文集·爱与讽刺》，第57页。
② 林语堂：《辉煌的北京》，第125页。

塔“挺拔俊秀，俯视大地”，“在阳光下绚丽夺目”；另一座同样耸立于玉泉山的“一座绿色琉璃瓦镶面的古塔”，则像一颗“冠状宝石”那样辉煌灿烂；而天宁寺的宝塔是整个京城最古老的建筑之一；此外，还有老北京“北城墙外的黄塔”、北海公园的白塔、碧云寺的佛塔，等等。它们在色彩、线条和气氛诸方面，都体现了老中国的文化艺术精粹①。

老北京的艺术魅力当然不仅仅局限于她的宫廷园林、名胜古迹之中。在林语堂看来，老北京几乎每一座建筑、每一个空间都蕴含着丰富的文化艺术情趣。田园乡村的安逸宁静和城市生活的舒适便利，在这座城市中近乎完美地结合在了一起；这里的每一个人“都有呼吸的空间”，甚至每一户人家都有一块空地用来做果园或花圃，“早晨起来摘菜时可以见到西山的景色——可是距离不远却是一家大的百货商店”②。生活是如此的便利和惬意，那些长期浸染于这一文化氛围和艺术情趣的老北京人，自然而然地形成了一种祥和知足、恬静安适的生活态度，以及幽默风趣、宽厚大度的道德品性。这种生活态度和道德品性为广大市民百姓代代相传，跨越了千秋万代却历久弥新，如今已上升为“人类灵魂的独特创造”，表现出“不可名状的魅力”，代表了一种理想化的生活方式③。在林语堂看来，老北京人的生活无时无处不充满丰富的情趣，他甚至从老北京胡同里不时传出的小贩们那“轻柔而低沉，远远地拖着长腔”的叫卖声中，体会到一种特殊的艺术韵味，他认为这些叫卖声

---

① 林语堂：《辉煌的北京》，第133-137页。

② 林语堂：《动人的北京》，见《林语堂文集·爱与讽刺》，第58页。

③ 林语堂：《辉煌的北京》，第11页。

已经成为很多老北京人“休息和睡眠时不可或缺的声音”[①]。

在长篇小说《京华烟云》中，林语堂将这一“历久弥新”的生活理念演绎得更加传神生动。他通过大量细节表现了以姚木兰为代表的那群“北京儿女”日常生活的诗意和惬意，展示了其中层出不穷的精微和美妙处。这些“北京儿女”就像一群雍容洒脱、半隐半居、安享富贵荣华的“仙人”，在老北京这座“仙城”之中怡然自得，乐天知命，尽情享受着充满诗意情趣的世俗人生。我们发现作为世居京城的“老字号”富商的姚家，其实与一种悠久深厚的文化历史传统不可分割。身为一家之主的姚思安虽然是整个家族产业的“掌门人”，却基本上是一个“甩手掌柜”。他将生意场上的大小事务交给所信赖的冯舅爷打理，自己则除了“书籍、古玩、儿女之外”，“对一切事情都漠不关心”[②]。林语堂笔下的姚思安与其说是一个生意人，不如说是一位游手好闲却追求生活享受、富有文化情趣的高级文人；姚思安的女儿姚木兰则深得其父生活态度的“真传”，她不仅随时观察并享受着每一寸美好的时光，还有意识地根据不同的季节调整自己享受生活的方式。夏天的黄昏她会躺在低长的藤椅上闲看小说；深秋季节当她看到远处一片“丹红的柿树林”和近处的一群雪白的鸭子游荡在水上，则会不自觉地感动落泪[③]。小说第 13 章，作者详细叙述了姚家老小在初春时节携亲朋好友，与姚家“至交”傅增湘先生等人一起到北京西郊“乐郊游”的情景。他们穿过“有四五十尺长”的西直门那厚

① 林语堂：《辉煌的北京》，第 17 页。

② 林语堂著，张振玉译：《京华烟云》，江苏文艺出版社 2009 年版，第 21 页。

③ 林语堂著，张振玉译：《京华烟云》，第 263 页。

大的城门，沿着“又宽又平用石头铺的通往颐和园的官家大道”一路前行[①]。木兰家的别墅就“藏”在这充满诗情画意的京城西郊乡间。当夜幕降临，姚家一行在西山别墅中对酒当歌，一边高谈阔论，畅谈人生和理想，一边远眺“从颐和园上空升起来”的月亮，想来该是何等的情趣盎然且令人神往！

不过这样一个美到极致，简直可以跟“地上天堂”相媲美的老北京形象，与其说是历史上曾经存在过的一种客观真实，不如说是林氏精心创造的一个至善至美的艺术幻境。同样的，令林语堂如醉如痴的老北京人那悠然自得、宽厚知足的生活方式，也与其说是一种“自然状态下的现实存在”，不如说是“一种人们头脑中幻化出的生活”[②]。对此林语堂颇有自知之明，但他同时又认为人生是少不了幻象的，幻象不仅可以使艰难困苦的人生变得可以忍受，也使现实平添不少难得的情趣、快乐乃至希望。在他看来，一个真正睿智聪明的东方哲学家，恰是一个“张开着一只眼做梦的人，他用爱和可爱的讽刺来观察人生，他把玩世主张和温和的宽恕心混合起来……他闭着一只眼，张开一只眼看到了周围进行着许多事情和他自己的努力的无用，可是他仍旧保存着相当的现实感决心走完它”[③]。正是这种“半睡半醒”的人生状态，可以使人专注于享受人生固有的乐趣。我们发现从 20 世纪三四十年代的经典作家老舍，到 80 年代以后众多当代“京味作家”笔下的老北京人形象，莫不具有林语堂所说的融“玩世”与“温和的宽恕心”于一体的

---

① 林语堂著，张振玉译：《京华烟云》，第 137 页。

② 林语堂：《辉煌的北京》，第 22 页。

③ 林语堂：《生活的艺术》，安徽文艺出版社 1988 年版，第 3 页。

类似人格特征。相对而言，身居美欧的林语堂还因时空距离而使其笔下的老北京及老北京人的生活方式，平添了不少“本土”京味作家笔下所没有的梦幻色彩。

（二）作为“文化中国”原型的北京书写

赵园曾指出，现代中国作家如郁达夫、周作人等人的北京体验和北京观感，简直“统一到令人吃惊”的程度，与他们那“芜杂”“破碎”且不无矛盾的上海体验形成了鲜明反差。他们不约而同地放大了北京作为“乡土中国”的美好一面[①]。赵园显然未充分考虑二三十年代的沈从文初到北京时的“乡下人”痛感，也未预见到90年代以来刘震云、刘庆邦、邱华栋等当代作家对北京的“不适”经验。但她洞察到北京特有的“乡土感”正是吸引现代中国文人的力量源泉，却很有启发意义。林语堂对北京的观察、体验和书写，同样与传统的“乡土中国”难以切割，但由于他交错杂糅了东西方文化的多重视角，从而更自觉地萌生一种“我族文明”意识，他笔下的北京形象不仅是传统“乡土中国”的集中体现，更是融“乡土”与“城市”、“南方”与“北方”、“农耕文明”与“游牧文明”于一体的整个中华文化母体的“肉身”原型，成为整个华夏文明也即“文化中国”的浓缩。林语堂对此有着清醒的“方法论”自觉：“对于北京的一般参观者来说，北京代表了中国的一切——泱泱大国的行政中心，能够追溯到大约四五千年前的伟大文化的精髓，世界上最源远流长、完整无缺的历史传统的顶峰，是东方辉煌文明栩栩如生的象征。”[②]

---

① 赵园：《北京：城与人》，北京大学出版社2014年版，第34页。

② 林语堂：《辉煌的北京》，第197页。

将《辉煌的北京》一书与长篇小说《京华烟云》，以及林语堂的代表作《生活的艺术》等稍加对照，会有很多有趣的发现。如果说《生活的艺术》是以老北京普通市民的日常生活方式为原型，向西方世界大力鼓吹中国式"生活的艺术"，那么《京华烟云》和《辉煌的北京》则是此种生活理想的具体呈现和模范"样板"。两部作品都反映了作者"以北京想象中国"的叙述策略。《辉煌的北京》英文原题为 *Imperial Peking: Seven Centuries of China*，汉语可直译为"北京帝国：七个世纪以来的中国"。作家以北京的地理风貌、风土人情、四季轮回、名胜古迹为中心，结合历史掌故、时代沿革，深入浅出地对宋元以来的中国历史风貌给予了整体性的勾画，同时把传统中国的文化艺术精髓颇为传神地呈现于西方读者面前。笔者注意到出现于该书最多的三个关键词，分别是"北京""中国"与"中国人"。作者在行文中总是把"北京"与"中国"连为一体加以描述。例如："在北京和在中国许多别的城市一样，单看门脸儿，你无法断定一户人家的规模，因为门脸儿是故意修得让人上当的。"① 类似的在书中比比皆是的话语，折射出林氏心中唯有北京才能"代表"中国的"文化无意识"。

同样的，正如宋伟杰所说："《京华烟云》以家族史讲述北京城及现代中国的历史变迁，而现代中国的纷纭变幻，却又在某种意义上，被空间化、凝固到巍然屹立的北京城，一个超级的大写'能指'。"② 这一分析颇有见地。这部长篇小说以居住

① 林语堂：《辉煌的北京》，第 162 页。

② 宋伟杰：《既"远"且"近"的目光：林语堂、德龄公主、谢阁兰的北京叙事》，见陈平原、王德威编《北京：都市想像与文化记忆》，第 508 页。

在老北京的姚、曾、牛等大家族30多年的兴衰变迁与悲欢离合为情节主线，将整个中国社会的风云变幻和沧桑历史贯穿其中。小说呈现的20世纪初期的30多年，恰是中国社会由传统向现代艰难转型的特殊历史时期，也是近现代中国最为动荡不安、剧烈变动的“乱世”年代。这些变迁动荡又与作为“首善之区”的北京息息相关。那一个个发生在北京并迅速波及全国各地的政治事件，先后导致中国社会发生重大变革并重新“洗牌”，北京及生活在这座城市中的人们则始终处在时代漩涡的中心，被疾驶而来的时代列车裹挟着“滚滚向前”。作家将时代变迁与人物之间的悲欢离合、情感纠葛交织在一起，在广阔的历史背景之下描述着人们的“儿女情长”，使其笔下的人物命运多了些历史的沧桑感。

然而林语堂真正关心的却并非时代的沧桑剧变，也不是人物在历史裂变中的命运起伏，他着意表现的乃是急剧变迁中恒久“不变”的人生形态，是一次次“破旧立新”“改朝换代”所难以触及、无法更改的沉淀于中国人心中的持久人生理念。在林语堂笔下，普通人民的吃喝玩乐、婚嫁丧娶、生老病死以及不时的回首把玩，才构成了社会人生的真正底蕴。至于那一个个“翻天覆地”的家国动荡却不过是“过眼烟云”。不仅如此，林语堂笔下那个老北京人的生活世界，还是一个老爷和仆人彼此信赖、相依为命，少爷和丫鬟相亲相爱、互相挂念、难以割舍的温情世界，一个穷人与富人、上等人物与下层贫民、北京当地人与外地人之间，甚至东方人和西方人互相帮助和扶持的和谐社会。这样一副“乱世中国”及“故都北京”中其乐融融的人生安乐图，与巴金等新文学作家对封建大家庭的“血泪控诉"，可谓形成了鲜明对照。

事实的确如此，作为千年古都和"首善之区"的老北京，集中体现了中华民族文化心理上代代相传的稳定性和连续性，满足了海内外华人对文化归属感的心理需求。正如当代文化学者杨东平所说："北京满足了中国人文化心理中稳定、连续、凝聚和向心的强烈要求。"①北京在近现代历史的沧桑剧变，不仅最能折射出中国社会的急剧变动和日新月异，也最为鲜明地凸显出那些急剧变动中恒常不变的稳定因素。林语堂在谈到北京城的辉煌壮丽和"变与不变"时也一再强调："多少代人通过自己的生活方式和创造成就给这个城市留下宝贵遗产，并把自己的性格融于整个城市。朝代兴替，江山易主，可北京老百姓的生活依然如故。"②他认为老北京的自然环境、艺术氛围与普通人们的生活理念近乎完美地协调在一起，共同凝聚成一种稳定持久、醇厚仁慈、宽厚包容的文化艺术精神："天空澄澈，令人心旷神怡。殿阁错落，飞檐宇脊纵横。宽厚作为北京的品格，溶于其建筑风格及北京人的性情之中。"③那些深受传统习俗影响的老北京人总是那么知足常乐、幽默风趣、彬彬有礼，宽厚而有耐性。

林氏常常以"慈母""老祖母""老妇人"等人格化的意象形容北京。老北京在他眼中宛如一位伟大的母亲："北京就如同一位老妇人，教会人们如何去创造一种舒适、平和的生

---

① 杨东平：《城市季风：北京和上海的文化精神》，新星出版社 2006 年版，第 41 页。

② 林语堂：《辉煌的北京》，第 4 页。

③ 林语堂：《辉煌的北京》，第 5 页。

活”[1]；“北京像一个伟大的老人，具有一个伟大的古老的性格”[2]。这位老人抑或老母亲对居住在自己怀抱中的广大儿女总是那么“温和而仁厚”，对儿女们的愿望“无不有求必应”，对儿女的任性则“无不宽容包含”[3]。而“老人”“（老）母亲”等语词，不仅容易使人想起“故乡”“家国”“祖国”一类意象，更形象化地概括了老北京文化精神的包容与宽厚。在这里，达官贵人和富豪们可以在高档场所纵情享乐，平民百姓也能够有条不紊地过着自己的简朴生活。即使是依靠出卖苦力勉强度日的人力车夫，也可“花两个铜子，买到烟油酱醋，来做烹调的资料，而且还有几片香喷喷的菜蔬呢”[4]。在林语堂眼中，连那些处于城市最底层的人力车夫都那么温厚有礼，既吃苦耐劳又知天顺命，他们衣衫褴褛，常常向眷顾自己的客户“感激涕零”并敞开心扉，诉说着自己“贫穷潦倒的命运”，然而却说得“幽默”而“优妙”，“显出安贫乐命的样子”[5]。若将他们与老舍等人笔下的“骆驼祥子”们稍加比较，想必会产生一种“天壤之别”的喟叹吧？

而那些历经沧桑却“变动不居”的老北京文化传统，又何尝不是国民劣根性与文化独特性的复杂交织？赵园认为老舍的作品将现代文人在面对北京（文化）这个“同一文化现象”时“理性与情感判断的错位”表现得淋漓尽致：“你的确无法在浑然一体的北京文化感受中将其优长与缺陷离析开来，比如在倾

① 林语堂：《辉煌的北京》，第 4 页。
② 林语堂：《动人的北京》，见《林语堂文集·爱与讽刺》，第 55 页。
③ 林语堂著，张振玉译：《京华烟云》，第 129 页。
④ 林语堂：《动人的北京》，见《林语堂文集·爱与讽刺》，第 60 页。
⑤ 林语堂：《动人的北京》，见《林语堂文集·爱与讽刺》，第 62 页。

心于这大城魅力所在的雍容与优雅时，摈弃其优雅雍容赖以维持的闲散慵懒。”[1] 他们一方面对老北京那独特的文化艺术魅力表达了无比热爱和留恋的情感，深情满怀且诗意满怀地刻画着老北京的风土人情；一方面又从中西文化比较的启蒙视角出发，冷峻观照且尖锐批判了老北京人的因循守旧、故步自封和麻木不仁。林语堂在全面探讨中国国民性的《吾国吾民》（又译为《中国人》）一书中列举的传统中国人之“老成温厚”“遇事忍耐”“消极避世”“超脱老猾”“和平主义”“知足常乐”“因循守旧”等性格面向[2]，在老北京人这里显然也有着最为典型的生动体现。但林氏更乐意以一种更加客观抑或“达观”的视角，观察并描述这些老北京人身上折射出的“国民性”，及至赴美定居以后，则更加倒向了纯粹艺术化的审美观照。

林语堂甚至认为，与西方人相比，中国人在政治上是“荒谬”的，在社会上是“幼稚”的，唯有他们在闲暇时才是“最聪明最理智”的，因为他们创造了那么多的“闲暇和悠闲的乐趣”[3]。他从那些悠闲地坐在老北京中央公园（今中山公园）的露天茶园里，背靠着古城墙和皇城门，一边品茶一边懒洋洋地闲看着周围的世界，或者花两毛钱买一碗面条而怡然自乐的老北京市民身上，强烈感受到一种闲适宁静和悠然自得的生活态度。他认为悠闲既是一种对过去的认识，也是人们面对现实而在头脑中升华出的一种对生活的超然看法，它使生活蒙上了一层梦幻般的理想性质，而“中国文学、艺术的精华可能就是这

① 赵园：《北京：城与人》，第89页。
② 林语堂：《中国人》，学林出版社1994年版，第3页。
③ 林语堂：《中国人》，第313页。

样产生的”[①]。而我们也有足够的理由相信，林语堂在那部自认为针对西方现代文明“对症下药”的《生活的艺术》一书中，向西方人大力鼓吹的中国人“如何品茗、如何行酒令、如何观山玩水、如何养花蓄鸟、如何吟风弄月”等“艺术法子”[②]，其主要原型正是老北京普通市民的日常生活图景及生活方式。

以闲暇为理想的“生活艺术化”，其高级形式乃是社会上层的文人雅士们寻求心灵平衡并能自得其乐、知足常乐的“雅趣”和“雅乐”；其末流则是处于社会底层和边缘的阿Q一类“无赖”们自欺欺人、得过且过的“精神胜利法”。鲁迅当年曾对此有过尖锐抨击和深刻的揭露；秉承鲁迅传统的老舍等现代作家也通过创作对那样一群躺在自我麻醉、自我欺蒙的假想中不能自拔、不敢面对时代变革的老北京人给予了生动而辛辣的嘲讽。林氏的“反其道而行之”与其特殊的人生经历和体验，以及特殊的中西杂糅的文化心态息息相关。但他绝非故意“别出心裁”，林语堂或许放大和强化了传统中国人生活中美好欢乐的一面，有意淡化或回避了令人痛苦和悲哀的另一面，但谁又能否认这也是近现代中国社会的另一种“本真”面目呢？而当时代的列车驶过剧变动荡的“乱世”，进入另一个重新“发现传统”的“新时代”时，林语堂当年对渐行渐远的“老北京”及其背后的“老中国”身影的特殊观照和留恋，也就由当初的不合时宜转换成令人瞩目的“历史先行者”，并具有了多重复杂的文化心理参照意义。对于当年老北京城的观察和描述，林语堂当然掺杂了不少“有闲阶级”的浪漫诗意，但不可

① 林语堂：《辉煌的北京》，第22页。

② 林太乙：《林语堂传》，台北联经出版社1989年版。

否认的是，他与北京底层市民出身的老舍等人一起，从老北京普通市民的生活方式和“生活的艺术”中，共同探寻到了古老中国文化的独特魅力和生生不息的原始活力。

此外还需要指出，林氏回味无穷且无限留恋的那个“老北京城”，与其说是真正“古老”的北京城，不如说是经过近代历史裂变和转型之后，在西方背景参照下的亦新亦旧、既“中”且“西”、半“中”半“西”的北京城，一个被近现代历史所定格的“老”北京城。近现代中国没有哪座城市像北京这样，集中见证了我们这个古老东方大国的艰难蜕变和转型，也没有其他城市能比北京更为鲜明地折射出中华民族在传统与现代、中心与边缘、西化与本土之间的复杂纠结。正是在经受了耻辱与动荡的洗礼和“现代化”转型之后，古老的北京在20世纪初期一度展现出其难得的乡村与城市、田园与都市的有机结合。那时的北京既有着传统贵族式的雍容典雅和东方“帝都”的堂皇大气，更是平民化、世俗化的宜居之城。辛亥革命、“五四”新文化运动等带来的锐意创新、自由民主之时代空气，也在那个“乱世”年代与老北京城悠久深厚的文化历史底蕴，“机缘巧合”地融为了一体。林语堂笔下的老北京，就是以这一时期的北京城为基础加以塑造、虚构而成的。

继林语堂之后，众多海内外华人作家先后以“北京叙事”为切入点，以“北京传奇”讲述了一个个最具典型意义的“中国故事”。这其中既有与林语堂同时期的旅欧作家熊式一的英文小说《天桥》，更有20世纪五六十年代以来涌现的梁羽生武侠小说《龙虎斗京华》，高阳的《慈禧全传》《八大胡同》《小凤仙》等历史系列小说，李敖的《北京法源寺》，李碧华的

《霸王别姬》等作品，金庸的《书剑恩仇录》《射雕英雄传》《鹿鼎记》一类作品也有不少篇幅涉及历史上的北京形象。这些华人作家往往将京城秘闻甚至宫闱秘史，与乱世离情穿插在一起，通过对“北京形象”的描摹刻画，共同塑造了一个充满梦幻色彩的“（古老）中国形象”。时至今日，海内外华人作家不约而同地借由北京所凝聚的文化心理体验、记忆和想象，已然成为“文化中国”建构的关键一环。从文学史和文化史的角度客观而言，林语堂的“开创”性贡献是不应被忽略的。

（三）作为民族主义象征的北京书写

北京不仅是古老中国的文化历史象征，同时也是现代视野下“中华民族”的认同标志之一。笔者曾有一个颇为“有趣”的发现：即使是在一度卸下国都功能、更名为北平的 20 世纪三四十年代，北京城依然在现代中国的民族话语体系中，占据了不可替代的中心位置。不要忘记，日本军国主义对当时的北京（北平）及华北的觊觎野心，才将中国政府和人民逼迫到了无可退让的“最后关头”。1937 年 7 月 7 日，北京郊外卢沟桥畔骤然响起的枪炮声，击碎了国民党政府对日本侵略当局的幻想，使他们醒悟到如果再放弃“尺寸土地与主权”，便会成为“中华民族的千古罪人”①，中国社会朝野各派政治力量同仇敌忾、一致对外的坚强决心迅速得以凝聚。此后，古老的北京被迫进入特殊状态下的“故都沦陷”时期，无数撤离并流落到大后方乃至海外的文人作家们频频回望故都，与中国历史上屡屡出现的“江山北望”遥相呼应。现代中国文人在 14 年全面抗

① 蒋介石：《对卢沟桥事件的严正声明》，见《蒋介石传》，华文出版社 2005 年版，第 406 页。

战时期对“故都北平”的怀念和记述，甚至已大大超过了对当时的国都南京惨烈沦陷的缅怀。曹靖华的《故都在烽烟里》、李辉英的《故都沦陷前后杂记》和王统照的《卢沟晓月》等文章，都将“故都”北平当成了民族受难的具体“肉身”；杨刚的《北平啊，我的母亲》更直接将“北平”视为祖国母亲的象征。

在小说领域，最有代表性的作品莫过于林语堂的《京华烟云》和老舍的《四世同堂》这两部长篇巨著。老舍笔下那一群生活在北京小羊圈胡同的或隐忍偷生，或卖身投靠，或暗暗积聚着抗争意志的老北京人，俨然就是整个中华民族面对异族侵略的苦难化身。而在《京华烟云》中，日军对北京的侵略同样改变了姚、曾等各大家族子女的命运。小说中的众多人物，除了沦为卖国求荣的汉奸并遭到亲友唾弃的怀瑜这类形象之外，其他大部分人物都在国恨家仇中投入了反抗日本侵略的时代洪流。即使是依靠贩卖鸦片大发横财的素云，最后也弃暗投明，利用自己的特殊身份为抗日游击队输送了大量宝贵的情报并以身殉国。更有阿瑄、陈三、黛云、环儿等热血青年投奔到“西北”从事抗日游击斗争。作者满怀深情地称赞道：“他们的精神奋发旺盛，他们的斗争勇气，坚强不催，不屈不挠。”[①] 战争既给人以苦难，也迫使他们发生脱胎换骨般的转变，其中女主人公姚木兰的人格转化最有典型意义。她从小过着锦衣玉食的生活，却在离散和战火的锤炼中迅速走向了成熟和新生。木兰从那些在乡野和山峦间跋涉前行的逃难者身上，强烈地感受到

① 林语堂著，张振玉译：《京华烟云》，第538页。

广大底层人民不屈不挠的生存勇气和重建家园的美好愿望。他们朝着祖国内地的方向进发，“公路宽广笔直，难民的行列在广阔的平原上伸展到好远好远，仿佛一条由人类构成的活动的长城，似乎长得无头无尾，随着公路越过山坡，消失在远处的地平线上”①。每当有满载着奔赴抗日前线的中国士兵的军车驶过，难民们便自觉地从大道中间让开，并发出“洪波巨浪起伏相续的欢呼声”。车上的军人们则高唱着铿锵有力的军歌回应民众的欢呼：“上战场/为家为国去打仗/山河不重光/誓不回家乡。”② 置身于这声势浩大的逃亡潮中，木兰深深地被这些底层民众的从容淡定和坚定不屈所感染，并在内心深处感觉到一个“非语言可以表达”的“突然的解脱”③。

根据小说描写，30年前的姚木兰曾有过类似的“解脱”体验，那是在初恋的喜悦中，从懵懂未知的状态开始发现“自我”的人生经验；这一次的“解脱”却是从“小我”到“大我”，抑或是将个人“小我”融入民族“大我”的灵魂升华，“因为由于这次新的解脱，在这次的逃难的路途中，她开始表现出前未曾有的作为”④。她开始尽其所能地帮助那些孤苦无助、挣扎在社会底层的贫苦之人；她开始意识到自己与那些受苦受难的底层人民，以及自己的伟大祖国如此贴近，并由此感到了发自内心的愉悦和光荣，“她的激动为从前所未有。……她感觉到一个民族，其耐心，其力量，其深厚的耐心，其雄伟

① 林语堂著，张振玉译：《京华烟云》，第570页。
② 林语堂著，张振玉译：《京华烟云》，第570页。
③ 林语堂著，张振玉译：《京华烟云》，第571页。
④ 林语堂著，张振玉译：《京华烟云》，第571页。

的力量，就如同万里长城一样，也像万里长城之经历千年万载而不朽”[①]。木兰的新生和由此生发的喜悦，在某种程度上正象征了我们这个民族历经屈辱和战争的烽火而走向新生的裂变转型。她和千千万万个历经苦难、动荡和逃亡而获得新生的普通人民一起，共同见证了一个古老民族的浴火重生。

林语堂意识到，正是这一全国范围的全民抗日救亡运动，为现代中华民族的建构和统一，提供了前所未有的历史契机。正如他所言，中国在过去与其说是一个“民族”，不如说是一种文明。现代西方的强行“介入”彻底改变了这一传统观念，迫使中国开始艰难地蜕变为一个现代民族[②]。近现代中国社会发生的一系列重大事变，都在有力地将中国推向现代民族国家的轨道，日本对中国的武装侵略则使全国人民第一次团结一致地行动起来，“像一个现代民族那样同仇敌忾，奋起抵抗”[③]。林语堂乐观地预言，一个以西方现代民族主义理念武装起来的现代中国，必将经由这一战争而重获新生，并走向独立、完整和富强的宽广之路。证之以后历史的发展轨迹，林语堂在抗战初期的这一判断，不能不说显示出了可贵的先见之明。

那些所谓的古老文化传统之“劣根性”，在林语堂看来则为中华民族经受战争的考验起到了某种“保驾护航”的作用。他反复强调的老北京市民的某些性格特征，正是老舍在《四世同堂》等作品里刻意表现的文化“劣根性”。但林语堂却将其化身为老北京人历经长期的时局变动而形成的处变不惊、节制

---

① 林语堂著，张振玉译：《京华烟云》，第575页。
② 林语堂：《中国人》，第341页。
③ 林语堂：《中国人》，第343页。

忍耐却坚韧顽强的文化心理传统。他认为这些北京市民虽然厌恶暴力和战争，拒绝恐怖和暴乱，却在“雍容大度”中显示出对侵略者、征服者们的蔑视和惊人的文化抵抗力；在那些貌似“麻木”“冷漠”之类的社会现象背后，林语堂看到了一个古老文化传统生生不息的伟大力量，看到了一个民族虽饱经苦难和屈辱却依然顽强生存的隐忍抗争精神。与老舍等人的愤激尖锐相比，林语堂无疑显得更加乐观和自信：“老北京遭受异族的征服很多次了，但被征服者却将入侵者征服，将敌人变通修改，使之顺乎自己的生活方式。”① 他从老北京人“逆来顺受”的传统积习中，强烈地感受到的是一种女性化的，或者说道家式持久而深厚的抗争精神和文化同化力。林语堂相信在这场关乎中华民族危亡的抗日战争中，此种深厚博大的文化传统也一定会起到某种关键性的作用。而无论日本侵略当局怎样殖民高压，都不可能将中国人民及其固有的文明传统彻底征服与同化，使之成为所谓“大和民族”的一部分。——从“大历史”的宏阔视野出发，谁能否认林语堂一眼便“望穿”了“日本必败”的宿命？

值得注意的是，以沦陷中的北京作为民族受难的“肉身”原型，以及坚决抵抗异族侵略之象征的写作传统，不仅在当代中国大陆作家这里被加以传承，也在台港作家笔下得到了广泛持久的共鸣。台湾著名诗人余光中在其诗作《老战士》（1972）中，就以一名抗战老兵的回忆，将个人的伤痛与国家民族的耻辱和不屈不挠的反抗融合在了一起。通过“卢沟桥”这一极具

① 林语堂著，张振玉译：《京华烟云》，第526页。

国家民族象征意义的意象之凸显，抒发了一种深沉强烈的爱国主义情绪。卢沟桥和当年的"七七事变"，就像时隔30年仍然时时咬住这位抗战老兵的旧伤口一样，早已变成一种无法忘怀、难以排遣的国耻与国难之象征。而作为老中国文化历史象征的"老北京"，在此也成为象征现代中华民族的重要符码。

《京华烟云》出版两年后，林语堂又创作了堪称其续篇的长篇小说《风声鹤唳》(1941)，对中国人民同仇敌忾的抗日斗争进行了更加全面和直接的表现。只是由于该作品的艺术成就与社会影响远不如《京华烟云》，使得《风声鹤唳》在今天似乎已被众多文学史家"忽略"。小说以女主人公梅玲与恋人博雅、老彭之间悲欢离合的情爱故事为主要线索，通过梅玲的人生遭际和所见所闻，展现了中国人民抗日斗争的全貌，以及抗战初期（1937—1938年）的社会百态。作者以相当篇幅描述了京郊农村在抗日游击武装的领导下一派"生机勃勃"的景象，与日寇占领下萧条破败的北京城市形象构成了鲜明对照。女主人公梅玲在游击队的帮助下逃亡到北京西郊，一路所见皆给人以"振奋人心"的感觉，连"天空中一大片闪烁的星星和西山绵延的棱线"，都像是"黑夜中他们所发出的笑声"[①]。耐人寻味的是，作家还特意塑造了一位"年轻的毛军官"和唱着《游击队之歌》的英姿勃发的"李小姐"，他们向底层民众生动活泼地宣讲着"敌进我退""敌退我进"的游击战术，含蓄地表达了林氏对中国共产党领导的敌后抗日游击战的一定程度的赞扬和期许。但林语堂对国、共两党在抗战时团结互助、"精

① 林语堂：《风声鹤唳》，陕西师范大学出版社2008年版，第102页。

诚团结”的想象显然太过浪漫；对于革命“左”派更是隔膜大于理解。他在小说中描述的那场游击队战士“奇袭日本兵”的战斗，更像是一群绿林好汉“英雄救美”的传奇故事。“道听途说”和夸大离奇的程度简直与当今某些“抗日神剧”难分彼此。而林语堂对蒋介石这位“国家领袖”的信任和崇拜之情，在小说中却常常溢于言表。或许正因为与蒋介石政权“靠得太近”的政治姿态，使得林语堂难免招致郭沫若等左翼人士的不满和抨击，他与那些昔日的“左派仁兄”们渐行渐远并分道扬镳也就势所必然了。

在整个抗战期间，林语堂利用自己“中美文化使者”的身份向西方世界宣传中国人民的抗日斗争，为争取更多的国际人道援助发挥了不可替代的历史作用，但他毕竟与坚守抗战一线的国内广大军民保持了一定距离。而当他在保持“审美距离”的视角下刻意发掘民族灾难中的“美感”时，又直接影响了《京华烟云》《风声鹤唳》一类作品的审美视野和艺术格局。不过林语堂将“老北京”与“老中国”、“京华烟云”与“现代中国裂变”融为一体加以想象和叙述的策略，却始终与其难以自抑的民族意识和爱国情怀不可分割，同样也是不容忽视的事实。如果再从“华人离散”和“离散文化”这一视角，反观林语堂等海外华人作家的北京情怀和书写，其深厚复杂的文化心理内涵或许更加得以凸显。近代以来，无数华夏儿女在时局动荡中的流离失所，尤其是经由台、港流散到北美、东南亚等全球各地的历史过程，与希伯来民族绵延不绝的四海飘零和离散不无相似之处。散居在世界各地的犹太人直到今天，依然以各种方式表达着他们对心灵故乡耶路撒冷的向往。我们华夏民族没有希伯来人那样深厚悠久的宗教情怀，当然也就没有像耶路撒冷那样的“圣城”情结。笔者更无意将历史的或现实的北京打造成所谓全民族心中的“圣城”，这与我们的历史传统和文化心理严重不符。但无可否认，由无数台、港暨海外文人作家反复书写并想象的那个“北京”形象，对于华夏儿女乃至全球华人而言，某种程度上正起到了类似“耶路撒冷”在犹太人心中的作用。虽然这样的“耶路撒冷”只存在于人们的心中，存在于人们的想象中，但它一定与某个特定的历史时空，甚至地域景观不可分割。如同天安门城楼被“嵌入”中华人民共和国的国徽，如同“我爱北京天安门，天安门上太阳升”一类熟悉的旋律，曾让我们很多人心驰神往于首都北京。近现代离散到台、港暨全球各地的华人华侨对北京的频频回望和怀想，绝不仅是一种单纯的怀旧，而是身处东/西方文化双重文化经验下求证自我文化身份的具体方式。林语堂在北京书写中折射出的“家与国”“城与邦”之间的同构关系，无疑是将（中华）文化民族主义和政治民族主义进行复杂融汇，将历史与未来、想象与现实加以融合的可贵尝试。

（四）余论：“京”“海”映衬与林语堂的认同纠结

林语堂一生在北京居住的时间不足 6 年：1916 年林氏从上海圣约翰大学毕业后到北京清华大学教书，1919 年获得赴美留学的机会而离开北京；1923 年林语堂回国被聘为北京大学教授；3 年后也即 1926 年因“三一八”惨案遭北洋政府通缉而被迫离京南下，此后辗转漂泊于厦门、武汉等地，于 1927 年 9 月定居上海，直到 1936 年举家迁往美国，他再也没有回到过北京。纵观林语堂的人生之路，上海这座当时中国最为开放与西化的摩登都市显然比北京对他更有意义。但十里洋场的上海对林语堂而言，更像是不可多得的人生“跳板”或“阶梯”，古老的北京则像是萦绕于林语堂心头的永久的“心灵港湾”。随着时光的流逝，林语堂对这一“心灵的港湾”的怀念和想望更加深重。这也可以解释上海何以在林语堂这里常常象征世俗化乃至肉体“沉沦”的一面，北京却体现着“灵魂”抑或梦幻“理想”的另一面。

上海与北京在近代中国分别代表了两种截然不同的城市形态，并形成了具有不同特色且相映成趣的“京”“海”文化传统：上海在从一个名不见经传的小渔村发展为现代化大都市的同时，又夹杂着殖民地和半殖民地化的“洋化”与西化，乃至市场经济下的物欲横流；北京则在集中体现中国传统权力美学的同时，又作为“田园都市”折射出乡土中国的空间诗学理想。发生在这座城市的宫闱密斗和王朝兴替等沧桑变迁，直观生动地折射出中华民族的光荣与梦想、屈辱与梦魇、动荡骚乱与繁荣安宁。当历史的硝烟逐渐散去，这一切又幻化为一个个关于新老中国的审美传奇。正是在这一意义上，“北京”为无数海内外华人作家提供了“想象中国”的广阔空间。作为其中一个典型代表的林语堂，对北京与上海这两座城市的截然相反的认知态度，则颇为有趣地折射出处于东西方文化夹缝中的现代中国知识分子在传统与现代、西化与本土、世俗需要与艺术审美之间的困惑，乃至文化心理认同的复杂纠结。

二、评说中西文化的“一团矛盾”

林氏通过《吾国吾民》与《生活的艺术》的诗意描述，成功地将道家休闲哲学与西式个人主义信念包装在一起"推销"给西方读者，但他却将中国文化价值定位在娱乐休闲及文学艺术的想象领域。林氏笔下的中国形象带有明显的虚幻特征，却通过"虚构"与想象弘扬了中国人知天顺命、好生乐生这一中国文化本质特征。正是在这"一团矛盾"中，他给我们以丰富的启示。

（一）对中国文化的批判与陶醉

35 岁前的林语堂，曾对中国传统文化做过激烈而尖锐的批判。最著名的例子莫过于他 1925 年在《语丝》杂志发表的《给玄同先生的信》一文。他不仅完全赞同钱玄同提出的"欧化中国"主张，认为这是"唯一的救国办法"，"绝不容疑惑者也"，还发出颇为"惊人"的言论："今日谈国事所最令人作呕者，即无人肯承认今日中国人是根本败类的民族，无人肯承认吾民族精神有根本改造之必要。"① 这一言论相比于鲁迅所说的"少读或不读中国书"，不知还要尖刻多少倍。而林氏提出的"欧化"主张，包括了"思想欧化、精神欧化、习惯欧化"等全方位的"欧化"，与胡适的"全盘西化"并无二致。

时隔十余年后，林语堂在美国出版《吾国吾民》《生活的艺术》等著作，向西方读者大力宣讲古老中国文化的优雅与美丽。表面上看，林语堂的文化价值观似乎来了个一百八十度的大转弯，但如果我们深入细读《吾国吾民》一书，就会发现林氏对中国国民性的评判与十年前并无实质区别："尽管中国经验主义的医药给医学上的研究和发现提供了一个广阔的天地，

---

① 林语堂：《林语堂文集·有所不为》，群言出版社 2010 年版，第 38 页。

中国的科学无论如何也不可能自命不凡。中国的哲学永远也不会给西方留下一个持久的印象。因为中国哲学的中庸、克制以及和平主义都是由于体力衰弱这一条件所造成的，所以中国哲学将永远不适合于西方人好斗的性情和旺盛的活力。”而“基于同样的原因，中国的社会组织形式也不会适合于西方。孔学过于刻板，道学过于冷漠，佛学过于消极，都不适合于西方积极的世界观”①。很难让人相信，这样的断语会出现在向西方人宣扬中国文化的《吾国吾民》中。而鲁迅所极力抨击的中国底层百姓的麻木、奴性与卑怯，乃至阿Q式的得过且过、“自得其乐”，也很容易使我们想起林语堂笔下的“超脱老猾”“消极避世”等劣根性。只不过与鲁迅通过小说与杂文发出振聋发聩的呐喊不同，林语堂对中国国民性的剖析颇有些像和风细雨，远不如鲁迅那样一针见血、促人警醒。但林氏更侧重于发掘国民劣根性与“体力衰弱”“人种退化”等生理因素之间的关联。林氏的观点未必完全准确，但也更具文化人类学视野，与鲁迅等人对国民性的批判可谓有异曲同工之妙。

翻开《吾国吾民》，第一章先从“北方与南方”论及中国人的基本特征，已见出作者的不凡：不仅从侧面烘托了中国人口的众多与地域的广阔，更触及民族融合与汉文化形成的独特历程。而凭着语言学者的特有敏感与文化比较的广阔视野，林语堂相当深刻地认识到了汉民族独特的语言系统——汉字在民族形成与家国认同中的重要作用。进入80年代以来，当代文人学者往往热衷于谈论“南人”与“北人”的文化差异和融

① 林语堂：《中国人》，第281页。

合，虽不能确定是否受到林语堂的启发，但林氏当年看似漫不经心的轻描淡写，却无疑堪称经典性论述。

在接下来的“退化”“新血统的混入”“文化的稳定性”等标题下，林语堂依据古代中国人身为“被征服者”而将异族征服者们同化的历史事实，客观冷峻地道出了这种融汇对汉族人的特殊意义：

> 正是这种与外来血统的混合，在很大程度上决定了汉族能够长期生存下来。……中国当地人在同化能力方面显然比外来入侵者占有更大的优势。从这个意义上讲，满洲人将永远是中国人，而日本人的企图将会彻底失败，政治秩序可以改变，统治者可以更换，然而，中国家族仍然是中国的家族①。

证之几年后抗日战争的结局，以及当代中国学界对“超稳定结构”的重新“发现”，不能不让人惊叹于林语堂的洞见。不仅如此，林氏还独具慧眼地认识到汉民族体格的退化与伦理道德上的中庸理想，及文化艺术上的“精致”追求之间的关联：

> 在艺术中，他们讲究精美而不讲求力度，其原因之一是中国人在体格上失去了不少过去的活力，以至本能上变得圆滑起来……一个人无法在力量上显示自己时，就要在

① 林语堂：《中国人》，第47-48页。

精巧上做文章。一个人缺乏敢作敢为的勇气时，就要在合情合理这个道德品质上做文章①。

这样的观点无疑闪烁着令人震撼的灼见。而在随后的第二章《中国人的性格》中，林语堂则将中国人的性格概括为“老成温厚”“遇事忍耐”“消极避世”“超脱老猾”“和平主义”“知足常乐”“幽默滑稽”等特征。客观地说，在中英文里，这些语词的负面内涵远远超过正面价值。至于第三章《中国人的心灵》中，作者更一一列举了汉民族在智力、科学、逻辑等方面的差距，以及思维方式的“女性化”与“直觉”特征，可谓剑指国民劣根性的各个方面。当然中心环节依然是那个随处可见、无所不在的“超脱老滑”。

但《吾国吾民》的写作宗旨绝非仅仅对中国国民性的批判与反思，而是要客观地勾画出一个完整的中国形象，扭转西方人对中国的偏见与妖魔化，并让他们认识到中国文化的价值所在。这一宗旨决定了林氏在下笔过程中不可能将自己的民族写得一无是处。在该书《引言》中，林语堂坦承，他的灵魂正被内心激烈的斗争所撕裂，“即两种对立的忠诚之间的斗争——对古老的中国的忠诚，一半出于浪漫，一半出于自私，以及对开明与智慧的忠诚，这种智慧渴望变革，渴望将所有那些腐败、堕落、干枯或者发霉的东西一扫而空”。林语堂的自我分析十分准确，他心中对“古老的中国的忠诚”混杂了作家身为中国人的民族自尊心和对自己文化母体的依恋，而“对开明与

① 林语堂：《中国人》，第 38－39 页。

智慧的忠诚”则要求他以“罕见的诚实”道出自己民族的缺陷与劣根性，以及“诚心改革的愿望”。如何调解这两种截然相反的“忠诚”，将“（民族）自豪感与诚实改革的愿望结合起来”呢[①]？林语堂毕竟聪明过人，他提出的写作原则是“既能欣赏，又能批判；既用理智，又用情感”。而在章节安排上，林氏更策略性地把对中国人与中国文化的评说划分为“宏观”与“具体”两个方面（即书中的《背景》与《生活》两部分），并将那些对中国人与中国文化的整体描述划归到篇幅较小的《背景》中去，而把更多笔墨用在了对“妇女生活”“社会生活与政治生活”“文学生活”“艺术生活”“人生的艺术”等具体“生活”的揭示上。因为在这些中国人的具体“生活”中，除“社会生活与政治生活”一章以外，林氏都尽可以进行诗意的加工和艺术般的想象了。

只有当论及中国人的“生活的艺术”时，林语堂才彻底摒弃了先前那种“欲说还休”、吞吞吐吐的言说方式，也不再理睬“既欣赏又批判”的话语策略，而是津津乐道地对中国文化加以一心一意的赞美。他不再有任何顾虑，因为他有充分的自信和不言自明的逻辑理由：“中国人在政治上是荒谬的，在社会上是幼稚的，但他们在闲暇时却是最聪明最理智的。”[②] 至此，林语堂亮出了该书最后的“底牌”：畅谈中国人的“人生乐趣”，鉴赏中国人的住宅与庭园，邀西方读者一起“品尝”中国人的美食。总之，是要向西方读者隆重推荐中国人的“生活艺术”！

---

① 林语堂：《中国人》，第 26 页。
② 林语堂：《中国人》，第 34 页。

林语堂的苦心没有白费，《吾国吾民》出版后畅销美国，而最吸引西方读者的就是这最后一章。这原本在林语堂的精心策划内，但他在致友人的信中却故意装出“一脸无辜”的模样：“夫雪可赏，雨可听，风可吟，月可弄，本来是最令西人听来如痴如醉的题目。《吾国与吾民》所言非此点，但许多人注意到短短的讲饮食园艺的《生活的艺术》末章上去。”[①] 林氏的聪明绝顶，可见一斑。

至于吟风赏月、知足常乐、休闲养生等“生活的艺术”，当然是以林语堂最为心仪的道家思想为根基的。尽管鲁迅、周作人等“五四”文化先驱都意识到了道家思想在中国文化传统中的巨大影响并有精辟的论述，但他们主要是站在批判的立场对此加以批判与反思，林语堂却深深地陶醉其中不能自拔。他不仅将“旷达地忍耐，幸福地生活”看作中国人最高的人生理想，也当作了他自己终生服膺的人生信条。但林语堂恐怕没有想到，他一再批判的中国国民性的超脱老猾、过于聪明、遇事忍耐等劣根性，不正是这一文化传统所造成的恶果吗？林语堂却情不自禁地沉迷到这个他所尖锐批判的文化传统深处，并不遗余力地向西方输出此种道家享乐主义哲学。

（二）幻想中西合璧：自知与逢迎

但林语堂的最大成功也在于此：谁能否认把我们独特的道家享乐主义人生哲学输出到西方，就不是中国文化的发扬光大？要知道西方主流社会所熟知的中国与中国人形象，多少年来无不以好莱坞电影中的小脚女人、鸦片烟鬼为代表，林氏著

① 见林太乙：《林语堂传》，陕西师范大学出版社 2002 年版，第 143 页

作至少让西方普通读者接触到一个摈弃傲慢与偏见、拒绝丑化与妖魔化的古老中国形象。因此，林语堂对中国在西方世界中的正面形象塑造称得上功不可没。

论者提及林语堂的成功，往往离不开他那“两脚踏中西文化”的开放视角，尤其是基督教文化对于他的特殊影响。不过，同为中国现代作家的老舍、曹禺、许地山等人，都曾深受基督教文化的熏陶与影响；而“五四”以来的鲁迅、胡适等文化巨匠，即使称不上“两脚踏中西文化”，至少也是“学贯中西”的。林语堂与他们相比，多的是一份自觉的“文化输出”意识。如果说鲁迅、胡适等人孜孜以求的是以“他族”之长补我中华民族之短，他们善于从世界文明的先进角度审视古老的中华文化，从而烛照出现实中国的落后与差距，那么林语堂显然更注重中西文化的双向交流，以及这一交流中的民族自信与文化自尊。当林语堂游离于中国本土视角之外，站到西方现代文明的角度重新审视古老的中华文化时，既能高屋建瓴地透视出中国文化的种种劣根性，又试图寻求到中国文化蕴含的独特价值，以及在世界文化之林中的意义。当然，林氏是否真正寻求到了中国文化的独特价值则又应另当别论。

有了《吾国吾民》的成功经验，林语堂再接再厉，将其中意犹未尽的《生活的艺术》一章扩写为洋洋洒洒的同名著作，进一步让西方读者“如痴如醉”了一把。与《吾国吾民》不同的是，《生活的艺术》的写作目的非常明确：向西方读者“推销”古代中国的道家享乐主义哲学。号准了西方读者的心理脉搏并通晓传播策略的林语堂，在如何使自己的作品既吸引西方读者的眼球又能让他们接受（至少不反感）中国道家哲学方面，也是下足了功夫。该书开篇第一章的标题为《觉醒》（Awakening），即开宗明义地呼吁西方人从终日劳碌的“懵懂”状态中清醒过来，好好地享受当下的尘世生活：“我很知道，在美国的匆忙生活中，一定有一种愿望，想躺在一块草地上，在美丽的高树下，享受一个悠闲的下午，一点事不做。”[①] 这的确极易唤起西方人的共鸣，虽然没有中国道家哲学的输入，他们未必就不能好好地享受一个悠闲的下午，但此种富有异国情调的悠闲哲学，无疑为西方人的消闲需求提供了几分“理论支撑”。林氏紧接着提出了一个他引以为豪的“拟科学”公式——“现实＋梦想＋幽默＝智慧”。如果说在《吾国吾民》中，“幽默滑稽”仅仅被列为中国国民性的特征之一，而到了《生活的艺术》里，去掉了“滑稽”的“幽默”就成为林语堂张扬中国道家哲学的一个标志性口号。不管他本人是否意识到，林氏在这里已将道家的享乐主义理念美化为人生的最高理想。

一面是对道家哲学的美化，一面自然是对西方主流文化的批评。因为既然是向西方“推销”中国的道家哲学，就要先证明西方文化在消闲养生方面的欠缺。“彼无我有，于是送之”，才符合文化输出的原则。而只有先破除西方主流文化的一些“错误”观念，才能在西方人头脑中确立起道家的休闲哲学。林氏的策略是，以人类先天赋予的“动物性”本能对抗基督教主流文化中的“神性”观念；以人类感官享受的“物质性”基础抗拒纯粹的精神性说教。他甚至向基督徒们大谈“异教世界”的美丽，公然非议《圣经》中的教义，宣称“我为什么是

① 林语堂：《生活的艺术》，安徽文艺出版社1988年版，第4页。

一个异教徒”。这已不仅是“标新立异”的问题，而是树起了一种对西方基督教主流文化的反叛姿态。至于“把放浪者作为理想”“这尘世是唯一的天堂”等主张的标举，在西方文化语境中更具惊世骇俗的意味。且不说放浪者（scamp）在英文中原本有无所事事、醉生梦死的“小淘气”“小流氓”等贬义，而要西方人消除永生的观念，以现时尘世的美好享受取代“永生的渺茫希望”，更是明显的“大逆不道”。好在美国社会崇尚思想自由与言论自由，对各种反主流的主张都能兼容并包。而美国公众又很在意对他们的批评意见，不论这些意见是否正确与中肯，也不论他们能否最终接受，他们都会容忍对方姑妄言之，自己也乐意“姑妄听之”。熟谙美国文化精神和美国社会运作机制的林语堂，自然吃准了这一点，所以他无须担心自己的主张被反驳，甚至被扣上各种各样的大帽子，相反，他的主张与言论受到的关注越多，引起的“动静”越大，《生活的艺术》自然就会越畅销。——此种消费主义时代的“眼球经济”到20世纪80年代后才传入中国，并被诸多“文化大腕”屡试不爽。殊不知林语堂70多年前在美国就已娴熟运用，不仅自己名利双收，还成功地将中国文化弘扬到美欧，于己于国都堪称“双赢”。

但林氏的《生活的艺术》绝不涉及对西方文明的整体评价，只是将批评与反叛的对象严格限定在基督教保守主义文化传统范围之内。这既是其聪明所在，也折射出林氏基本的文化价值观。笔者前文已指出，林语堂对中国文化的整体价值评判很低，却深深陶醉于以道家为主体的乐生、好生与养生哲学；相反，他对西方文化的整体价值评判很高，只是对其中的某些具体方面，如一些传教士表现出的傲慢与无知，教会制度的刻板和功利主义习气等深恶而痛绝之。更重要的是，支撑林氏一生的价值根基，即为西方文明的个人主义传统：“哲学不仅以个人为开端也以个人为依归。因为个人是人生的最后事实。”[①] 林语堂对西方基督教保守主义进行批判所用的理论武器，也是此种个人主义信念。他巧妙地将西方个人主义的基本信念与中国道家享乐主义哲学联系到一起，从而为他宣讲道家哲学提供了绝佳理由。至于林氏把美国人的“讲求效率、讲求准时、希望成功”斥为“美国人的三件恶习”，甚至对西餐礼仪大加鞭挞，即使不是隔靴搔痒，至少也是无关痛痒的。在我看来，甚至有些像“撒娇式”的批评。——与其说是批评，不如说是逢迎。

林语堂的中西文化观，可以一言以蔽之：西学为体，中学为用；西学为本，中学为末。这在他 1932 年在牛津大学的演讲中，已表达得淋漓尽致：“我深信中国人若能从英人学点制度的信仰与组织的能力，而英人若从华人学点及时行乐的决心和赏玩山水的雅趣，两方都可获益不浅。”[②] 将西方的社会制度和组织与中国人及时行乐、赏山玩水的养生哲学结合在一起，此乃林语堂心目中的“中西合璧”！难怪他明确表示：“我自未开讲之先，要先声明本演讲之目的，并非自命为东方文明之士，希望牛津学者变为中国文化之信徒。”其实林语堂本人又何曾是真正的“中国文化之信徒”呢？只不过当他向西方人宣

---

① 林语堂：《生活的艺术》，第 79 页。

② 林语堂：《林语堂文集·有所不为》，北京群言出版社 2010 年版，第 115 页。

讲中国文化时，不论是出于民族自尊还是迎合西方读者的需要，他都不得不为这种弊端重重的文化传统而辩护，并刻意发现其中的悠长之处以介绍给西方。从这一意义上讲，林语堂与那些自命不凡的信奉“中国文化拯救世界”的自大狂们相比有天壤之别。

正因如此，林语堂将中国传统文化之于西方的意义牢牢限定在了休闲娱乐层面。这既使他在西方迅速“蹿红”，同时又先天般地注定《吾国吾民》《生活的艺术》等著作无论在美欧怎样畅销，其影响所及都仅限于大众消费领域，并没有真正深入西方主流文化界，尤其是西方精英文化的内核之中。而当今天的我们重温林语堂式的“中国文化走向（西方）世界”的“盛举”时，真不知是该欢欣鼓舞，还是应倍感心酸？我们能否超越当年的林语堂，还是只能重蹈其覆辙？

（三）构建中国形象：虚构与真实

对于林语堂在《吾国吾民》《生活的艺术》中刻意呈现的那个知足而悠闲、浪漫而优雅的古老中国形象，国内文化界一直非议颇多。其中尤以唐弢先生的观点最具代表性：“他（按：指林语堂）谈儒家、谈道家、谈中国文化，我总觉得隔一点什么，好象在原来的事物表面涂上一层油彩似的。”唐弢还认为，导致这层“油彩”的原因是由于林氏“用西方的眼睛来看中国人，看中国文化”，而且“他有的不是一般西洋人的眼睛，而是西洋传教士的眼睛”[1]。唐弢先生的这一论述向来为林语堂研究者所重视。当代学者周宁则指出：“说林语堂带着西洋传教

① 唐弢：《西方影响与民族风格》，人民文学出版社1989年版，第311页。

士的眼睛，只涉及问题的一面，另一面，林语堂还有中国国粹主义的眼睛。”因而林语堂具有典型的双重意识，“这种双重意识时常成为他的长处，沟通两种文化；也时常让他陷入窘境，在两种文化的视界之间摇摆，左右难舍”①。

笔者认为，指出林语堂具有相互矛盾乃至对立的双重意识，并且在两种视界之间左右摇摆、难以取舍，可谓道出了林语堂文化心态的某些本质方面。但“西洋传教士”抑或“西方汉学家”的眼睛与“中国国粹主义”的眼睛并不完全对立，有时甚至彼此暗合。这在中国近现代文化史上向来不乏例证。林语堂的厦门同乡先贤辜鸿铭，就是集“西方汉学家”与“中国国粹主义”双重视角为一身的典型个案：辜氏家族数代移居马来西亚槟城，并且在西方游学长达 11 年，谙熟西方文化②。成年后的辜氏回到中国后，早以“反潮流”的姿态步入社会名流行列。他更没有像鲁迅、巴金、张爱玲等中国现代作家那样有过在封建大家庭长期生活的负面体验。相反，在一种怀乡与怀旧的文化心理和某种偏执性格的驱使下，辜鸿铭成为坚定的儒教“卫道士”。因为运用西方传教士或汉学家的视角看待中国，既可十分触目地见出普通中国人习焉不察的落后一面（当然有时这又与西方主流视角的傲慢与偏见密切关联），也可以唯美与猎奇的眼光鉴赏东方文化的“异国情调”。这后一种视角恰与中国本土的国粹主义不无暗合：他们都主张保持古代中国文

① 周宁：《幻想与真实——从文学批评到文化批判》，中国工人出版社 1996 年版，第 275 页。

② 参见高令印：《辜鸿铭与中西文化》，福建人民出版社 2008 年版，第 561 页。

化的“纯粹性”，不希望其发生伴随西方化的现代化变革。辜鸿铭的文化保守言论在西方颇受欢迎，原因恐怕也在于此。

林语堂尽管不是辜鸿铭那样的“归国华人”，但其成长历程却与辜氏极为相似，他们都是先熟谙西方文明，然后站到“西方传教士”或汉学家的立场对中国传统文化加以评说的。林语堂坦承，在自己“基督教的童年时代”，偶尔与他的“异教徒”同胞一起听人唱梁山伯与祝英台的故事，就被当成一种“罪孽”[①]。正是在单一西方教育的熏染下，林语堂几乎与中国的社会历史绝缘，他到30岁时竟还对孟姜女的故事闻所未闻，以至于他愤怒地感叹：“我被骗去了民族遗产。”在清华大学教书期间，林语堂来到北京这样一个中国文化中心，才有机会“恶补”自己民族的历史与文化知识。而辜鸿铭在林氏文化价值观念的转换中起到了重要作用——“辜鸿铭帮我解开缆绳，推我进入怀疑的大海”[②]，使林语堂跳出了基督教信仰的限制，遨游于博大精深的中国文化海洋之中，甚至辜鸿铭那封建遗老式的审美趣味，也一定程度上影响了林语堂的国粹主义视角。

但林语堂既没有辜鸿铭那种顽固不化的“反西化”立场，更缺乏辜氏竭力宣扬与维护传统儒教的虔诚与执着。与辜氏形成鲜明对比的是，牧师家庭出身的林语堂从小就与西方主流文化——基督教文明产生了不可分割的渊源关系，而林氏本人那平和通达的心理个性、宏阔深远的文化视野，更使其对西方文明与中国文化的古今发展趋势，具有颇为全面的了解与感悟。

---

① 林语堂：《林语堂自传》，见《从异教徒到基督徒》，陕西师范大学出版社2007年版，第190页。

② 林语堂：《从异教徒到基督徒》，第23页。

笔者认为，仅仅因为林氏在评说中国文化时与西方传教士或汉学家的立场有所契合，就认定他未能揭示出中国社会与文化的真正面目，未免失之偏颇。要知道鲁迅先生对中国国民性的批判，也同样深受日本、美国等汉学家的影响。笔者想强调的是，林语堂通过“痴人说梦”般的想象与虚构，在一幅幅极富诗意的道家文化图景中勾勒了一个近乎乌托邦的完美中国形象。这一古老的文化中国形象，既迥异于近代以来危机四伏、屡遭欺凌的现实中国，又不同于辜鸿铭、梁漱溟及现代新儒家笔下的“儒教中国”，而是以道家享乐主义哲学为底蕴的悠闲旷达的古老中国形象。它不仅唤起了西方读者对中国文化的好感与向往，更激起无数现代中国人的心灵共鸣。

诚然，林语堂对中国文化的描述打上了个人化的幻想色彩。我相信这也是唐弢先生认为林语堂对中国文化的描述“涂了一层油彩”的原因所在。但其中的吊诡处却在于：林语堂以虚构幻想的形式，不经意间揭示并弘扬了中国文化最为根深蒂固、同时也是最“本质”的特征，即笔者在前文指出的中国人的乐生、好生与养生哲学。林语堂所讲述的，与其说是经过个人加工的中国式人生理想，不如说是他准确地概括了全体中国人共同的理想与追求。正如林语堂所说，中国人的唯一天堂就是此生此世的现实生活。时至今日，我们仍可在一浪高过一浪的“养生热潮”中，在民众对一位又一位“养生大师”的追逐中，窥见这一国民心理的坚忍顽强。甚至连备受关注的“学术超女”于丹教授所讲的“养生箴言”式的孔子哲学，也被充分道家化了。

（四）结语：“一团矛盾”与“性情中人”

乐生、好生与高度重视养生，最大限度地从生活中获取享受，无论多么困顿贫苦也能感受到人生的乐趣，以苦作乐，知足常乐，这一文化传统虽然造就了中华民族特有的生生不息，形成了我们民族数千年没有间断的文化纽带，但也导致了得过且过、逆来顺受乃至自欺欺人的诸多国民劣根性。其末流就是鲁迅极力批判的阿Q式的“精神胜利法”。林氏本人对此不能说没有清醒的认识。在他看来，正是这一保命哲学形成了中国人的过于聪明、不思进取、超脱老猾等国民性格，“它击碎了人们改革的欲望，它嘲笑人类的一切努力”，并“神奇地将人们的活动限制到消化道以及其他简单的生活需求的水平上”①。但林氏的“言传身教”却无论如何都像是“超脱老猾”的现代翻版。尽管披在他身上的是“脚踏中西文化”的华丽外衣。

林氏在评说中西文化时的左右摇摆，与其说是两种文化视界的矛盾所致，不如说是他的理智与情感，也即他自称的“心”与“脑”之间的冲突。当然，以“一团矛盾”为乐的林语堂，又是绝对有能力化矛盾为和谐的。他在《生活的艺术》中如此介绍中国哲人的处世哲学：“中国哲学家是一个睁着一只眼睛做梦的人，是一个用爱及温和的嘲讽来观察人生的人，是一个把他的玩世主义和慈和的宽容心混合起来的人。”② 这简直就是林语堂本人的夫子自道。他本人何尝不属此类“中国哲学家”之列？由此我们可进一步理解林语堂何以要选择幽默戏拟的言说方式介绍中国人的“生活的艺术”了。这固然是他那幽默风趣的天性使然，但又不能否认在冷峻严酷的社会现实与中西文化交流的尴尬处境中“不得不”幽默的无奈。身为“性

---

① 林语堂：《中国人》，第65页。

② 林语堂：《生活的艺术》，第1页。

情中人的”林语堂，正话反说、反话正说，常常是他得心应手的“杀手锏”。只是如此一来，我们就很难廓清林语堂所说的“哪一句是真，哪一句是假”了。

然而，如果把林语堂仅仅视为根据不同读者“做戏”的表演家，又是浅陋而谬误的。事实上，无论怎样聪明的投机者与表演家，如果没有真性情的投入，都不可能获得真正的成功。笔者发现，在林语堂的“一团矛盾”中，聪明绝顶的审时度势与“奋不顾身”的痴情投入，构成了其个性最为核心的“一体两面”。沉淀在林语堂心灵深处的，是一种无拘无束、任性自由、沉醉到底的酒神气质。这一气质与横跨中西的开放视野，为其成功奠定了最为坚实的基础。而在对中国道家哲学的诗性评说与发掘中，他的沉醉型性格获得了绝佳体现。无论如何，人是需要一些不计后果、近乎疯狂的“痴迷”精神的。林语堂的人生历程不过是无数“痴迷者”走向成功的又一个案。

第五章
张爱玲：家国飘零与“恒常中国性”

夏志清先生在谈到张爱玲的小说集《传奇》时认为：“《传奇》里的人物都是道地的中国人，有时候简直道地的可怕。”[①]以“道地的可怕”概括张爱玲小说的“中国性”特质，不能不说相当准确且富有见地。“道地的中国人”身上折射出的，应是一种纯粹而本真的“中国性”。

张爱玲创作中那道地而恒常的“中国性”，离不开她独特的“家族梦魇”之人生体验。家族梦魇和病态教养造就了张爱玲的病态人格。她终其一生都被父亲和母亲所代表的两种完全相反的力量撕扯着，由此奠定了张爱玲文化心理人格的重要基石，也酝酿了她那超乎寻常的两极化人格特征，以及病态的天才气质。她一方面追随着母亲的“西化”脚步，另一方面又频频回望和留恋着父亲背后的那个“幽暗家族”，并以此为原型建构了一个既“肮脏”又“唯美”的艺术世界。

---

① ［美］夏志清著，刘绍铭等译：《中国现代小说史》，复旦大学出版社 2005 年版，第 260 页。

一、家族梦魇与认同纠结

几乎所有对张爱玲的研究，都会注意到她那显赫的身世和不幸的童年。但研究者和传记写作者们尽管对此“津津乐道”，却很少从专业角度对张爱玲早期的家庭教养环境在其人格形塑中的具体作用机制，给予深入翔实的分析，而这正是本文的“起点”所在。笔者更感兴趣的是：张爱玲父母那“严重对立”，甚至“势不两立”的夫妻关系与教养模式，如何左右了她早年的人生经验，使其形成一种习焉不察却难以改变的文化心理定式，并在张爱玲成年后的人生历程中，起到了怎样“制约性”的重大影响？

（一）家族的梦魇：“前世”与“今生”

依照现代心理学的观点，父母的人格特征和养育方式，不仅对孩子幼年的心灵塑造起着决定性的作用，还会伴随子女一生。换句话说，一个成年人的性格扭曲、人格失衡乃至心理上的各种情结，都可以从他或她幼年时期的家庭关系模式中探寻到原因：“父母与孩子的关系模式，是孩子与其他人建立关系的基础，也是孩子的人格和情商的基石，这比知识更重要。”①孩子在五六岁之前与父母建立的稳定关系，将被内化到心灵深处，并最终在其心中形成一个“内在的父母”（超我）与“内在的小孩”（本我）既博弈又共处的关系模式。这一关系模式决定着他们长大后能否与别人健康相处，以及能否获得爱的能力。事实上爱作为一种能力并非完全先天赋予，而是从父母等

① 武志红：《为何家会伤人》，世界图书出版公司2007年版，第49－51页。

长辈那里传承下来，并经过长期的习得才逐渐获得的。如果父母既爱孩子，又能做到自爱，那么孩子在心中建立起的关系模式就会比较平衡健康，他（她）就既能懂得自爱，又能爱人如己；相反，如果这种关系模式是失衡而病态的，例如父母对孩子过于溺爱或忽视，那么孩子心中“内在的父母”与“内在的小孩”之间就难以和谐共处，容易造成剧烈的心灵冲突，导致自我意识的分裂；成年后还容易形成过于自我中心或边缘型的人格障碍，难以与他人乃至社会建立起和谐的亲密关系。

众所周知，幼年张爱玲是一位没有得到足够父母关爱的儿童。虽然作为父母的第一个孩子，张爱玲的降生给这个家庭带来了少有的欢乐，她也一度受到那个封建大家庭的宠爱。但由于张爱玲的父亲早就养成了无可救药的遗少作风，整天忙于自己的吃喝玩乐，不可能对儿女有太多关爱；张爱玲的母亲作为一名崇尚西化和洋化的时代新女性，则坚持所谓的“西式”育儿方式：“女儿并不跟她睡，只是在早晨起床时，才由佣人抱到她那气派非凡的铜架大床上，像逗洋娃娃一样玩一会儿。此后就让佣人抱到一旁，她开始细心地梳妆打扮，任凭女儿看得眼花缭乱。”① 成年后的张爱玲只记得小时候“被佣人抱来抱去”，对于亲生父母却有着太多的疏离感。她与父母的关系还不如与姑姑那样亲密亲近，甚至只有暂时寄身在姑姑那独自一人的家里，才会产生一种“天长地久的感觉”②。张爱玲一岁那年，弟弟张子静出生，由于重男轻女的传统因袭，整个家庭的注意力都更多地投向了刚出生的弟弟那里，年幼的张爱玲由此

① 王羽：《张爱玲传》，上海文化出版社 2009 年版，第 10 页。

② 张爱玲：《张爱玲集·流言》，北京十月文艺出版社 2006 年版，第 127 页。

体验到一种深刻的被冷落和被冷遇，这成为她人生中的第一次“重大挫折”。在《私语》一文中，张爱玲提到负责照看她的女仆何干因为“带的是女孩子”而“自觉心虚”，凡事都让着照看弟弟的女佣张干，使得小小年纪的张爱玲竟生出一种“奇异的自尊心”，不仅产生了“务必要胜过我弟弟”的强烈念头，也使她很早便开始思考“男女平等”的社会问题[①]。这虽然造就了张爱玲争强好胜、勇于主宰自我命运的倔强性格，为其后来的不凡人生提供了具体的“内在因素”，但也奠定了她自小因被父母忽视而渴求更多关注的偏执人格之基础。

现代教育心理学认为，决定一个人情商的不是学校，而是他的家庭，特别是幼年时期母亲的呵护与言传身教。有学者甚至主张，在孩子的成长过程中，母亲的作用要起到90%以上，“母亲是雌蕊、是土地、是先天、是内因，而父亲则只能在此基础上再同母亲及其他因素一起构成后天，构成外因”[②]。从这一意义讲，张爱玲的母亲黄逸梵尽管是一名得风气之先、追随时代潮流的新女性，但绝不能说是一个称职的母亲。不过当我们了解黄逸梵本人那既显赫又屈辱的悲苦身世，以及她早年不幸的人生经历时，或许无权苛责她未能承担起“贤妻良母”的角色：黄逸梵从小父母双亡，这在其幼小心灵中留下的沉重阴影可想而知；而重男轻女、恪守“妇道”的养母又对她太过严厉和压制，从而激发了她的不平心理和叛逆个性。成年后的黄逸梵更遭遇不幸的婚姻，嫁给张廷重那样一个“浪荡子”，婚后与丈夫的感情一直不合，进一步加剧了她心灵深处的痛苦和

① 张爱玲：《张爱玲集·流言》，第130页。

② 王东华：《发现母亲》，中国妇女出版社2003年版，第81页。

郁闷。倘若在传统的旧社会，像黄逸梵这类女性恐怕只能听天由命，成为可悲可叹的家族牺牲品。幸运的是她赶上了一个天翻地覆、开天辟地的“好时代”。1924年，也即张爱玲四岁那年，黄逸梵便赴欧留学，从此义无反顾地冲破了封建家庭的牢笼，并在欧风美雨的浸染下成为一名走遍大半个世界的“国际女性”。笔者甚至认为，黄逸梵作为民国时期众多传奇女子中的一位，无疑值得大书特书，只是由于史料的残缺，要还原这位传奇女子的人生全貌已不太可能。

同样的，如果我们以“慈悲”或“理解”的目光重新看待张爱玲那“不争气”的父亲张廷重，同样也能对他减少一些不应有的鄙视和指责，而多一些同情和宽容。张廷重7岁丧父，全靠母亲李菊藕一人将其拉扯成人。为了培育儿子读书成材，李菊藕称得上用心良苦、殚精竭虑。既然古今中外都不乏“寡母托孤”而教子成才的成功案例，何以李菊藕偏偏事与愿违、适得其反呢？笔者认为个中原因虽然复杂，撮其要者不过有三。其一是翻天覆地的时代剧变远远超出了人们的想象，而李菊藕乃至整个李氏家族，既无力改变自己迅速走向没落的悲剧命运，又对如此激烈的社会变动无法理解，并怀持一种本能的拒斥，从而造成了与时代的严重脱节。当历史的车轮已滚滚向前，清政府不仅废除了科举，断绝了传统的文人士大夫通过熟稔四书五经而“登科入第”的道路，甚至自身也不可避免地沦落覆亡之后，李菊藕这类“前清遗老（少）”却依然沉浸在父亲李鸿章和丈夫张佩纶生前的“黄金时代”中不能自拔，并把年幼的儿子也强行拉入其中，简直可以说与时代“背道而驰”。其二是李菊藕与张佩纶的不幸婚姻及家庭气氛造成的负面影响。尽管有说法认为李菊藕与张佩纶婚后有过一段夫唱妇随、“其乐融融”的美好时期，但两人的年龄悬殊毕竟过大。年仅22岁且门第高贵的李菊藕慨然应允“下嫁”给人过中年、仕途失意的张佩纶为继室，与其说是对美好婚姻的向往，不如说是出于对父亲的盲目崇拜和顺从而仓促做出的人生抉择。张佩纶因仕途坎坷、“壮志难酬”所导致的失意郁闷、借酒浇愁的性格与行为，婚后不久便暴露无遗。1903年，也即张佩纶56岁、李菊藕37岁那年，张佩纶便因肝病郁郁而终。经历了丧父、失夫、家道衰落等人生苦难的李菊藕，性情更加孤僻悲切，经常闭门不出，几乎断绝了与外界的正常往来，年仅46岁便英年早逝[①]。在这样“凄风苦雨”、压抑苦闷的家庭气氛中，要培育出具有健全人格的下一代，恐怕是“难于上青天”的。其三也即最重要的一点，是李菊藕那专横独断、思想守旧的教养方式对儿子造成的伤害，在客观上已大大超过了正面的引导和教育。当母亲为了怕儿子“学坏”而故意给他穿上女式衣服和绣花鞋之时，当李菊藕对儿子不自觉地采取娇宠和压制的“两手”时，张廷重的人生悲剧就已被“先天性”地决定了。可悲的是，张廷重同样把那样一种特殊而畸形的教养方式“遗传”给了他的一双子女。如果说女儿张爱玲凭借自己的叛逆和早慧幸运地逃出了家族的牢笼，并成功实现了人生的转机和飞跃，那么曾被“厚爱”的儿子张子静那悲苦多难的人生，更称得上是这个腐朽家庭急剧败亡的生动“标本”。家族的梦魇竟然如此世代相传，无法令人不胜唏嘘。

---

① 参见张惠苑编：《张爱玲年谱》，天津人民出版社2014年版，第2页。

(二) 认同的艰难：父亲与母亲

对懵懂年幼的儿童来说，所谓冥冥之中的“命运”，很大程度上就是他们的父母。我们每个人不仅承载着父母的血统和生理基因，也别无选择地被父母的文化心理、行为习惯乃至话语方式深深浸染，并有意无意地承传着它们。无论是荣耀还是屈辱，幸福还是隐痛，辉煌灿烂还是阴影斑驳，所有这些“家族记忆”都渗透进了每个人的文化心理血脉之中，并成为一种在劫难逃的“宿命”。

张爱玲的父母在性格志趣、文化教养和价值观念等方面，都有着鲜明的反差：一个是典型的封建遗少，沉湎于昔日家族的繁华旧梦中得过且过；一个却在长期的压抑和“不如意”的生活中萌发出对自由与个性的急切向往，最终经过勇敢的挑战和不懈的努力“梦想成真”，成为时尚前卫的弄潮儿，但由此也造成了家庭的破碎和亲人的离散，以及被迫飘零四方的社会“弃儿”。一个完全失去了未来，丧失了人生的希望，只能沦为旧时代可怜的殉葬品；一个却努力斩断与过去的联结，崇尚西化与洋化，但同时也在追新逐异的颠沛流离中迷失了真正的自我，再也无法找到“回家”的路。他们夫妻两人终至“水火不容”，在那特殊的年代率先“得时代之先声”，冒天下之大不韪地分道扬镳。而“夹”在他们中间的张爱玲体验最深的应该就是无所适从、茫然失措的心灵困惑和无助，以及对父母中的任何一方都难以建立起稳固且深刻的情感心理认同。成年后的张爱玲对整个世界都表现出一种根深蒂固的不信任和敏感性的怀疑，并历经婚恋情感的坎坷。倘若一定要“追根究底”，不能不说与此息息相关。

表面看来，在守旧享乐、沉沦堕落的父亲与时尚进步、西化洋化的母亲之间，张爱玲的好恶取舍和褒贬态度是泾渭分明的。她曾说自己像“拜火教的波斯人”一样把世界强行分成两半，形成了一种“光明与黑暗，善与恶，神与魔”之间截然不同的分野。属于母亲的那一半几乎代表了所有美好的事物，荟萃了她所知道的“最好的一切”，与之形成鲜明对照的则是“属于我父亲这一边的必定是不好的”，“那里什么我都看不起”①。她心目中的母亲几乎处处体现着高度理想化的自我形象，而父亲的形象则被异化为那个淘气任性、肆意妄为、难以管束的“坏小孩”。张爱玲从小就对母亲刻意追随，“亦步亦趋”，甚至两人在年老后孤独寂寞地客死异国他乡的人生结局，也有着惊人的相似。母亲在她心中始终具有一种神圣不可动摇的“榜样”与“偶像”作用。某种程度上，母亲完全可称之为张爱玲生命中的“贵人”。如果没有母亲付出了极大牺牲的支持与帮助，张爱玲绝不可能实现由“张煐”到“张爱玲”的人生飞跃。与此同时，早年与母亲聚少离多的人生经历虽然使她对母亲的印象平添了不少神秘、浪漫的理想色彩，但理性的认同和浪漫的幻想绝不意味着心理和情感的亲近，亲情的缺失和裂痕终究是无法弥补的。在张爱玲那里，母亲变得有些遥不可及，可敬而不可亲。17 岁那年，她从父亲的家里“死里逃生”，投奔到母亲那里，随之产生的却是一种寄人篱下的痛苦感觉②。在偶像般的母亲面前，她感到自己竟如同“赤裸裸的

① 张爱玲:《私语》,《张爱玲集·流言》,第 135 页。

② 指张爱玲中学毕业后因出国留学与父亲和继母意见不合，并爆发严重冲突，被父亲禁闭在家半年之久，又患上痢疾而“差点死了”一事。

站在天底下”一样无地自容①。与母亲的长期疏离已使张爱玲无法与其建立起亲密无间的亲子关系。她们之间实在太缺乏情感的交流与互动，以至于母亲在陪女儿上学的路上偶尔拉住她的手，张爱玲竟升起一种生疏的刺激感；多年后她反省与母亲在一起的两年时间，竟认为完全是“一个失败的实验”②。

张爱玲对于母亲给予她的关爱和牺牲，始终怀持一种“既渴求又（怨）恨”、既向往又怀疑的矛盾情感。她既愧疚于“我母亲是为我牺牲了许多”，又过分敏感地感觉到母亲“一直在怀疑着我是否值得这些牺牲”③。我们发现张爱玲对母亲当年的“怀疑”如此耿耿于怀，以至于多年后母亲孤身在伦敦生命垂危之际，身在美国的她未能去见母亲最后一面，却执意将哈佛大学教授夏志清对自己小说的权威评论，寄给了弥留中的母亲。这一行为泄露出的张爱玲内心深处的些许奥秘实在耐人寻味：既可以理解为对母亲的告慰，又可解释成趁着母亲在有生之年而抓紧时间向她“宣示”——母亲当年为自己的付出是多么“值得”。在张爱玲那里，母亲虽然在关键时刻为张爱玲提供了坚强的支持和帮助，却绝对不是她可以随时依靠的心灵港湾。

张爱玲小说中的母亲形象，则从另一个侧面更加真实地折射出她对母亲及母爱的看法：她们对待子女无不自私专横、冷漠寡情。《倾城之恋》中的白流苏与原先的丈夫离婚后投奔娘家，哥嫂先是花光了她的个人积蓄，后又想方设法赶她走，不

① 张爱玲：《私语》，《张爱玲集·流言》，第140页。
② 张爱玲：《天才梦》，《张爱玲集·流言》，第189页。
③ 张爱玲：《私语》，《张爱玲集·流言》，第140页。

时冷语相向。走投无路的白流苏向她唯一可指望的母亲求助，母亲的回答却足以令她彻骨心寒：“先两年，东拼西凑的，卖一次田，还够两年吃的。现在年纪大了，说声走，一撒手就走了，可顾不得你们。天下没有不散的筵席，你跟着我，总不是长久之计。”白流苏终于明白：“她所祈求的母亲与她真正的母亲根本是两个人。”[①] 母亲是如此“靠不住”，这应当体现了张爱玲内心深处最真实的声音。《半生缘》中的顾太太在得知曼桢被姐姐曼璐设计陷害，并被姐夫祝鸿才强奸后，虽然“心里难过”，却依然对曼璐言听计从。听说曼桢正“闹着要去报警察局”，顾太太的第一反应是：“这孩子就是这样不懂事，这种事怎么能嚷嚷出去，自己也没脸哪。”待曼璐说起已将曼桢禁闭在家，“谁也不许上她屋里去，也不让她出来”，老太太尽管“打了个寒噤，觉得有点不对”，却只能“呆呆的不作声”[②]，竟然连见曼桢一面的要求都不敢坚持，自觉自愿地成为了曼璐夫妇的帮凶。如此自私懦弱的母亲，绝不可能为儿女遮风挡雨。张爱玲笔下的不少人物，在人生的困境中不仅像白流苏、顾曼桢那样无法从亲人那里获得帮助和抚慰，相反，她们遭受的最大最深的伤害，恰恰来自他们的家庭和至爱亲人！至于《金锁记》中的曹七巧，更可以说是一个骇人听闻的“恶母”典型。有人说张爱玲小说颠覆了传统意义的母亲形象，确实是有道理的。只是这一艺术“颠覆”的背后所凝聚的作家本人的凄苦哀伤的人生体验，恐怕是“外人”难以想象的。

---

① 张爱玲：《倾城之恋》，见《传奇》，中国文联出版社 2001 年版，第 174 页。

② 张爱玲：《半生缘》，北京十月文艺出版社 2006 年版，第 219 页。

另一方面，冲破了父亲主宰的家庭牢笼之后，张爱玲很快发现自己终究难以割舍她那可憎可怜的父亲及其背后的整个幽暗世界。父亲及其所在的家庭虽然带给了她刻骨铭心的伤害，令她的身心饱受煎熬，但同时又给了她不可替代的心灵慰藉。她可以顺利逃脱家族的牢笼，却无法斩断与其文化心理上的千丝万缕的联系。那个黑暗堕落却荣耀显赫的大家族，既令她憎恶恐惧，又让她魂牵梦绕并频频回首。我们发现潜藏于张爱玲心底深处的，以父亲为原型幻化而成的那个自甘沉沦却又自由率性的"坏孩子"，是如此的生机勃勃且富有创造力，时时激发着她的生命感悟和艺术构造。张爱玲创作天赋中那些最具"天才"特征的侧面，细究起来都与父亲的遗传、熏陶乃至教养直接相关。她的心灵一旦"触碰"到那个混沌模糊、黑暗腐朽并不可避免地走向没落的"家族"世界，似乎就一下子变得从容自信，重新找回了真正的自我。她既可以"居高临下"且冷峻严厉地审视传统家庭的种种"劣迹"与阴暗面；也可以饶有兴致地观看、欣赏、回味那里面反复上演的人生悲喜剧，并不时发出百感交集、五味俱全的喟叹。正是以父亲背后那个"黑暗世界"为原型，张爱玲才得以建构起一个渗透着哀伤和腐朽气息，同时却令人流连忘返的美轮美奂的艺术世界，并将一种以苍凉和"没落"为基调的传统美学精神，加以出神入化般的传承与发扬。这与她在貌似代表了"所有美好事物"的母亲面前，几乎无地自容的窘况无疑形成了鲜明的对比。

张爱玲终其一生，都被父亲和母亲所代表的两种完全相反的力量撕扯着。正是这尖锐的矛盾构成了张爱玲内心不可调和的剧烈冲突，成为奠定她文化心理人格的重要基石，也酝酿了她那超乎寻常的两极化人格，以及带有病态气息的天才气质。

（三）性情的反差：“天才”与“病态”

虽然在创作上，张爱玲采取的是一种“参差的对照的写法”，不喜欢那种将善与恶、美与丑、灵与肉完全对立的“古典写法”[①]。但她本人那大起大落的人生经历和近乎两极化的性格特征，却无法不给人以强烈反差的直观印象。即使在家人和朋友的眼中，她给人的印象也常常处在“既热情又孤独”的矛盾中[②]。张爱玲性格的这种强烈反差自然与其特殊的家庭教养环境直接相关。一般认为在父母严重对立或人格极大反差的环境中成长起来的孩童，既容易形成病态的人格，也可能造就特殊的天才。历史上不知有多少闻名遐迩、建立过“不世伟业”的天才人物，都成长于类似的特殊家庭中。与那些惊天动地的历史伟人相比，张爱玲或许只是这无数“病态天才”中“不起眼”的一位。但她在“病态”与“天才”、凡俗与超然、世事洞明的“清醒”与悲怆的“懵懂”之间的对比，却在现代中国文人中颇具典型意义。

我们发现早期的人生经历造就了张爱玲那敏感而早熟的性情，使她近乎“先天”般地成为了洞达人生真相的“觉悟者”。尤其是大多数少男少女尚处于不谙世事、“懵懂浑噩”的年龄时，张爱玲已练就了一双世间少有的“冷眼”。她像一个独具慧眼的“巫女”一样，常常一眼就洞察到人们心底深处的无数奥秘，也能准确地预见众多华丽人生的凄凉结局。她见惯了太

---

① 张爱玲：《自己的文章》，《张爱玲集·流言》，第16页。

② 张子静：《我的姐姐》，见季季、关鸿编《永远的张爱玲》，学林出版社1996年版，第26页。

多的尔虞我诈、口是心非，耳濡目染了亲人之间不计其数的怨恨、算计和争斗，更敏锐地探寻到人性中固有的虚伪和自私、懦弱和残酷，以及社会人生的虚无本质。然而与此同时，在本该天真烂漫的小小年纪，我们发现张爱玲却已像饱经沧桑、伤痕累累的阅历丰富者，拥有了一颗显得有些“苍老”的心灵。生命之花尚处于“小荷才露尖尖角”的蓓蕾阶段，却已显现出令人触目的枯萎和衰败迹象。

成年后的张爱玲更通过文学创作，将这种带有“衰颓”气息的艳丽美学精神演绎到了极致。当然，如果说特殊的家庭教养环境只是造就张爱玲这一“天才”的特殊文化心理土壤，那么只有逃离和“背叛”了那个腐朽罪恶的旧式家庭，并在西方现代视角的“烛照”之下，张爱玲才能如此清醒而冷峻地洞察并反观自己当年那个家庭教养环境的种种畸形与病态。尽管无法确证张爱玲对西方现代心理学的了解有多深，但她对畸形的家庭教养环境造成的下一代心理人格的病态倾向，却有着清醒的体察和认知。这在她的众多小说中都可见到深入而逼真的艺术表现。在小说《沉香屑·第二炉香》中，张爱玲通过男主人公罗杰·安白登，一个来自英国的“罗曼蒂克的傻子”的不幸遭遇，让读者充分“见识”了畸形家庭教养下的病态心理人格所具有的害人害己的可怖能量。尽管作家没有正面表现蜜秋儿太太一家的具体心理状态，只是以罗杰一类“外人”的视角，对此稍稍“管窥”了一下。但这个像散发着腐朽气息的干尸一样的家庭，一旦蒙在外面的美丽面纱被轻轻撩起一角，其阴森可怖的狰狞面目已足以令人心惊胆战。诚如作者以叙述者的口吻所言，小说讲述的是一个“脏的故事”。但与其说“人总是脏的，粘着人就沾着脏”[1]，不如说真正肮脏的，是病态教养下发生了严重畸变以及霉变的人性。

张爱玲的人格反差，还表现在她对“功名利禄”等物质人生看似截然相反的态度上。特殊的家庭环境造就了张爱玲“边缘型”的人格特征。小时候被父母“忽视”和关爱的严重匮乏，导致了张爱玲特别渴望引起人们的关注，尤其是获得父母等成年“权威”的认可。据张爱玲的弟弟张子静回忆，小时候的张爱玲为了引起人们的注意，“随便什么事情总爱跟别人两样一点”。她曾经主张：“与其做一个平庸的人过一辈子清闲生活，终其身默默无闻，不如做一个特别的人，做点特别的事，大家都晓得有这么一个人，不管他人是好是坏，但名气总归有了。”[2] 后来的张爱玲的确如愿以偿地成为一个“特别（引人注目）”的人，不仅以其特别的才华在40年代初期的上海滩大红大紫，也以其惊世骇俗的情爱新闻轰动一时，足以令她的整个家族和亲友为之侧目。连她偶尔出现在公众视野时所刻意设计的“奇装异服”，也一度成为人们街谈巷议的话题。当然她也为那些“特别的事情”付出了惨重的代价，包括人生的平和与从容底蕴，以及至可宝贵的亲情和长相厮守的爱情。不过张爱玲的这一“特别”主张，在当今网络和“眼球经济”普遍盛行的时代却已然成为无数青年一代信奉的“至理名言”。人们只记得她当年“出名要趁早”的告诫，却忽略了这一“特别”主张本身就是病态家族和病态文化的产物，更忽略了“成名”之后的张爱玲像躲避瘟疫一样，躲避着一切的“浮名利禄”，躲

① 张爱玲：《传奇》，第293页。

② 张子静：《我的姐姐》，见《永远的张爱玲》，第38页。

避着人们的关注和“崇拜”。晚年的张爱玲更是舍弃一切不必要的人际交往和社会往来，长期过着离群索居、拮据单调却又“自得其乐”的生活。据唯一能与晚年张爱玲定期接触的林式同记述，他在处理张爱玲身后事务时发现，她不仅“没有家具，没有珠宝，不置产，不置业”，更没有借钱和欠债记录，不用信用卡，充分显示了张爱玲对“身外之物”的看轻，和“不欠不借的独立生活观”①。她看穿了一切，也看淡了一切，所谓的是非恩怨、爱恨情仇，统统都成了过眼云烟，真正达到了一种“不执著，不攀缘，无是非，无贪嗔”② 的平淡从容的人生境界。这与她早年为了吸引“眼球”而不惜“特别”的世俗化和“机会主义”主张，可谓有着天壤之别。

早年的张爱玲曾宣称自己是一个“拜金主义者”，然而她所谓的“拜金”，在笔者看来更像是一种对父母的叛逆和逆反心理的表现：“我喜欢钱，因为我没吃过钱的苦——小苦虽然经验到一些，和人家真吃过苦的比起来实在不算什么——不知道钱的坏处，只知道钱的好处。”③ 这完全可理解为张爱玲的正话反说，其实是在诉说她真正体验过钱的重要性和没钱过日子的困顿滋味。因为知道钱的来之不易，才懂得了对钱的珍惜，不像她那坐吃山空、挥霍无度的“败家子”父亲，被钱所“害”却不自知，后来终于品尝到了钱所带来的“苦处”。她还多次提到自己的母亲是一个“清高的人”，“有钱的时候固然绝

---

① 林式同：《我所认识的张爱玲》，见子通、亦清主编《张爱玲评说六十年》，中国华侨出版社 2001 年版，第 199 页。

② 林式同：《我所认识的张爱玲》，《张爱玲评说六十年》，第 201 页。

③ 张爱玲：《童言无忌》，《张爱玲集·流言》，第 2 页。

口不提钱，即至后来为钱逼迫得很厉害的时候也还把钱看得很轻”[①]。而晚年的张爱玲又何尝不像她母亲那样，存留着一种即使为钱所“迫”却依然视钱如粪土的“清高”？不到生活难以为继的不得已情况，张爱玲都是耻于“谈钱”的。

纵观张爱玲的一生，诸如此类的强烈反差确实令人触目：对于名利，她既追逐又逃离；对于爱情，她既怀疑又向往；对于自我，她既有着可贵的省察，又有着不可抑止的自哀与自怜。在人生的道路上，她既自立自强又软弱卑怯，既高度自恋又难以掩藏其内心深处的惶恐不安。种种鲜明反差包藏着的其实是一颗高贵与卑微错综复杂地交织在一起的独特心灵。

最后笔者需要指出的是，从社会功利角度看，“病态的天才”自然也是“天才”，但笔者更倾向于“病态的天才”终究难逃病态之属性。“病态”的对立面应是常态或健康，而不是什么功利角度的“天才”或“庸才”。作为普通读者，只看到张爱玲这类“天才”四周的灿烂光环，而忽略或遮蔽其背后的异常或“病态”，无异于一叶障目不见森林。何况因病态而成为“天才”的人毕竟是极少数，更多的“病态”只能沦为“沉默的大多数”中的一部分。而即使在张爱玲这样的“天才”人生中，我们依然难以探寻到正常人生的安宁、祥和与幸福，相反却常常惊叹于隐藏在背后的那无可排遣的痛苦、不安，以及内心的冲突和灵魂的撕裂。同样的，任何为了打造所谓“天才”而不惜采取病态的教养方式与行为，更是对人性的亵渎和践踏。

---

① 张爱玲：《童言无忌》，《张爱玲集·流言》，第2页。

二、乱世书写中的“恒常中国性”

笔者在前文已指出，张爱玲小说中“道地的中国人”身上折射出的，是一种纯粹而本真的“中国性”。但颇为吊诡的是，张爱玲之所以能将这种“道地的中国性”揭示出来，不仅与她亦中亦西的独特生活环境和那个既新且旧的剧烈变革时代息息相关，也与她常常跳出“中国”之外，自觉地以一种西方化的现代视角对传统中国社会加以审视不无关系。本节试图结合四五十年代中国社会的沧桑剧变，从文化离散这一视角重新回顾一下复杂奇特的“张爱玲现象”，并对其文学及文化史的“典型”意义加以初步探讨。

（一）“乱世”体验与张爱玲创作

作为文学家的张爱玲崛起于1943年的沦陷区上海，那正是中国全面抗战的第六个年头，距离最后的胜利已经不远。而早在1941年12月，随着日军对珍珠港军事基地的偷袭，美国被迫卷入了太平洋战争。在短短一年多的时间内，世界反法西斯战争的整体格局已发生重大逆转，日本军国主义日薄西山的颓势趋于明显。但这样的“时局判断”只是一种“后知后觉”，对于身处“历史现场”的当事者们而言，却是很难有此类“先见之明”的。而在由“孤岛”变为“沦陷区”的上海这座“远东”城市内，普通市民们不仅对此等“世界大势”缺乏必要的感知，而且因为经历了太多的离乱逃亡，也似乎早已习惯了如何应对时势的“风云突变”，掌握了乱世沧桑中的生存技能。张爱玲便是这无数“上海市民”中的一位。作为那个特定时空的典型产物，“张爱玲现象”无疑打上了那个时代的鲜明烙印；

在历史转折时期的沦陷区上海迅速崛起的张爱玲其人其事其文，都是那个特定时空、那个“乱世中国（上海）”之社会生态和心态的生动逼真的写照之一。

谈到张爱玲在20世纪40年代“跃上”文坛及张爱玲现象的诞生，就不能不提及柯灵先生回忆张爱玲的那段著名文字：“偌大的文坛，哪个阶段都安放不下一个张爱玲，上海沦陷，才给了她机会。日本侵略者和汪精卫政权把新文学传统一刀切断了，只要不反对他们，有点文学艺术粉饰太平，求之不得，给他们什么，当然是毫不计较的。天高皇帝远，这就给张爱玲提供了大显身手的舞台。……张爱玲的文学生涯，辉煌鼎盛的时期只有两年（一九四三——一九四五），是命中注定，千载一时。‘过了这村，没有那店’。幸与不幸，难说得很。”[①] 在关于张爱玲浩如烟海的评论文章中，柯灵先生的这段文字至今依然给人以一语中的、“切中时弊”的感觉，可谓是“知人论世”之典型。当然，过于凸显张爱玲与“乱世中国（上海）”之间的特殊关系，既可以使我们联想起“国家不幸诗家兴”的感慨，又或许还隐藏着一种“商女不知亡国恨，隔江犹唱后庭花”式的传统文人的叹息与道德清高？但无论如何，现代中国翻天覆地、甚至一度家国沦亡的“乱世”社会，为张爱玲这样“病态的天才”“歪打正着”地提供了得天独厚的养分，却是不争的事实。也许只有从“乱世”废墟那混乱而又“肥沃”的时代土壤中，才可以盛开出张爱玲这样的艺术奇葩。

张爱玲出生前后和长大成人的20世纪前半期，以及从19

① 柯灵：《遥寄张爱玲》，见子通、亦清主编《张爱玲评说六十年》，第5页。

世纪中后期一直到20世纪四五十年代，都堪称中国历史上"千年不遇"的大转折、大动荡与大破坏，同时也是空前绝后的大创造、大建设乃至"大跃进"的时代，那是一个一次次"天崩地裂""天翻地覆"又"开天辟地"、时间重新"开始"的年代。具体到张爱玲而言，其家族在晚清"前朝"时代的显赫一时，以及清末民初的迅速衰败早已为人熟知，笔者在此不必赘述。这一家族背景、时代背景和人生体验对于张爱玲创作产生了全方位的影响。我们在张爱玲笔下，经常听到这样一个急切的声音：要快！要快！不然就来不及了。时代的脚步是那样急促，社会的变迁更让人猝不及防。说不定接下来就有翻天覆地的大动荡与大破坏，将原先所有的一切彻底打碎；所有的家庭、门第乃至生命都可能被统统攫走，昔日的家族荣耀、巨大财富说不定就是今天的拖累乃至耻辱的标志。紧接着到来的将是一个更加不可理喻的、让你失去原有位置的全新而陌生的新世界……正是基于这种难以预知和"迫不及待"的危机感，张爱玲才强调一切都须"趁早"：逃离旧环境的束缚要趁早，追逐新生活的理想要趁早，当然实现个人自我的家族和"出名"也要趁早。为了及早出名，早慧而早熟且早早洞达"人性"、"世事洞明"的张爱玲甚至主张不妨做些"特别的事情"，而"不管他人是好是坏，但名气总归有了"①。——此种以"特别的方式"赚取别人眼球的功利主义和机会主义生存哲学，在当今网络时代已然成为家喻户晓的"至理名言"。当然张爱玲与当今某些不择手段而谋求"出名"的恶俗者们有着本质不

---

① 张子静：《我的姊姊张爱玲》，见子通、亦清主编《张爱玲评说六十年》，第384页。

同，她的这一感触或主张，与其说是其人生哲学的真实体现，不如说是她心灵深处安全感缺失的一种本能反应。尤其在经历了不可一世的荣华富贵又很快变成过眼烟云之后，这一生存危机感就更加严重。作为“破落者”的张爱玲，实在太迫切地需要通过他人和社会的认可，重新确立自己“贵族”般的特殊价值和社会地位了。

张爱玲笔下的“乱世”，同时也是西方现代文明对传统中国社会强力冲击的产物，她的“乱世”体验和“乱世”书写又离不开近代中西文化的冲突与交融这一宏大背景。张爱玲出生于上海租界，大半人生经历都不曾脱离“租界”这一特殊地理文化空间，后来又到英国殖民统治下的香港接受了大学教育。可以说租界与租界文化涵育了张爱玲的文化心理人格，决定了张爱玲的价值观、人生观和世界观。如同张爱玲曾以一位“摩登”女郎把头探进窗口，好奇地观看着旧式家庭生活场景的图画作为小说集《传奇》的封面一样，张爱玲本人又何尝不是那样一位逃离了旧式家庭，却又像幽灵一样徘徊于自己家庭的窗前门外，向里探望的那位“摩登女郎”？张爱玲观察中国的视角，可以简单地概括为“从租界看中国（内地）”。这不仅仅是从西方看东方、从现代看古代、从先进看落后、从“都市”看“乡土”，还可以说是一种从“外缘”看“中心”、从“异端”看“正统”、从“堕落”看“清白”、从“耻辱”看“高贵”的既外且内、既新且旧的复杂视角。张爱玲对传统中国社会的冷峻观照显然有着鲜明而独特的现代意义，但张爱玲与其旧家族之间的“看”与“互看”，却颇为典型地折射出半殖民地半封建的中国社会之文化认同、价值认同的复杂矛盾和纠结。

作为“乱世”体验的艺术结晶，张爱玲通过小说创作塑造了一个个在时代变局中无法掌控自己命运、甚至茫然失措的“乱世男女”形象，并对他们进行了深入细致的心灵解剖和观照，揭示了他们在传统与现代、落后与守旧、西化与本土之间摇摆不定、灵肉“错位”、丧失自我认同的生存窘境。即使在那些看似与时代变迁没有直接关系的爱情叙事中，张爱玲同样一针见血地烛照出笔下人物的“自我迷失”。她的作品虽然没有正面表现近代中国接连发生的一系列重大事件，却从“破落贵族”的婚姻家庭生活这一特定角度，忠实记录了那些白云苍狗般的时代变迁给人们的生活和心理造成的巨大影响。与众多“五四”新文学作家们讴歌着时代的飞跃进步，表现“时代弄潮儿”们的意气风发不同，在她笔下，那些“天翻地覆”般的剧烈变动，不仅一次又一次造成了社会的严重撕裂，更使得很多普通民众感到茫然而无所适从。笔者认为张爱玲小说着力表现的，正是那样一群在剧烈社会变动中惊慌失措的“破落者”们的真实生态和心态。他们要么在前所未有的大变动大破坏中被无情地抛弃，成为可怜又可悲的牺牲品；要么在传统与现代之间左右摇摆，踟蹰不前，然而却不自觉地被滚滚向前的时代列车裹挟而去，既不知自己的前路在何方，又迷失了古老的心灵家园。对于前一类人物，作者显然表现出更多的嘲讽和批判。如《花雕》中的郑先生作为一名封建遗少，长期拒绝（实际上是不敢正视）民国及民国以后的现代社会，“自从民国纪元起他就没长过岁数”。作者以轻轻的一句比喻——“酒精缸里泡着的孩尸”，辛辣而刻薄地嘲讽了此类丧失生存能力、只能坐吃山空的遗老遗少的寄生性质。与此类似的还有那些被封建礼教掏空了心灵和生命活力的陈旧落伍的“淑女”形象。《茉莉香片》中的冯碧落，只是绣在屏风上的一只鸟，徒有鸟的外形而已，“年深日久了，羽毛暗了，霉了，给虫蛀了，死也还死在屏风上”[①]。《红玫瑰与白玫瑰》中的“东方淑女”烟鹂，其生命的贫乏和心灵的空虚同样令人触目。她对振保的爱仅仅是因为“在许多人之中指定了这一个男人是她的”，对于振保本人却缺乏了解的兴趣和相知相爱的能力。她也许是传统意义上的一名标准型的“贤妻（媳）良母”，却绝对不是振保喜欢的那一类情投意合的女性。小说中描写道，烟鹂因为不喜欢运动，连作为“最好的户内运动”的男欢女爱也不喜欢。而面对丈夫的冷漠、不忠乃至暴力，她最多只能在脸上掠过一丝“婢妾的怨愤”[②]。最终，她只能慢慢陷入自闭与自虐式的身心病态之中，成为不幸家庭的牺牲品。而出身寒微的佟振保如果不是凭自己的努力争取到出洋留学的机会，很可能“一辈子生死在一个愚昧无知的小圈子里”。他在英国爱丁堡学成回国后，成为一家外资公司的高管及“一等一的纺织工程师”。虽然过的是一种亦中亦西、不中不西的优裕生活，但在骨子里振保却是一个守旧陈腐当然也是合乎传统中国道德标准的“好男人”。他与“殖民地女孩”娇蕊的相互吸引，除了单纯的情欲诱惑之外，更主要的还在于两人性格的相投和心灵的贴近。娇蕊那无机巧的热情奔放的心灵，恰恰是令振保无法抵抗的“致命”武器，她那“婴孩的头脑与成熟的妇人的美是最具诱惑性的联合”，足以将振保彻底征服。而这又恰恰证明了振保这类“中

① 张爱玲：《传奇》，第223页。
② 张爱玲：《传奇》，第76页。

国式好男人”在现实生活中是如何的压抑和身心分离。娇蕊也一下子看穿了振保：“其实你同我一样的是一个贪玩好吃的人。”不同的只是振保始终不敢正视真正的自己，不敢倾听他内心深处发出的真实声音，于是只能在婚姻与爱情、妻子与情人、物质与精神、情感与理智之间的冲突中苦苦挣扎，得过且过。

佟振保式的心灵分裂抑或灵魂撕裂，可以视为现代中国知识分子人格分裂的一种写照。虽然他们中的很多人没有张爱玲那样的特殊家庭背景，也不像她那样有两极化的性格“反差”，但在传统与现代、西方与东方、守旧与时尚、新乡与故土、灵魂与肉体、物质与精神之间却有着共同的瞻前顾后、徘徊踌躇的复杂“心结”。正因如此，张爱玲式的身心“分离”抑或“灵肉冲突”，就相当典型地体现了现代中国文人及流散于世界各地的海外华人知识分子在传统与现代、梦想与现实、故国游离与梦幻回归之间的痛苦心志与踌躇心态，从而在剧烈变动、既新且旧的现代中国社会展示出复杂丰富的文化心理内涵。

（二）“家国流散”与张爱玲现象

中国文化语境里的“乱世”，往往在标志着“改朝换代”一类时代剧变的同时，又意味着社会的离乱和人民的流离失所。如同汉语中的“离乱”是由“离”和“乱”共同构成一样，乱世沧桑是与“家国流散”不可分割的。“流散”可称之为“离散”“流离”等，这一概念在当今汉语学术界常用于对英语 diaspora 的翻译。而英语中的 diaspora 一词则具有特定的含义，它最初指“在巴勒斯坦之外的犹太人或犹太人共同体的聚集”，后来才引申为某一族群或共同体与犹太人相似的分散或者移民，准确地说指的是一种“跨国离散”或移民现象。不过笔者在此更愿意从汉语本初意义上使用“流散”“离散”一类语词，它们令人更多地想起古代中国屡见不鲜的“家国飘零”和“妻离子散”，以及传统文人对此层出不穷的怅惋感叹。而正如古代的“庙堂中国”之下，还存在着一个蓬勃而隐蔽的“江湖中国”，在安土重迁的“乡土中国”缝隙之外，同样存在着一个历史悠久的“离散中国”。而正是历史上的那些兴亡更替、离乱变迁、家国流散，常常构成了中国历代文学中最为优美凄婉和动人心弦的旋律。张爱玲的创作恰恰与这一深厚的历史传统息息相关。

纵观张爱玲一生，可谓始终处于一种颠沛流离的生存状态中。早年她拼命逃离了旧家庭，却无法建立起自己的新家庭；中年以后又迫不及待地从自己的祖国逃离，却无法在“新大陆”实现自己的人生梦想，找寻到自己的心灵归宿。张爱玲的人生遭际和创作，极为典型地折射出现代中国文人和海内外华人作家在近现代翻天覆地的历史动荡和变迁中“丧家失国”、流离失所而造成的孤苦无依的具体生态和心态，淋漓尽致地抒发了他们对“家不是家”“国不似国”的绝望感、悲苦感和虚无感，以及“无家可归”“无国可依”的人生悲叹。

张爱玲与她那奉为人生榜样、既“如影相随”又“且行且远”的母亲一样，都深受西方现代文化思潮的熏染。特殊的家世渊源和养育环境，使得张氏母女早早领略到了“欧风美雨”的魅力并对之热切向往。在那个浸染着“欧风美雨”且风雨飘摇的“乱世”年代，张爱玲母亲黄逸梵女士不仅率先“离家出走”，与丈夫的妹妹也即张爱玲的姑姑赴欧游学，还“大逆不道”地主动与丈夫离婚，此后长期飘零在东南亚、印度、西欧等世界各地，“游走”于家国之外。她以一双饱受摧残的小脚，踏着西式高跟鞋彳亍行走于西方摩登世界的婆娑身影，或许又可称之为民国剧变时代的一个形象写照？她们一方面带着旧时代和旧传统的深刻烙印，另一方面对时尚新潮的现代文明穷追不舍，但又始终找不到自己的精神家园。而张爱玲一生几乎都在追随着母亲“西化”和“洋化”的脚步，甚至两人“大隐隐于市”的晚年生活，客死异国他乡、死时没有亲人陪伴的人生告别方式，也是如此的相近。而作为一位不可救药的“个人主义”者，张爱玲显然对任何假借时髦理论和冠冕堂皇之口号，在骨子里不过是古老东方专制主义“借尸还魂”的言行和精神氛围，都有着格外的敏感和反感。这也是她在50年代初匆匆逃离中国大陆的深层原因。

另一方面，张爱玲在逃离那个衰落腐朽的封建贵族家庭之后，又是如此留恋并回味着那个大家族的荣耀和辉煌，无比“珍视”着自己的贵族身份和贵族气质。冲破父亲家庭牢笼之后的张爱玲，终究难以割舍父亲的阴影及其背后的那个幽暗世界。父亲的家庭既带给她刻骨铭心的伤害，令她饱受身心煎熬，同时又给她不可替代的心灵慰藉；她所逃离的那个黑暗而堕落的家庭，既令她憎恶恐惧又让她魂牵梦绕，频频回首。当然，家族的梦魇抑或荣耀无论如何都不可能彻底消失，即使走出了病态教养的家庭环境，却依然身不由己地“宿命难逃”，这已然成为张爱玲最为清醒且痛苦的自我省察。这在她的小说创作中有充分的体现。

在被公认为张氏小说代表作的《金锁记》中，曹七巧的一对子女长白和长安无论如何都摆脱不了母亲“魔爪”的控制和伤害。尤其是长安这样一个无辜的“牺牲”，在母亲的“言传身教”下不仅已难以适应现代化的西式教育，而且无法融入日新月异的现代生活，最终“渐渐放弃了一切上进的想头”。小说以“她再年青些也不过是一棵较嫩的雪里红——盐腌过”[①]这一比喻，一针见血地道出了此类在病态教养下成长起来的子女，生命活力和斗志的丧失。而在言谈举止上，长安与那个伤害着她并令她厌恶的母亲却越来越相像，母亲及其背后的黑暗世界早已融入她的血液，成为她生命中不可剥离的一部分。另一个鲜明的例子是《茉莉香片》中的聂传庆。“他跟着他父亲二十年，已经给制造成了一个精神上的残废。”在这个被公认为以张爱玲的弟弟张子静为原型而创造的人物形象身上，显然凝聚了作家太多爱恨交织和悲伤痛惜的情感。与《金锁记》中的长安越来越像母亲一样，传庆也发现自己越来越像他的父亲，“不但是面部轮廓与五官四肢，连行走的姿态与种种小动作都像”，他厌恶着“自身内的聂介臣（父亲）”，然而可悲的是，“他有方法可以躲避他父亲，但是他自己是永远寸步不离的跟在身边的”[②]。聂传庆不知道，如同他无法彻底与自己的命运决裂一样，他也不可能与自己的父亲彻底分离，家族的梦魇注定会代代相承，人生的悲剧也会不断重复下去。正如西方一些人类学者们反复指出的，作为祖先的产物，我们每个人身上都打上了祖先鲜明的烙印，不论我们是否远离家园抑或漂流到何方，也不论我们主观意愿如何。

---

① 张爱玲：《传奇》，第151页。
② 张爱玲：《传奇》，第211页。

长安和传庆等人物的“懵懂”麻木，反衬出的恰是张爱玲本人那非凡的清醒和“觉悟”。而张爱玲本人对自己关于人生的“理解力”向来颇为看重，甚至有一种“世人皆醉我独醒”的“洋洋自得”。在她看来，人类既然身为统治地球的“高等动物”，就绝不能仅仅只有“爱”和“善”一类美德：“自我牺牲的母爱是美德，可是这种美德是我们的兽祖先遗传下来的，我们的家畜也同样具有的”，因而“本能的仁爱”只是“兽性的善”。相反，“人之所以为人，全在乎高一等的知觉，高一等的理解力”①。人之异于禽兽者并非像兽类那样只拥有“本能的仁爱”，而更在于对其种种本性的冷峻观照和睿智省察。这无疑可称之为既离经叛道又振聋发聩，且极为“睿智”的“高论”。相对于那些被困在人生囚笼中而不自知的广大“麻木者”，张爱玲的确是拥有一种“高一等”的知觉力，然而在另一方面，我们发现作为“觉悟者”和“智者”的张爱玲，心中充溢的悲哀与痛苦相较于普通芸芸众生并没有减轻多少。且不说无论多么聪慧的人类个体，在“觉悟”和“清醒”这条崎岖之路上究竟能走多远，或是否会“南辕北辙”都大可存疑，因而“人类一思考，上帝就发笑”一类的西方谚语始终像“魔咒”一样套在张爱玲这类“睿智者”的头上；而且张爱玲尽管从小就懂得了命运只能由自己把握的人生真谛，她也因此形成了一种自立自强的倔强性格，但她在跌宕起伏、颠沛流离的人生剧变中发出的感喟，却更多的是对个人宿命无法真正把握的无奈感与沧桑感，以及不得不随波逐流、沉溺于“片刻的欢

① 张爱玲：《造人》，《张爱玲集·流言》，第115页。

愉”之刻骨铭心的悲哀。由此形成了张爱玲内心深处更为激烈尖锐的冲突和人格矛盾。

张爱玲的内心冲突抑或“身心分离”，在她赴美定居后表现得尤为突出。与那些“得风气之先”的贵族子女相似，年轻时的张爱玲很早就有一个朦胧的“美国梦”。早在中学时期，张爱玲就萌生了“到英国去读大学”，“把中国画的作风介绍到美国去”一类“海阔天空的计画”，甚至幻想着要比自己的中学校友林语堂“还出风头”①。尽管如此，她在20世纪50年代初离开中国而远赴美国，却可以说是一种心不甘情不愿的被迫逃离，与当今众多年轻人怀揣着对新大陆的憧憬和梦想而不择手段地“洋插队”有明显不同。而当张爱玲真正踏上新大陆，开始圆自己的“美国梦”的时候，却发现自己当年那些“海阔天空的计画”不仅无法一一实现，还陷入一种空前被冷落、被忽视的尴尬处境，甚至连生活的起码维持也一度面临着极大的困境。

颇具讽刺意味的是，与母亲常常要依靠卖掉祖传的古董器物，才能换取在西方社会的生活花销不无类似，身在美国的张爱玲也同样离不开她拼命逃脱的那个古老家族社会，只能通过讲述自己的“中国故事”维持起码的生存。到美国后，她曾尝试过各种努力，以求打进美国主流文坛。她先后拟定了《僵尸车夫》《孝桥》等迎合西方口味的老中国题材的写作题目，还以张学良为题材创作了一部传记小说《少帅》，为此甚至特意走访了一趟“边城”台湾。但所有这些努力都没能使她顺利融

① 参见张均：《张爱玲传》，北京文化艺术出版社2011年版，第259页。

入美国主流社会。她还将自己当年在上海滩“一炮走红”的代表作《金锁记》改写为英文小说《粉泪》，后又以《北地胭脂》之名在英国出版，然而这部“亘古以来最优秀的中国小说”也未能在西方产生反响；无奈之际的她不得不再将其改写为中文版的《怨女》。——把年轻时期听闻的一个刻骨铭心的家族故事，一遍又一遍地以中英两种语言反复重写和改写，岂不恰恰说明占据张爱玲全部心灵的，正是那浓得化不开的家族情怀及其背后的“中国结”吗？更不要说晚年的她在《对照记》等著作中，无比深情、充满留恋地回忆和缅怀着自己的童年往事、家族记忆。不仅父亲在她眼中早已变得和善可亲，令人同情，对于自己的祖父母，她更意味深长地宣称：“我没赶上看见他们，所以跟他们的关系仅只是属于彼此，一种沉默的无条件的支持，看似无用，无效，却是我最需要的。他们只静静地躺在我的血液里，等我死的时候再死一次。”①

我们发现小时候由母亲与父亲的尖锐对立所造成的心灵分裂，在张爱玲到美国后悄然转化为政治认同与文化认同、价值认同与世俗认同、感性认同与理智认同之间的激烈矛盾和复杂纠结。一方面她“迫不及待”地加入美国国籍、千方百计融入美国社会，另一方面又不可救药地沉湎于古老“文化中国”的幻影中无法自拔。一方面她将美国或者英国，乃至整个摩登现代的西方社会视为自己孜孜以求的梦幻理想，另一方面，尤其是当她在美国过着一种孤独寂寞和失意的生活时，那个在中国文人心中代代相传的不可抑止的“家国情怀”，那个藏在她心

① 张爱玲：《对照记》。

灵深处的梦幻般的带有唯美色彩的老中国形象，就成了她生命中的唯一寄托。从另一角度看，张爱玲在美国的处处碰壁，她的作品和艺术追求始终不能被美国主流社会所接受和“理解”，实际上也折射出中西文化交流和跨文化传播的某种尴尬，甚至可作为中国文化艺术“走向”西方主流社会的某种预示。毕竟在跨文化传播尤其是中西文化的碰撞交流中，像中国这样一个古老东方文明的文化特质和美学精髓，能否被迥然有别的西方文明所理解和认同，实在令人大可怀疑。单就美国社会大众的接受程度而言，张爱玲的确没有她的圣约翰校友林语堂那么幸运，林氏的《吾国吾民》《生活的艺术》等著作一度跃上美国畅销书的排行榜。究其原因与他适时地“出入”于基督教内外，从而多少能挑动起一些普通美国大众的神经，是不无关系的。相对而言，深谙中国文化和艺术之精髓的张爱玲，却始终不曾摆脱那种以“虚无”为底色的唯美人生观，她对西方文化的接受除了发达的物质文明和西化的个性（人）主义观念之外，至多不过是些“时尚前卫”的现代主义技巧，而对更为主流的基督教文化哲学和理性主义精神传统，则相当隔膜且不感兴趣，从而注定她只能游离于西方主流文化之外，自然也就无法迎合西方普通读者的“期待视野”，构造出一个“生活艺术化”的东方乌托邦形象了。但张爱玲在美国的不被认可抑或“失败”，却也恰恰折射出她的独异之处：相比林语堂对中国社会文化的“隔了一层”，张爱玲对于传统中国艺术精髓的深度把握和传神再现，则是林语堂等人难以望其项背的。张爱玲在美国几十年如一日地一遍遍阅读着中国最伟大的古典文学名著《红楼梦》，并对其加以细致琐碎的揣度和研究，一部《红楼梦魇》几乎倾尽了她后半生的全部心血。这一行为本身，岂不早已超越了对《红楼梦》这部文学巨著的单纯喜爱，而更多地上升为一种心灵的寄托乃至灵魂的皈依？

晚年张爱玲是否可以说“梦碎西方”“魂断美国”？笔者当然不能轻易下结论，但像张爱玲这类深深浸染着传统文化底蕴的现代中国文人，即使身不由己地飘零异国他乡，远离了政治地理上的中国，却依然追随着文化心理意义的“中国”——那个古老中国的梦幻家园，却是不争的事实。事实上，无论张爱玲本人还是她的那位“新潮母亲”黄逸梵，她们对西方文化的理解和接受都集中在对西方发达先进的物质文明的追逐，和对西方个人主义观念的仰慕这两个方面。对当时的一些新潮女性而言，这两者往往是相辅相成、难以廓清的。尤其是后者，对于长期在中国旧式家庭饱受压抑和迫害的广大妇女来说，自然有着不可抑止的吸引力。西方的“个性解放”思潮伴随着“五四”新文化运动迅速风靡华夏大地，也与我们的文化传统中对人性自由尤其是妇女的压制束缚直接相关。而众多了解张爱玲的“亲朋好友”和研究者们，都将张爱玲视为西方“个人主义”的急先锋和践行者。张爱玲的第一任丈夫胡兰成不仅将张爱玲定位为“个人主义者”，还一再引用张氏本人的话语强调——“我是个自私的人”①。这当然极有道理。不过，包括张氏母女在内的众多现代“新潮女性”和“先知先觉者”所理解和接受的“个性解放”思想，与其说是原汁原味的西方个人主义理念，不如说是中国本土的率性自由、无所拘束的道家式理想

① 胡兰成：《评张爱玲》，见季季、关鸿编《永远的张爱玲》，第118页。

人生形式，乃至我行我素、特立独行的“张狂”名士之言行，假借西方现代名义的某种翻版而已；尽管这种带有“中国特色”的自由人生观对传统中国文化产生了强烈的批判意义，并大大推动了现代中国社会的进步，但它跟西方式的“责任”与“权利”彼此关联、不可分割的“自由”（liberty）观念绝非一回事。我们发现无论是张爱玲还是胡兰成，以及后来无数对“个人主义”怀持不同看法的人们，都把“个人主义”和“自私自利”混为了一谈。张爱玲在抗战胜利后一度被诟病为“文化汉奸”，当然与她一度将胡兰成视为“知己”和“同道中人”直接相关。但恰恰是被很多人视为“自私自利”和“不爱国”的张爱玲，却从“乱世离散”这一特定角度，建构了一个最为真实细致、极富典型意义的“文化中国”形象：一个离散动荡的“乱世中国”，一个市井人生里的“传奇中国”，一个令人回味无穷的美轮美奂的“纸上中国”。这难道不是一种颇具讽刺意味的吊诡？

正是这特殊的家世背景和人生体验，造就了张爱玲性格的二重特征和人格倾向的强烈反差。这一点早就为研究者们所关注。在不少读者乃至学者眼中，张爱玲都堪称“谜一样的人物”：“她悲天悯人，时时洞见芸芸众生‘可笑’后面的‘可怜’，但在实际生活中却显得冷漠寡情；她通达人情世故，但她自己行来却是从衣着打扮到待人接物，均是我行我素，独标孤高；她在文章里同读者套近乎，拉家常，但却始终保持着距离，不让外人窥测她的内心……凡此种种，均使张爱玲成为一个谜一样的人物。”[1] 事实上，促使张爱玲像“谜一样的人物”的矛盾特征还有很多，一个更为鲜明的例证是，她虽然多次坦言从小就喜欢金钱，并坚称自己是个“拜金主义”者[2]，但在笔者看来，张爱玲对金钱的看重与其说是其世俗化人生观的体现，不如说是她人生安全感缺失的心理折射。当摆脱生存的危机感之后，张爱玲那贵族化的文人气质往往自然而然地“暴露”出来，内在的心灵感受和精神需要则成为张爱玲更为关注的对象。——晚年张爱玲对金钱等“身外之物”表现出极度看轻和不屑一顾的态度，与早年的“金钱观”可谓形成了强烈的对比。而她对于精神性、心理性的“名气”、荣誉一类东西，也同样给人以强烈反差的印象：早年她迫不及待地梦想着“出名”，但“出名”以后的张爱玲却像躲避瘟疫一样，躲避着尘世中的一切浮名利禄。而在某些研究者眼中，晚年张爱玲几乎将所有人生的绚烂辉煌都化作了平淡从容，过着一种离群索居而自得其乐的简单生活，真正达到了一种“不执著，不攀缘，无是非，无贪嗔”的淡定境界[3]。但笔者认为这样一种两极化的性格“反差”，恰恰从另一侧面折射出张爱玲心理人格的紧张乃至撕裂。——从小就被父亲和母亲所代表的完全相反的两种力量撕扯着的张爱玲，在经历了太多的离乱沧桑和时代变局之后，或许只有在貌似“看破一切”“看淡一切”的心如死灰的孤寂生活中，才能获得片刻的内心安宁和身心平衡吧？而张

---

① 余彬：《张爱玲传》，人民文学出版社 2013 年版，第 3-4 页。

② 张爱玲：《张爱玲集·流言》，第 3 页。

③ 林式同：《我所认识的张爱玲》，见子通、亦清主编《张爱玲评说六十年》，第 201 页。

爱玲的人生观、价值观大都包含着内在的紧张冲突和尖锐的二元对立；“张爱玲现象”在直观地折射出现代中国文人在家国裂变中的心灵撕裂与人格分裂的同时，更显示出他们在历史剧变中家国认同的纠结乃至错乱，显示出他们人生观和价值观的混杂矛盾与错乱。这决定了张爱玲不仅对于自己和周围的一切，乃至匆匆逃离的祖国，都采取了一种既漠然又热望的双重态度。而随着中国社会天翻地覆的变革动荡，张爱玲那一代“最后的贵族”也四散流离，落魄地退出了“历史的舞台”。与之相连的，则是一个唯美优雅的古老中国背影，既渐行渐远，又令人无比留恋和频频回望。

（三）新文学主潮与张爱玲现象

众多研究者都反复强调过张爱玲与五四运动以来新文学主潮之间的“游离”关系。但仅从中西文化比较抑或以西方现代文明反照传统中国社会这一角度而言，事实上张爱玲与鲁迅、胡适、周作人、老舍、巴金乃至林语堂等“五四”新文学作家们并无二致。他们都是在呼吸到西方异域的现代自由空气之后，深深地为之振奋并以西方现代文明为参照，对古老落后的传统中国社会重新加以审视，从而烛照出人们长期习以为常、习焉不察，但从现代人性角度看却“触目惊心”的黑暗现实。鲁迅振聋发聩地将封建礼教斥之为“吃人”，巴金向一个罪恶累累的家族喊出了“我控诉”。张爱玲同样对自身所处的那个日渐腐朽、分崩离析的旧式家族和上层社会，给予了清醒有力的揭露和不动声色的抨击。然而，作为女性作家和落魄贵族的她，既缺乏鲁迅等人“重整乾坤”“再造中华”的家国责任感与慷慨悲壮的男性英雄气概，更没有他们试图与传统彻底决裂的决绝态度。与鲁迅、巴金等人不同的是，她在批判旧式家族的种种病态，揭示出古老文化传统走向衰颓之历史宿命的同时，又生动再现了身后那个大家族富丽堂皇、雍容典雅的贵族文化气质，以及整个古老文化传统所无法掩藏的那种优雅、美丽和醇厚，并对其没落的悲剧命运表达了无尽的感伤与怅惋。

不能否认，张爱玲与鲁迅的确有诸多相似之处。最先将张爱玲与鲁迅相提并论的恰恰是她的第一任丈夫胡兰成。早在张爱玲声名正盛的1944年，胡兰成就这样称赞张爱玲：“鲁迅之后有她。她是个伟大的寻求者。和鲁迅不同的地方是，鲁迅经过几十年来的几次革命和反动，他的寻求是战场上受伤的斗士的凄厉的呼唤，张爱玲则是一株新生的苗，寻求着阳光与空气，看来似乎是稚弱的，但因为没受过摧残，所以没一点病态……这新鲜的苗带给了人间以健康与明朗的、不可摧毁的生命力。”① 在今天的很多人看来，这样的评论显然太过溢美，明显有故意抬高张爱玲文学地位之嫌。但十几年后夏志清在美国出版的《现代中国小说史》一书中，却不仅将张爱玲列为浓墨重彩的一章，还在篇幅上大大超过了对鲁迅的评析。作为文学史家的夏志清，似乎对胡兰成当年的看法多少有些认同。笔者在此无意纠缠于鲁迅与张爱玲究竟“孰高孰低”一类的话题，这其实并没有多少意义。——只是想强调在对传统社会的深邃洞察和尖锐批判方面，张爱玲与鲁迅有不少相似相近之处。即使到了晚年，张爱玲依然对鲁迅“很能暴露中国人性格中的阴暗面和劣根性”而赞不绝口，充分表明了她与鲁迅之间的“惺惺

① 胡兰成：《评张爱玲》，见季季、关鸿编《永远的张爱玲》，第121页。

相惜”①。

鲁迅与张爱玲都从破败衰朽的封建大家庭走出，两人身上都深深地打上了旧式家庭的烙印，并通过创作淋漓尽致地揭示了封建大家庭对人性的压制和戕害。张爱玲所有的小说，几乎都涉及畸形的家庭教养、生态环境所造成的人性扭曲与变态；鲁迅则说他的第一篇白话小说《狂人日记》“意在暴露家族制度和礼教的弊害”，而《狂人日记》几乎堪称小说集《呐喊》《彷徨》的“主旨宣言”和总纲。至少在“反封建礼教”这一文化立场上，张爱玲与鲁迅的心灵是相通的。他们两人都有着独特的家世经历和敏感而过人的天赋，从而能近乎本能地穿透世俗人生的复杂百态，并天然般地洞达社会人生的虚无真相；兼通中西的广阔视野又使他们对传统中国的种种劣根性有着格外的敏感和反感。他们两人都有一双不动声色却能“世事洞明”、洞达一切，并“居高临下”地嘲讽一切的冷眼。鲁迅深邃而痛切的一眼就“看穿”了传统中国人沦落为“做戏的虚无党”的文化心理本质，尖锐批判了他们根深蒂固的奴性和种种虚伪、麻木与自欺。相对而言，张爱玲也几乎以一双“女巫”般的冷眼，近乎冷漠无情地撕破了由无数亲情、友情与爱情所装饰的假面纱，解构了一个又一个自古以来被认为神圣不可动摇的“真情”神话，“高屋建瓴”般地洞察到了茫茫尘海中的人们一切努力的徒劳和“不值得”。

“不值得”应该是张爱玲最痛彻心扉的人生感受。在早期散文《洋人看京戏及其他》中，年纪轻轻的张爱玲以几部历久

① 水晶：《夜访张爱玲》，见季季、关鸿编《永远的张爱玲》，第316页。

不衰的京剧戏目为例，寥寥数笔就言简意赅地道出了传统中国人生的无限苍凉和虚空。她从薛平贵与王宝钏的传奇故事中，读出来的是"贞洁"女性在付出与获得之间的强烈反差。王宝钏苦苦等了丈夫18年，将一生中最美的时光"作践"完后，终于将薛平贵盼回家中"破镜重圆"。"他封了她做皇后"，王宝钏可谓苦尽甘来，这是中国人历代传诵的皆大欢喜的一种结局。然而张爱玲却阴冷地讽刺道："他封了她做皇后，在代战公主的领土里做皇后！在一个年轻的，当权的妾里讨生活！"① 18年的漫长等待，换来的只是18天皇后的"福分"，想想该是怎样的一种凄凉！难怪她在做皇后18天后就死掉了。而从《空城计》里锣鼓喧天的热闹中，张爱玲感受到的却是"凄寂的况味"——诸葛亮"抛下卧龙冈的自在生涯出来干大事，为了'先帝爷'一点知己之恩的回忆，便舍命忘身地替阿斗争天下，他也背地里觉得不值得吗？"②

在张爱玲看来，那世俗人生中的痴男怨女和传统家庭里的一个个"贤妻良母"，则更为可悲可叹且无比可怜地过着一种"不值得"的蒙昧生活。《传奇》中颇不显眼的两篇小说《等》《鸿鸾禧》，情节虽然相当简单，描写内容也看似琐细无奇，却在貌似平实、不动声色的叙述中"传奇"般地表现了传统中国家庭同时也是"标准"的中国家庭妇女的真实生态与心态，尤其是她们倾心付出的"不值得"。《鸿鸾禧》中的娄太太整天像陀螺一样围着丈夫与孩子旋转，然而他们却好像联起手来"一次又一次发现她的不够"，自我感觉像被掏空了生命的娄太太，

---

① 张爱玲：《张爱玲集·流言》，第93页。
② 张爱玲：《张爱玲集·流言》，第96页。

有着自己也“说不清楚”的伤悲，却无力对生活做出任何改变。娄太太与《等》中的童太太一样为着家庭付出了一切，收获的却只是“一大堆稳妥的悲哀”，但她们的生活毕竟还是“稳妥的”。相对而言，与童太太一起在中医诊所里等待治病的奚太太则更加凄凉。丈夫离开身在香港的她去了内地，据说早已升官发财并在“那边有了人”，只留下她“在这里苦得要死”，她像当年的王宝钏一样痴痴地等着丈夫的归来，却没有王宝钏当“皇后”的福分。而正是在这琐碎的无奈的期盼中，生命自顾自地渐渐消失殆尽，岁月把她熬成了一具生命的空壳。在写于 1950 年的另一篇小说《色·戒》中，肩负着重大“使命”的女特工王佳芝，竟然仅仅因为刹那间的真情萌动就付出了宝贵的生命。在那场男性主导的惊心动魄的人生游戏里，王佳芝“无私”地奉献上自己的身体、性命和名节，可谓是倾其所有；但统统做了无谓的牺牲，又真正是一输到底。她“无私”奉献的唯一作用只是进一步加剧了易先生这类男性枭雄的自负与自恋：“她临终一定恨他，不过‘无毒不丈夫’。不是这样的男子汉，她也不会爱他。”原始情欲的盲目疯狂与真情实感的犹疑脆弱，在此构成了怎样触目惊心的对比！独特的人生体验和文化心理人格，不仅决定了张爱玲骨子里的敏感多疑和对社会人生的不信任，还导致了她对一切终极价值的怀疑和拒绝。她笔下的美好时光是如此短暂且稍纵即逝，善良的人性又如此脆弱且难以预测，不仅恋人之间充满了倾轧、辜负、背叛与抛弃，亲人之间也同样有着太多的恩怨情仇乃至“骨肉相残”。就对人生虚无的洞察和人性懦弱的审视，尤其在揭示传统家族文化对人性的种种扭曲方面，她与鲁迅相比实在“难分伯仲”。

在笔者看来，鲁迅最强烈的不可抑止的人生体验同样是“不值得”。从他在小说中反复表现的作为先知先觉的启蒙者与蒙昧麻木的“庸众”之间的紧张对立，从《药》中的夏瑜及“人血馒头”一类意象，从《孤独者》中的魏连殳一类人物身上，从《野草》里的《复仇》和《复仇》（二）一类篇章那里，我们都能强烈地感受到那扑面而来的“不值得”的痛感和悲感。不过鲁迅虽然因深邃尖刻和“孤军奋战”而常常身不由己地陷入“绝望的深渊”，但他终究怀藏着一个现代民族国家的宏大理想难以割舍，终究有一种根深蒂固的家国责任感牢牢支撑着他去“反抗绝望”，强迫他“从无所希望中得救”。——当然他也为此付出了惨痛的身心代价，并由此形成了他那独异深邃的内在心灵冲突，造就了他刚毅决绝的“敢于直面人生”的超世拔俗的人格。而这又成为他最受当代中国知识分子推崇的原因所在。

与鲁迅式“梦醒了无路可走”的彷徨四顾和面临绝望的深渊不同，张爱玲却更多地表达了一种“梦醒了亦无可奈何（无能为力）”“梦醒了也只能随波逐流”的伤感、无奈和苍凉。她的文字虽然总能给人以“入木三分”、出神入化的感觉，然而细读下来，你却不能不对它们那集清醒与沉溺、俗气与清高、传统与现代等“强烈的反差”于一体的混杂美学特征感到诧异：既触目于她毕生追求和恪守的“个人主义”处事原则，也不能不为她在家国裂变、沧桑变迁中的惊慌失措、身不由已、心不甘情不愿的“随波逐流”而叹息不已；既惊叹于张爱玲那特殊的“世事洞明”和洞达人生虚无本质的睿智深邃，可以说她的清醒透彻和深邃冷峻达到了惊世骇俗、催人警醒的地步，她的软弱趋俗、不敢正视人生真相，也达到了令人扼腕的程度；她对人性中固有的懦弱自私和种种浑然不觉且不可救药的自恋自大、自我美化和自我欺罔等非理性劣根性有着特殊的敏感和洞察，常常一眼就“看穿”了“红尘”男女之间的钩心斗角、相互利用和彼此的“小心眼”，看惯了太多世间的阴险和算计，同时她也“无师自通”地精明于人生的各种算计，“超凡脱俗”地掌握了那些代代相传的生存技能。——如果再联系到张爱玲那引以为傲的“高一等”的“睿智”和觉悟，我们不能不说张爱玲的清醒，其实是一种“弱者的清醒”。但需要指出的是，恰恰是这样一种既有着鲜明的对比和反差，又充满了含混暧昧和复杂矛盾的人生体验及哀伤感喟，才与中国文人士大夫的人生体验和抒情传统最大限度地实现了契合。要知道，古代精英文人也正是在“清醒了亦无可奈何”的基础之上，才发出了“难得糊涂”一类自省和自嘲的。而这也可以解释何以直到今天，张爱玲其人其文依然能唤起广大具有“小资情调”的青年读者们如此强烈而持久的情感共鸣。

张爱玲在小说中运用自如的那冷眼旁观的“超越”视角，向来为人称道不已。一般认为她超越了是非善恶，超越了恩怨情仇，冷峻超脱的背后体现出一种特殊的“宽容”和慈悲情怀。或许只有经历过人世间少有的大悲大喜，见过了太多白云苍狗般的风云变幻，并在时代的大动荡与大破坏中获得独特生命感悟的人，才能像张爱玲那样，如此苍凉而慈悲地审视着芸芸众生间的恩怨情仇、离合聚散乃至彼此的打斗纠缠。但与此同时，张爱玲对人与人之间的尔虞我诈、互相倾轧，尤其是亲人间相互伤害的“宽容”，却同样隐含着一种“人生本来就如此”“生活从来就如此”的无可奈何的“认同”理念在内。正如旅美学者李渝尖锐指出的，“作为叙述者，张爱玲从来不曾，从来不想，从堕落中自拔出来，升越在题材之上，促生出叙述的高度。……她的眼睛虽然寒冷透彻，语声却是沉溺性的，而且可以沉溺到自虐、虐待和被虐狂的地步，不但不建筑尊严，反倒冷静地和人物一步步塌陷下去，一起落入无光的深渊”[①]。李渝在此的确击中了张爱玲的“要害”之处。读张爱玲的一些小说作品，有时确实会让我们产生一种与其中的人物一起“一步步塌陷下去”，直到坠入“无光的深渊”的窒息感和无望感。而指出张爱玲这一艺术“欠缺”并对此加以抨击的观点，我们并不陌生。当代作家王安忆同样为张爱玲感到惋惜，她认为张爱玲已经领会到了“深刻的人生哀痛”，然而她的创痛却“不知在哪个节骨眼上得到了有效的缓解”，并很快解脱出来，从而站在人生的（观众）一边，成了一个人生戏剧的鉴赏者。“其实，张爱玲是站在虚无的深渊边上，稍一转眸，便可看见那无底的黑洞，可她不敢看，她得回过头去。她有足够的情感能力抵达深刻，可她却没有勇敢承受这能力所获得的结果，这结果太沉重，她是很知道这分量的。于是她便自己攫住自己，束缚在一些生活的可爱的细节上，拼命去吸吮它的实在之处，以免自己再滑到虚无的边缘。”[②] 同样身为女性作家的王安忆，对张爱玲式“弱者的清醒”显然洞若观火，并进行了淋漓尽致

① 李渝：《跋扈的自恋》，见季季、关鸿编《永远的张爱玲》，第364页。

② 王安忆：《人生戏剧的鉴赏者》，见今冶编著《张迷世界》，花城出版社2001年版，第296页。

的剖析。在她看来，摇摆于“现时现刻中的具体可感”和“人生奈何的虚无”这两个极端之间的张爱玲无疑错过了“人生的更宽阔和深厚的蕴含”①。这一看法很容易使我们想起傅雷先生当年对张爱玲的批评：“假如作者的视线改换一下角度的话，也许会摆脱那种淡漠的贫血的感伤情调；或者痛快成为一个彻底的悲观主义者，把人生剥出一个血淋淋的面目来。”② 稍加比较可以发现，王安忆的这些看法几乎就是傅雷当年观点的“老调重弹”。而它们又都直接启发了包括当代新锐批评家王彬彬等人对张爱玲的批评立场，那就是张爱玲对世俗人生的沉溺和对人生“淡漠的贫血的”感伤情怀的批判。而从傅雷到王安忆乃至王彬彬等人，都是完全站到“现代西方”的立场上，对张爱玲其人其文加以评判的。他们却未曾预料或者难以解释“张爱玲热”何以直至今天仍然持久不衰，甚至张爱玲作品在整个华语社会都有日趋走向“经典化”、张爱玲现象日益成为“永远”的这一历史事实抑或规律。

其实洞达人生的真相又能怎样呢？——尽管这样的发问本身也很“无奈”，但谁又能阻止我们产生此类“弱者”式的困惑？而对于缺乏坚定宗教信仰的中国文人来说，人生的终极真相只有一个——彻头彻尾、无穷无尽的虚无。具有深厚西方文化底蕴，熟谙法国批判现实主义文学传统的傅雷，曾经期待张爱玲“痛快成为一个彻底的悲观主义者，把人生剥出一个血淋淋的面目来”，或许在他眼中，张爱玲“最好”的出路便是成为现代文坛上的第二个鲁迅？但鲁迅尽管已经足够深刻决绝，

---

① 王安忆：《世俗的张爱玲》，见《张爱玲评说六十年》，第391页。

② 迅雨（傅雷）：《论张爱玲的小说》，见《张爱玲评说六十年》，第69页。

他的“反抗绝望”曾经触动了无数现当代中国文人，但又何尝超越了卡夫卡、萨特、加缪等西方作家？这一事实或许过于残酷：中国作家无论怎样深刻悲观，都难以超越他们的西方同仁。相对而言，好生乐生、“生生不息”的中国文化传统，绝对难以孕育出像叔本华那样彻底的悲观主义者和尼采式神经错乱式的“超人”。于是他们“最好”的或许也是唯一的出路，乃是变为带有唯美色彩的“人生戏剧的鉴赏者”，以及及时行乐、知足常乐、苦中作乐的尘世享乐主义者。纵观那些深受中国文化滋养、熟谙中国文化传统之精髓的文人，从古代的苏东坡、袁中郎到现代的周作人、梁实秋、林语堂，当然还包括张爱玲在内的“海内外”华人作家，莫不是在这同一条道路上携手“向前”的。在中国当代文坛上，王安忆本人曾经是相当冷峻而深邃的一位作家。但她晚近难道不是发生了实质性的转向，直到创作了《长恨歌》一类写尽“旧时繁华”的作品，才使自己的作品变得真正“好看”起来（王德威语），甚至被王德威称之为“张派传人”中的一员健将吗？

（四）张爱玲现象与“恒常中国性”

当年针对傅雷的批评，张爱玲很快做出了反应，这便是那篇著名的《自己的文章》一文。张爱玲显然认为傅雷没有真正理解自己创作的艺术追求和意蕴，更不赞同傅雷的主张。她反复强调自己不喜欢那种“善与恶、灵与肉的斩钉截铁的冲突那种古典的写法”，而采用所谓“参差的对照的手法”，其目的是要“写出现代人的虚伪之中有真实，浮华之中有素朴”[①]。在笔

① 张爱玲：《自己的文章》，《张爱玲集·流言》，第16页。

者看来，张爱玲虽然使用了“古典”“现代”一类语词概念，极力要把自己与傅雷的艺术争执归结为“保守”“过时”与“创新”“时尚”之争，但他们其实更像是中西文化传统和艺术精神之间的分野。与傅雷等人抱定西方批判现实主义传统的立场，并以此“有色眼镜”审视和评价现代中国文学不同，张爱玲念念不忘的是古老中国流传至今的“超越”了是非善恶，一切归结为“大团圆”式虚空的唯美艺术精神。在那里，无论怎样的是非善恶、成败得失都已经或者必将“转头成空”，只剩下“青山依旧在，几度夕阳红”式的历史感喟和审美观照；在那里，“真作假时假亦真，假作真时真亦假”，何为真、何为假，怎样是真、如何成假都已不重要，甚至也不必太“较真”，正如张爱玲所说的“虚伪之中有真实，浮华之中有素朴”，只不过这绝不是“现代”中国人才有的特征，在古典中国文人那里，如此一种文化艺术精神早已展现得淋漓尽致并为我们留下了丰厚的文学遗产。张爱玲只是借助于西方“现代”视角和艺术手法，再次将其“发扬光大”而已。而这不也正是夏志清在《现代中国小说史》中将张爱玲笔下的人物称之为“道地的中国人”的原因所在？因为《传奇》中的众多人物，折射出的恰是这样一种“道地的中国性”！

“道地的中国性”又可称之为“恒常中国性”，无论怎样世变流离，甚至“丧家失国”，流落天涯海角，但依旧“本性难移”，“国性”恒在。而这恰恰是“龙的传人”之根深蒂固的“种姓”特征之一，是最大也最顽强（固）的国民特性，甚至是全球华人“我的中国心”持续不断的力量源泉所在。它以人生目的的终究虚无，以及对当今世俗生活的无比执着为宏大背景，将一切都指向了对尘世万象的审美（唯美）观照和生之乐趣的品味流连。

张爱玲曾写过一篇题为《中国人的宗教》的随笔，这是笔者迄今为止读到的对中国国民性剖析得最为全面细致、“透彻见底”的文章之一：

> 受过教育的中国人认为人一年年地活下去，并不走到哪里去；人类一代一代活下去，也并不走到哪里去。那么，活着有什么意义呢？不管有意义没有，反正是活着的。我们怎样处置自己，并没多大关系，但是活得好一点是快乐的，所以为了自己的享受，还是守规矩的好。在那之外，就小心地留下了空白——并非懵腾地骚动着神秘的可能性的白雾，而是一切思想悬崖勒马的绝对停止，有如中国画上部严厉的空白——不可少的空白，没有它，图画便失去了均衡①。

中国人终究无比执着地留恋这可悲可叹、可怨可恨又可爱的尘世生活。早早就对人生虚无底蕴有着深刻感悟和观照的张爱玲，对此看得可谓“透里透”：所谓苦也罢乐也罢活着就好，不管有无意义，活着就是目的，活着才有“希望”。所以仅仅看到张爱玲观照社会人生的那双穿透一切的冷眼，是绝对不够的。事实上她还有一双无限爱怜和怅惋的泪眼，满怀深情地回望并眷恋着这伤痕累累、“爬满了虱子”的尘世生活。——尽

① 张爱玲：《中国人的宗教》，《张爱玲集·流言》，第198页。

管这生活如同一袭“里面爬满了虱子”的华美袍子，但它终究是一袭华美的袍子，那绚丽多彩的表面和生动丰富的细节，已足以让人神迷目乱且无暇旁顾了。人生终究是美好多于丑恶、幸福多于苦难。而一句“长的是磨难，短的是人生”，唤起了多少中国人的心灵共鸣！尽管我们的生活无所不在地充斥着磨难和痛苦，尽管这尘世有着太多的险恶和哀痛，但依然还是“人生苦短”。况且生活这一袭“华美的袍”，还是深受传统文化滋养的中国人心中唯一的依靠。舍弃了它，我们将一无所有，包括天堂和地狱。正如林语堂对中国人生哲学的概括：“这尘世是唯一的天堂！”所以张爱玲笔下的那些“痴男怨女”，他们一个个又何尝不在怨愤和凄凉中、在无聊和空虚中感受到生活的有滋有味、有声有色？

张爱玲的这篇《中国人的宗教》曾经以英文题目 *Still Live* 最初发表于当年上海滩的英文杂志《二十世纪》，后来经张爱玲本人翻译成中文并重新修改，才成了现在这篇更加成型的文字。英文题目（可直译为“依然活着”），显然更能一针见血地揭示出文章主旨和中国国民性的本质属性。吊诡的是，对中国国民性有着深邃洞察的张爱玲，在传承和“发扬”这一“国民特性”方面简直可以说达到了出神入化、登峰造极的程度。众多研究者都对张爱玲将生活艺术化和艺术生活化的手法赞叹不已。她善于从最“俗气”与最普通的生活细节入手，从中体悟到生活的智慧和生命的诗意，在虚无的底子上，显示出中国文人们代代相传的伤感与苍凉、怅惋与哀怨、沉迷与留恋、不舍与回望。

王德威曾称赞张爱玲作为“写实主义的高手”，能够将生活中的点滴细节“手到擒来，无不能化腐朽为神奇”，的确言简意赅地道出了张爱玲艺术的特质所在。在张爱玲笔下，无论多么平凡而单调、琐碎而细微的生活，都充满了诗情画意。她爱衣成痴，恋衣成癖，她那清奇飘逸的文字、繁复的意象、艳丽的色彩都让人赞叹不已。我们发现即使是去菜市场买菜和回家烹饪一类生活琐事，在她眼中竟也如此丰富多彩和色彩斑斓：那豌豆的“新绿”和辣椒的“熟艳”，茄子表面“复杂”而“油润”的紫色，都令她深深震撼并赞叹不已。被炸得金黄的面筋，在她眼中竟然变成了“太阳里的肥皂泡”；即使是粘在筬篓底上的炒菜剩下的一两片菠菜叶子，也让她联想到了“篱上的扁豆花”。正如她本人所说——“许多身边杂事自有它们的愉快性质”[①]。相对于她的小说，张爱玲的散文随笔更能“直抒胸臆”地表达她本人对生活的热爱和留恋。透过这些性灵文字，我们足可看到张爱玲对于尘世生活是何等的沉溺和迷恋了。她喜欢气味，即使是一般人难以忍受的汽油、油漆之味道，她也欢喜非常；她喜欢都市的吵杂“市声”。哪怕是对某些低俗的东西，张爱玲也常常表现出浓厚的兴趣。恰恰是她的这些“低级趣味”，使其作品更多地具有一种雅俗共赏的审美特质。

因为对生活充满了无所不在的悲剧感而要“依然活着”，张爱玲才会以纯粹唯美的“鉴赏者”的视角看待尘世人生中的一切，包括他们的喜怒哀乐、悲欢离合，成功的浮华和失意的悲哀，以及他们的可笑与可怜，恶行与善行。虽然“此情可待

---

① 张爱玲：《公寓生活记趣》，见《张爱玲集·流言》，第 24 页。

成追忆，只是当时已惘然”，但对美好往事的“追忆”，无论是卿卿我我还是尔虞我诈，是非恩怨都已过去，留下的只有感动与回味。洞达人生的虚无真相，怀疑倾情付出的巨大空洞，感受到人生一切努力的“不值得”，却又深深痴迷于“活着”的各种感官经验和往日时光的“美好”而难以自拔，并由此抚古伤今、一唱三叹、惆怅哀婉。就这一意义而言，张爱玲作品尽管不能说代表了“中国美学传统”的最高境界之一，但她的确以自己的创作道出了大多数中国人，尤其是历代文人雅士共同的“心声”，凝聚了绝大多数中国人共同的人生体验。同样的，既然无法求得“永恒”，既然不能达到“天长地久”，那就退而求其次地珍视一个个令人怦然心动的瞬间和美好的细节吧。因为只有那些美丽动人的生活细节，那些人情世故的细枝末节，那些令人怦然心动却又感伤无比的短暂瞬间，才是中国式社会人生最基本、最“真实”的内涵。正因如此，把稍纵即逝的生活细节唯美化、诗意化并使之永恒，就成了张爱玲们的“不二法门”：

> 就因为对一切都怀疑，中国文学里弥漫着大的悲哀。只有在物质的细节上，它得到欢愉，——因此《金瓶梅》、《红楼梦》仔仔细细开出整桌的菜单，毫无倦意，不为什么，就因为喜欢——细节往往是和美畅快，引人入胜的，而主题永远悲观。一切对于人生的笼统观察都指向虚无[①]。

① 张爱玲：《中国人的宗教》，见《张爱玲集·流言》，第197页。

而在一切“笼统观察”都指向虚无的前提下，所谓的爱情、亲情等，都不可能也不必加以穷究追底的推敲，思想的追问该停止的时候就要“悬崖勒马式的绝对停止”，如同中国画中的巨大空白。——唯有如此，才留给人无穷的回味流连和感慨万千的余地。所以《留情》里的敦凤与米先生，虽然是“老夫少妻”式“各取所需”的婚姻，无论如何都谈不上美满和谐，但人生在世，又有哪一样感情不是千疮百孔地不如意呢？至少他们两人相拥着走在回家的路上还是相爱着，在张爱玲看来这已经足够令人感动和回味无穷。不求天长地久，也不求全心全意，仅仅珍视短时间内的彼此拥有，感动于刹那间的真情流露，便已足够。《金锁记》中的曹七巧听到小叔子姜季泽别有用心、逢场作戏的“爱情告白”后，竟也感觉像是“沐浴在光辉里”，产生一种“细细的喜悦”，甚至产生了这样的念头：“就算他是骗她的，迟一点儿发现不好么？即使明知是骗人的，他太会演戏了，也跟真的差不多罢？”而在赶走了姜季泽之后，曹七巧的懊悔更加泄露出她内心的脆弱：“今天完全是她的错。他不是个好人，她又不是不知道。她要他，就得装糊涂，就得容忍他的坏。她为什么要戳穿他？人生在世，还不就是那么一回事？归根究底，什么是真的，什么是假的？”真真假假何必太较真？人生最需要的是“装糊涂”。可受到了太多欺凌和伤害的曹七巧，显然已无法达到“难得糊涂”的崇高境界。当然，如此“真作假时假亦真”式的人生感悟，很难设想竟会出自没有多少文化和“学识”的曹七巧那里，倒更像是作家在代其“立言”。它相当真实地泄露出张爱玲本人对于爱情的感悟。

同样的，《倾城之恋》里的范柳原对白流苏最初也许不过是虚情假意的调情，但偶尔显露出的一点真心实意已足以让白流苏感动并受用无穷。我们发现张爱玲笔下的那些“饮食男女”无论新派旧派，也无论遭遇怎样的艰难困苦和挫折打击，都要而且能够千方百计乃至不择手段地生活下去。为了生存，他们或她们可以放弃自己的梦想与感情，放弃自己的独立人格，可以苦中作乐、以苦为乐，甚至得过且过、自欺欺人地活着。但他们却极少没有怀疑或者追问过生存本身的终极意义，更没有对尘世的绝望和西方哲人常有的悲观厌世。正因如此，从生活中积聚了太多不平并已心灵异化的曹七巧，能够“戴着黄金的枷”尽情尽兴地演完人生的最后一幕，任凭尘世的刀风剑雨风干自己的最后一滴泪；而内心分裂、无法获得真正爱情的佟振保也像许多传统中国人一样，无师自通地以本能的放纵麻醉着痛苦的心灵，他在吃饭的时候也渐渐习惯于“吃得很多”，“仿佛要拿饭来结结实实填满他心里的空虚”[①]；即使是遭受了太多非人待遇，经历了无数人生惊险风波的顾曼祯（《十八春》与《半生缘》），也同样能坚韧顽强地“熬”到最后，达到一种平淡从容、宠辱不惊的人生境界。生活与生命连同那博大深厚的文明，就这样历经沧桑而生生不息地延续着。

在某种程度上我们不能不承认张爱玲的确实现了自己的艺术主张，她强调自己要写出“人生安稳的一面”[②]，是要追求一种“永恒”的境界，而她的确达到了一定意义的“永恒”：她的作品既展示了乱世变动中的家族衰颓和那些“乱世男女”们面对时代剧变的张皇失措，以及颓丧没落、物是人非的感伤，

---

① 张爱玲：《传奇》，第76页。

② 张爱玲：《自己的文章》，《张爱玲集·流言》，第14页。

又写出了他们历经剧变流离和时代沧桑，却依然“顽固”地保持着的恒久难变的中国固有的文化心理习性；正是从这诸多“变动中的不变”中，数千年源远流长的“恒常中国性”无比清晰地显示出来，一个“现代西方”映照下的古老中国形象跃然纸上。谁又能否认作为自己时代产物的张爱玲，同时又超越了自己的那个特定时代呢？谁又能否认揭示了这种“道地的中国性”的张爱玲，将与她所表现并建构的“永恒（恒常）的中国（性）”一起“永恒”呢？

值得注意的还有，这种“道地的中国性”虽然使得张爱玲作品的艺术魅力和人生况味，只有那些深受中国传统文化滋养的道地的中国人才能真正领会，但成长于西方“租界”和“殖民地”文化空间的张爱玲，以西方现代的视角对古老的中国重新回望，却不仅将这一“道地的中国性”观照得更为透彻深邃，而且更加“得其真谛”“直入虎穴”般地对其重新加以了艺术呈现。“她不同于她的中国同胞，她从不对中国的事物安之若素；她对她的同胞怀有的深邃好奇心使她有能力向外国人阐释中国人。”[①] 发表过张爱玲随笔文章的《二十世纪》英文杂志主编梅纳特，曾如此赞扬张爱玲对中国社会的洞察力。梅纳特的眼光无疑是敏锐的，张爱玲对于自己的祖国兼具了“洋人看京戏”般的跨文化视角的好奇和洞察力，以及得天独厚的“大家族（内部）”的本土文化立场，从而能够得心应手地以西方现代之手法，突入到中国文化最本质、最深层的内核，从而更加真实地揭示出“文化中国”的本真面目和精神特质。而我

① 参见余彬：《张爱玲传》，广西师范大学出版社 2001 年版，第 79 页。

们也从张爱玲这一个案，不仅再次管窥到中华传统文化和美学精神源远流长、不可抑止的强大生命力，也可见出中西文化在现代中国的一次奇特交融。

源远流长、生生不息的中国文化精神，最为深厚和持久的传统之一便是其强韧顽强、不屈不挠的生存能力。一切为了生存，一切都执着于现世。其精华内容便是生活的艺术化和艺术的生活化，其末流则是鲁迅笔下的阿Q式的得过且过、自欺欺人。张爱玲没有鲁迅那直面惨淡人生、正视淋漓鲜血的勇气，说得刻薄一点，她有时宁愿选择闭上双眼，沉醉在一厢情愿（抑或自欺欺人）的白日梦中得过且过。在笔者看来，张爱玲与鲁迅都对中国文化的这一本质特性及其“劣根性”有着深邃的洞察。只不过鲁迅始终坚持绝不妥协、绝不“宽恕”的批判精神，而张爱玲却选择了重新回到传统中国人的立场，不忍、不愿或者不敢（?）继续做“笼统的观察”。那么在张爱玲无可奈何式的“认同”、不得不“回归”传统，和鲁迅那无论如何都无法对传统“苟同”，却在无所不在的“庸众”及根深蒂固的传统面前显得那样势单力薄，“反抗绝望”之余又无法找到新的希望，终究还是难免陷入“虚无”这两条道路之间，我们是否还能有新的选择?

（五）短短的余论

对于张爱玲，人们已经谈论了很多，如果再对其“说三道四”，难免有落入俗套和“凑热闹”之嫌，然而关于张爱玲的话题却又总是经久不衰，甚至“历久弥新”，有着不可抑止的诱惑力。她“既新且旧”，最先感受到了时代新声，却又屡屡被“滚滚向前的历史车轮”甩到后面；她曾在“乱世上海”大红大紫，却又长期游离于革命时代的主潮和中心之外。斗转星移，在和平“盛世”的当今时代，她重新成了众多年轻人追捧的“偶像”。人们不能不惊叹于她对于自己时代的超越，她在观照“动荡人生”和“世事无常”的同时对普遍人性的深邃洞察，以及她在“世事洞明”、孤傲怀旧中对古老“文化中国”的审美建构。

从20世纪中国文学史的演变与发展这一角度，她不仅是当代华人女作家世俗化叙事的祖师奶奶（王德威语），说她为近现代华人流散（离散）文学的“祖师奶奶”，也应该是当之无愧的。在她笔下，“家”的衰落与“国”的破败常常“天然”地融为一体。某种程度上她岂不就是那些既无家可归又无国可依的流散华人“失根的一代”的历史先驱？笔者认为张爱玲在鲁迅等“五四”新文学作家开创的“启蒙”文学主潮与20世纪80年代的“新写实小说”，以及此后持续不衰的“个人化”“娱乐化”和“传奇化”叙事之间，是一座不可或缺的“桥梁”或“中介”。我们在众多当代作家那“沉溺性”的世俗化小说笔下，都不难窥见张爱玲手法的影子。当然，众多当代作家只是将张爱玲式的“沉溺”更加放大乃至低俗化而已，缺少或者说难以学习到张爱玲文字固有的冷峻超脱和诗性。说到底，他们秉承得更多的只是明清“传奇”或“惊奇”小说的文学传统而已。从这一意义讲，“张爱玲给当代文坛，固然也能提供一些成功的经验，但更提供了失败的教训”①。这也许有一定的道理？

① 王彬彬：《冷眼看“张热”》，见《张爱玲评说六十年》，第539页。

第六章
白先勇：孜孜以求“（文化）中国梦”

2006年，由香港《亚洲周刊》召集各地学者评选出的“20世纪华文小说一百强”中，白先勇的短篇小说集《台北人》名列第七；而1999年在台北召开的“台湾文学经典研讨会”上，由王德威、彭小妍等学者经过“反复讨论，三次投票”选出的30本台湾文学经典中，《台北人》名列小说类第一①。但在另一方面，白先勇的小说又因“意识形态错误”，不符合台湾“本土”立场而在岛内颇受争议，甚至被讥讽为“殡仪馆的化妆师”②。那么，白先勇的小说尤其是《台北人》独特的经典意义究竟何在？笔者认为，在台湾文坛乃至整个世界华文文学版图中，白先勇的人生经历、心路历程和文学创作都具有一定的“标杆”意义。他上承中国历史持续不断的家国流离和“家道中落”传统，下启20世纪后半期众多华人作家的

① 陈义芝编选：《台湾文学经典研讨会论文集》，台北联经出版社1999年版，第2-5页。

② 转引自白先勇：《不信青春唤不回》，见《白先勇文集》第4卷，花城出版社2000年版，第108页。

“跨海”离散叙事。白氏深厚浓烈的“中国情怀”，鲜明独特的“中国叙事”，既复杂多棱又“高瞻远瞩”的中国认同观念，在“中国”热浪滚滚的当今时代，都令人“触目”并值得细细体味与研究。

纵观白先勇小说中的主人公形象，经历了从屡被女性骚扰的“阿宕斯”一类美少年，到饱受原始性欲折磨而失控的中年女性形象，再到遭受变故后失魂落魄的时代落伍者的转换过程。他先以性爱（情爱）苦闷抒写整个生命的悲哀，再将个人的一己之悲拓展到社会历史层面的“家国之痛”，从而将个人身世的飘零沦落与群体的家国创痛水乳交融般地融为一体，然后进一步升华为对传统中国文化在现代世界之悲剧命运的忧思，以及对古老中国辉煌文化的深切怀念与自觉的传承担当。白先勇的心路历程在整个海外华人知识分子中具有相当“典型”的意义。正如余光中所说：“白先勇是现代中国最敏感的伤心人，他的作品最具‘历史感’。……白先勇笔下的人物，无论在台北或是纽约，都与根之所托、梦之所寄的旧大陆不能分割，他是不折不扣的一位中国作家。”[①] 白先勇深情表白了一个全球华人共同拥有的“唯美中国”的文化心理幻梦。

一、从《纽约客》到《台北人》：“中国”的“死而复生”

白先勇的早期作品如《芝加哥之死》《谪仙记》等（后来大部分收在小说集《纽约客》中），通过主人公之死象征了“（文化）中国”的消亡和“中国认同”的纠结；而他以自己的

① 转引自袁良骏：《白先勇小说艺术论》，吉林大学出版社1991年版，第23页。

创作又建构了一个古色古香、传奇生动的文化心理的“中国”形象，同时与一度失落的美轮美奂、充满诗意的中华传统文脉实现了“接续”。在当今文化复兴、文化自信的时代感召下，这一创作实践具有多重丰富的启示意义。

（一）“中国”之“死”：《芝加哥之死》与《谪仙记》

1958 年，正在台湾大学外文系读书的白先勇以一篇《金大奶奶》跃上文坛，从此一发而不可收。但他的早期作品或以一名稚气未脱的儿童之视角观察成人世界的人情冷暖与情爱传奇，如《金大奶奶》《玉卿嫂》等；或直接抒写青春少年的苦闷彷徨尤其是性苦闷，如《寂寞的十七岁》《藏在裤袋里的手》等。而白先勇对西方现代主义文化思潮的谙熟和接受，再加上他本人的同性恋倾向，使得这些作品的艺术风格既前卫新奇又显得有些“稚嫩”。除了在堪称“中国传奇”的《玉卿嫂》中，成功塑造了一位独具东方女性特色的“中国尤物”玉卿嫂之外，其他作品的不少人物则很难称得上立体丰满、性格鲜明，相反，不少作品往往带有明显的欧化色彩和寓言化特征。

白氏艺术风格的重大转变，发生在他赴美留学之后。经过在美国大学近两年的沉潜研读，再加上去国离乡的情感积聚，白先勇于 1964 年创作并发表了短篇小说《芝加哥之死》，这是白先勇到美国留学后创作完成的第一篇小说，代表了他在创作风格上由初期专注于青春年少的情感苦闷，一变而为家国一体的沉郁悲凉。正如夏志清所说，执着于探索自己人生的吴汉魂始终无法忘却自己的祖国，作家始终将吴汉魂个人的命运与整个中国的命运联系在一起，无法分开，“这种象征手法的运用，和主题命意的扩大，表示白先勇已经进入了新的成熟境界"[1]。

不少研究者都将《芝加哥之死》与郁达夫的《沉沦》相提并论。但不同于《沉沦》对弱国子民之屈辱的表现，《芝加哥之死》表达的其实是被迫四散流离的"海外孤儿"们丧失祖国的悲哀。与郁达夫在《沉沦》中借由主人公的情爱苦痛抒写民族屈辱不同，白先勇在《芝加哥之死》中集中抒发了一种失去"家国认同"之后无法抑制的哀痛。我们发现《沉沦》中的"他"因长期遭受被孤立、被排斥的人生际遇而日益变得神经质，直至最后绝望地蹈海自杀。他激愤地向着祖国的方向呼号："祖国呀祖国，我的死是你害我的！你快富起来！强起来吧！"[2] 而在他自感到"日本人轻视中国人，同我们轻视猪狗一样"，却不得不承认自己的中国人身份时，竟一度羞愧得无地自容，竟好像站到"断头台上"一样[3]。但在《芝加哥之死》中，我们发现无论是叙述者本人还是主人公吴汉魂，都刻意并反复彰显着自己的"中国人"身份。小说一开篇就是短短的一行字，开门见山地"公告"了整部作品的故事背景和情节缘起："吴汉魂，中国人，三十二岁，文学博士，一九六〇年六月一日芝加哥大学毕业——"经过六年苦读，终于拿到博士学位的吴汉魂何以在"功成名就"之际要自杀身亡呢？接下来的叙述很快揭开了这一"谜底"：原来就在他紧张地准备博士资格考试的前几天，吴汉魂得到了母亲去世的消息。多年来母亲

---

① 夏志清：《白先勇早期的短篇小说》，见白先勇小说集《寂寞的十七岁》，上海文艺出版社 1999 年版，第 23 页。

② 郁达夫：《沉沦》，见刘勇主编《中国现代文学作品选》，北京师范大学出版社 2006 年版，第 72 页。

③ 郁达夫：《沉沦》，见刘勇主编《中国现代文学作品选》，第 69 页。

一直是他唯一的心灵依托，也是他在离家万里之外的芝加哥忍受孤独、发愤苦读的最大动力。他是多么盼望母亲在有生之年能看到自己“学业有成”。他肩负着亲人的寄托抑或对“功名”的向往，在万里之外的异国他乡拼命苦读多年，却在“梦想成真”之际突然发现失去了被亲人认可的机会，其“功名”的价值或者说人生奋斗目标背后的荒诞，乃至整个价值观念的巨大空洞也随之骤然凸显了出来。母亲的遽然离世，不仅带给他彻骨的悲伤和哀痛，更使他在这个世界上失去了最后的精神家园，或者说成为压倒他早已不堪重负的孤苦疲惫之心灵的最后一根稻草。而母亲的背后则是整个的“家国”。在毕业典礼那天，当他的那些美国同学们忙着与家人合影拍照、欢聚庆祝的时候，吴汉魂却只能孤单一人、形单影只地回到那个局促不堪的地下室，百无聊赖地坐到曾经日夜相守的打字机前，面对自己的未来无所适从。而打字机上的几行字则变得如同符咒一样突兀醒目：“吴汉魂，中国人，三十二岁——”作为小说中第二次出现的类似字眼，无疑再次强化了主人公的中国人身份和无可逃脱的“中国人”宿命。

与之相应的是，“中国人”吴汉魂在芝加哥这样一个异国他乡的国际大都市中，长期过着一种因被家国“放逐”而孤苦无依的痛苦生活。多年来他一直租住在“克拉克街二十层公寓”的一间潮湿而阴暗的地下室，公寓所在的小区几乎类似于贫民窟。每当夏天炎热的傍晚，就经常有黑人、波多黎各人等拥到公寓楼外面的石阶上纳凉，或大声吟唱或制造喧哗，以至于吴汉魂不得不在读书时将耳朵塞住，以对抗外面世界的嘈杂。吴汉魂与这座城市是如此的格格不入，芝加哥的繁华时尚几乎与他没有任何关系，他好像与世隔绝了一般。

吴汉魂眼中的芝加哥不啻于一个深不可测的“万丈红尘”，这里在贫民窟之外还到处可见金碧辉煌、华贵骄奢的高楼大厦，以及成千上百的酒吧、歌剧院、脱衣舞院等。这里到处都是诱惑，到处都是陷阱，“八月的芝加哥，在黄昏时，像块刚从烤架上叉下来的牛排，酱汁滴沥，颜色黄爽，洋溢着透熟透熟的肉香”①。这里是物欲的天堂，是声色犬马、纵情享乐的“世外乐园”，然而这里也丧失了精神，至少不是来自中国的吴汉魂们的精神家园。他在与这座城市几乎隔绝的同时，又在这座城市中迷失了方向。“吴汉魂觉得掉进了所罗门王的宝藏一般，红宝、绿玉、金刚石、猫眼、各色各样的霓虹灯，从街头照到街尾。”② 他在这里失去了身心的定力，失去了人生的方向，与郁达夫《沉沦》中的“他”一样“失身”于异国妓女的怀抱。但在酒吧遇到陪酒女罗娜的主动搭讪时，吴汉魂同样开门见山地亮出了自己的中国人身份，一再强调自己是“中国人”。这与《沉沦》中的“他”面对询问时羞羞答答地加以遮掩，乃至刻意隐瞒完全不同。而且身为美国人的妓女罗娜，也没有因为吴汉魂来自中国而对他有任何形式的轻蔑，在她看来，“你们东方人看来都差不多”。她在酒兴起来时还会跟吴汉魂亲昵地大叫：“我的中国人”，“我还没跟中国人来过呢”③。只是当吴汉魂跟着罗娜来到她个人的房间，目睹她脱掉外衣，

---

① 白先勇：《芝加哥之死》，见白先勇小说集《寂寞的十七岁》，第 212 页。

② 白先勇：《芝加哥之死》，见白先勇小说集《寂寞的十七岁》，第 213 页。

③ 白先勇：《芝加哥之死》，见白先勇小说集《寂寞的十七岁》，第 216－219 页。

露出“皱得像块浮在牛奶上的乳翳”一样的皮肤，摘下“那球火红”的假发而露出“一片稀疏亚麻色的真发”之时，罗娜一下变成“像个四十岁的老女人”，被五光十色的霓虹灯闪烁照耀的芝加哥似乎也一下子褪去了那令人炫目的美丽光彩。

“四月是最残酷的季节，/使死寂的土原爆发出丁香，……冬天替我们保温，把大地盖上一层令人忘忧的白雪——”小说中引用的艾略特《荒原》中的这些诗句，可以说是对小说主题的一种暗示。“令人忘忧的白雪”应该是小说文本不可忽略的意象之一。这也可以理解吴汉魂何以只有在冰天雪地的冬季降临，等到厚厚的积雪将他居住的地下室窗户完全封盖住的时候，使得他陷入一种彻底“与世隔绝”的生存状态，才能感觉到自己暂时像居住在冰雪之屋中的爱斯基摩人那样，产生一点点安全感①。而吴汉魂在母亲死后，还一再梦见“他母亲的尸体赤裸裸地躺在棺材盖上”，“雪白的尸身，没有一丝血色”②。母亲那“雪白的尸身”与异国少（妓）女五颜六色的横陈“玉体”，构成的是一种令人触目惊心的对照，从中透露出死亡的气息和赴死的绝望。

精神已失，只有肉体尚存，活着还有什么价值？汉魂已丢，徒剩行尸走肉的生活能有什么意义？小说最后再次重复了那句符咒式的话语——“吴汉魂，中国人，三十二岁……”，既呼应了小说的开篇，又给人以回旋往复的感觉。只是在这短短的“自传”后面，却由吴汉魂本人加了这么一句：“一九六

① 白先勇：《芝加哥之死》，见白先勇小说集《寂寞的十七岁》，第 207 页。
② 白先勇：《芝加哥之死》，见白先勇小说集《寂寞的十七岁》，第 207 页。

〇年六月二日凌晨死于芝加哥，密歇根湖。”[①] 吴汉魂的“死亡”，与其说是“身死”，不如说是“心死”，而哀莫大于心死。吴汉魂们的“心死”，在某种程度上岂不象征了“中国”在海外华夏儿女中的死亡？

与《芝加哥之死》相比，创作于1965年的《谪仙记》则更加娴熟地运用了“家国一体”的象征手法，进一步实现了“主题命意的扩大”。小说中的女主人公李彤出身于国民党高官豪门，身为独生女的她从小被父母视为掌上明珠，过着不可一世的贵族生活。她家那幢位于上海虹桥路的豪华别墅经常灯火通明，“泉水映着灯光，景致十分华丽”，每次举行宴会，“她母亲都替她治备得周到异常，吃的，玩的，布满了一园子”[②]。然而这种天仙般的幸福人生却随着国民党当局在国共内战中的失利，尤其是李彤父母在乘坐太平轮从大陆逃往台湾途中的不幸罹难戛然而止。“失家”且“失国”的李彤遂流落为异国他乡的“孤魂野鬼”，并逐渐变得玩世不恭，成为玩弄人生、玩世厌世的“交际花”，终于在威尼斯“游河跳水自杀”。李彤这一人物形象被作者赋予了极为鲜明的象征意味。她与她的三个亲密小伙伴分别被戏称为“中美英俄”之“四强”，李彤则自称“中国”，因为“她的旗袍红得最艳”[③]。连她与朋友们玩扑克时，也一语双关地如此自嘲：“我这个‘中国’逢打必输，输得一塌糊涂。”[④] 她在意大利游览比萨斜塔时，还不忘将旅游

---

① 白先勇：《芝加哥之死》，见白先勇小说集《寂寞的十七岁》，第221页。

② 白先勇：《谪仙记》，见白先勇小说集《寂寞的十七岁》，第270页。

③ 白先勇：《谪仙记》，见白先勇小说集《寂寞的十七岁》，第271页。

④ 白先勇：《谪仙记》，见白先勇小说集《寂寞的十七岁》，第274页。

照片寄给远方的友人作为纪念，并以“中国”自比——“亲爱的英美苏：这是比萨斜塔，中国。一九六〇年十月”[①]，而这已然是她向这个世界所作的最后告别。因痛失家国（中国）而绝望自杀的李彤，同时也是中国的化身。这位出身高贵却命运多舛、性格高傲却终究难逃悲剧宿命的貌若天仙的年轻女性，不正代表了祖国在海外游子心中的美丽形象吗？而这也难怪那群与李彤一起流落到欧美的中国留学生们，因失去李彤而一下子失魂落魄了，宛如失去了“主心骨”一样。

李彤和吴汉魂这两个人物形象的命运遭际，直观而生动地象征了因“中国”在海外游子们心中的“死亡”，而导致的心灵枯萎和灵魂消亡。身在芝加哥的吴汉魂绝不愿再回到台北，不仅因为“台北没有二十层的大厦”[②]，更因为那里已没有他的亲人，不再是他的“家国”；而他更不愿回到芝加哥他所租住的二十层公寓的地下室，继续再过那种非人的生活，那里也绝不可能成为他的祖国，更何况“六年来的求知狂热，像漏壶中的水，涓涓汩汩”，“到毕业这一天时已流尽最后一滴”[③]，偌大的世界已没有了他的立足之地，等待他的便只有“死路一条”了。白先勇通过《芝加哥之死》《谪仙记》等作品，淋漓尽致地抒发了流离海外的华夏儿女“失家”“失国”与“失（文化之）根”的悲哀。

（二）《台北人》与“中国”之复生

除了前文提及的《芝加哥之死》《谪仙记》两篇作品，白

---

① 白先勇：《谪仙记》，见白先勇小说集《寂寞的十七岁》，第288页。
② 白先勇：《芝加哥之死》，见白先勇小说集《寂寞的十七岁》，第221页。
③ 白先勇：《芝加哥之死》，见白先勇小说集《寂寞的十七岁》，第221页。

先勇还创作了《上摩天楼去》和《安乐乡的一天》（1964）、《火岛之行》（1965）、《谪仙怨》（1969）等小说，继续描述了中国留学生“流落”到欧美后的具体生态与心态。《上摩天楼去》表现了一对亲密无间的同胞姐妹玫宝和玫伦的“成长”和“分离”，这种成长与分离因为发生在远离家国之外且高楼林立的纽约，无法不给人一种人心“悬空”、家国飘零的感觉；《火岛之行》在貌似旖旎浪漫的氛围中，写出了中国留学生到美国后的婚恋艰难；《安乐乡的一日》则揭示了移民家庭中母女两代家国认同的撕裂；而将《谪仙怨》与堪称其姊妹篇的《谪仙记》稍加比较，很容易让人产生中国人来到北美那样的现代社会之后难以融入其中，以至于要么堕落、要么死亡的悲观联想。它们感应了20世纪中期海内外华人的“（异国）放逐”和“文化流离”现象。当然白氏后来创作的《夜曲》（1979）、《骨灰》（1987）等作品，其故事背景也发生在美国，但由于已是十几年之后的“新作”而另当别论。作于1970年并被收入《台北人》的《冬夜》，故事背景虽然设定在台北，但由于主人公兼叙述者吴柱国是一名来自美国的大学教授，所以他与在台北任教的老朋友余钦磊之间的对谈交流，具有某种中（台）美之间的对照意味。只是两位主人公念念不忘且倾情追忆的火热青春，同样与（昔日的）中国大陆不可分割，在主题内蕴上与《台北人》中的其他作品并无二致。

以“海外视角”“台湾（北）经验”“大陆追忆”与“中国故事”这四个关键词，对《台北人》的思想文化内涵加以概括，笔者认为是再恰当不过的。白先勇虽然出身显赫，却自小尝尽颠沛流离之苦。尤其是当他从台北远赴美国留学，在孤独寂寞中回望并冥想着那群尚在台北的“父老乡亲”、亲朋好友们“得过且过”的人生状态时，无疑多了一层因“远观”而冷峻的审视和审美视角，以及“出乎其外”的整体性把握与反思。他对这群“台北人”的生活是如此熟悉，对他们的具体生态和心态把握起来是如此驾轻就熟。种种风云际会和“特殊因缘”，使得白先勇借由《台北人》达到了自己创作历程的一座艺术高峰。

白先勇笔下的那些“台北人”，其实是被迫从大陆流离到台北的一群“台北客”。这群“台北客”除了少数人很快完成了“脱胎换骨”般的人生转型，并适应了台北“新时代”的“新生活”之外，其余大多都跟不上时代天翻地覆且日新月异的变迁。他们一个比一个显得陈腐守旧、孤单落寞，不合时宜也不思进取（当然也不可能再有“进取”）。他们暂时“寄居”在台北这座完全格格不入也不属于他们的城市，不过徒具生命的空壳而已。

这些“台北客”心中所想和口里念叨的，始终围绕着“当年的”大陆。他们或者怀抱一丝重返故园、亲人团聚的幻想，勉强支撑着自己伤痕累累的心灵，而当这幻想的泡沫彻底破灭之日，也就是他们精神崩溃、生命终结之时；或者单单凭借对祖国大陆荣华生活的回味聊度余生。

前一类的代表人物如《花桥荣记》里的卢先生与《那片血一般红的杜鹃花》里的王雄等，他们的死亡结局简直就是吴汉魂“芝加哥之死”的“台北延续”。笔者认为，白先勇将性本能的放纵宣泄与凶悍丑陋的喜妹、阿春乃至美国妓女萝娜等角色联系起来，展现出的是与“五四”时期的作家郁达夫类似的

“性罪感”与“性耻感”。如果萝娜是堕落而充满肉欲的芝加哥之象征，那么喜妹与阿春又何尝不体现了台北这座城市的堕落与沉沦？而王雄、卢先生们在故乡的恋人（当然还有替代者丽儿）与当地的喜妹、阿春之间的选择，还显露出白先勇心目中的“父辈”们台北生活中无法摆脱的“异乡”之感。经由这“生之痛苦”与“性之苦闷（压抑或者放纵）”而导致的厌世和求死冲动，白先勇近乎“天然”地将个体生命的苦痛与悲哀，与国民党败退台湾并导致的国家分裂（陆台之别）交织起来，与整个国家民族的不幸灾难融为一体，书写出一种最具代表意义的“中国故事”。

后一类人物形象最有代表性的，莫过于《一把青》里的女主人公朱青。先后出现在小说文本中的“青年朱青”和“中年朱青”，性格反差得简直判若两人：一个是发育尚未完全的青春少女，既羞怯青涩又透露着青春可爱的纯情；一个是成熟妖娆、“爱吃童子鸡”的风骚女人，听天由命、随遇而安、处变不惊的同时也沦为麻木不仁、放纵肉体享乐的行尸走肉。我们发现，作为叙述者的“我”一方面貌似客观轻松地讲述着朱青的“身心剧变”，另一方面难掩她本人对这一“转变”的不认同，并感叹于“造化弄人”的荒唐与苍凉。而“我”的态度很大程度体现了作家本人的价值评判。相反，白先勇常常在不动声色的叙述中，将更多的同情和理解投向那些在时代风云中“败下阵来”的失意者，以及丧失了前途和希望，甚至走投无路的失魂落魄者。他与他们之间有着太多的共鸣和“共情”。

至于未收入《台北人》的《芝加哥之死》《谪仙记》和《谪仙怨》这几篇作品，已相当传神地从侧面“概括”了《台北人》这部小说集，甚至白先勇所有小说的创作母题。白氏所有的文学作品，反复倾诉和表达的岂不就是一曲悲情满怀的“谪仙怨”？而这也正是作者刻意将唐朝诗人刘禹锡的《乌衣巷》诗句“朱雀桥边野草花，乌衣巷口夕阳斜。旧时王谢堂前燕，飞入寻常百姓家”题写在《台北人》扉页的用心所在。

《谪仙怨》中的“名门之后”黄凤仪到纽约后，迫于生计而沦落为出卖色相的“酒吧女”，其命运要比《谪仙记》里的李彤更为凄惨，但她仍念念不忘儿时“仙女”般的富贵生活。在给母亲的信中她这样倾诉对母亲暮年心境的理解：“……我想我们家境既然衰落了，比不过人家……你从前也是个高高贵贵的官夫人，为什么要自贬身份，到舅妈家去受罪呢？……出国后，这几年来，我才渐渐地体谅到你的心境。你不到舅妈家，又叫你到哪里去呢？你从前在上海是过惯了好日子的。我也知道，你对那段好日子，始终未能忘情。大概只有在舅妈家——她家的排场，她家的京戏和麻将，她家来往的那些人物——你才能够暂时忘忧，回到从前的日子里去。”[①] 女主人公黄凤仪在此对母亲渴望“回到从前的日子”之精神状态的描述，谁能说不是概括了作家本人对父母一辈的理解和把握？而回想着“当年”的“好日子”，以沉迷并回味过去的美好时光作为“活在当下”的心灵寄托，岂不又是一代代传统中国人最为真实也最为典型的一种生态与心态？黄凤仪还向母亲坦承，有一次她在纽约近郊的富人住宅区的一座花园别墅内，看到花园里有一个白铁花棚，棚架上爬满了葡萄藤，因为眼前的这花园一

① 白先勇：《谪仙怨》，见白先勇小说集《寂寞的十七岁》，第294页。

景使她回想起了儿时她们家在“上海霞飞路”那幢豪华的“法国房子”，以及花园里“葡萄藤的花棚”，以至于竟“忘情地走了进去，踱到了那个花棚下面”而“出了半天的神”[①]。母女两人对过去的迷恋既是心有感应，“心心相印”，也类似于“同病相怜”。

如果说《一把青》里的朱青近似于黄凤仪形象的某种翻版，那么作家借由《游园惊梦》中的钱夫人、《秋思》里的华夫人等人物形象而抒发的“今不如昔”“但见新人笑，那闻旧人哭”“流水落花春去也，天上人间”一类的人生感喟，则要比远在纽约的黄凤仪们所体会到的深沉凝重了许多。我们发现因果报应、“红颜祸水”一类的“封建迷信”抑或传统中国的“封建糟粕”，经由作家的审美转化和艺术创造之后，竟然可以达到如此美轮美奂和诗情画意的艺术境界。《永远的尹雪艳》中的尹雪艳“八字中带着重煞，犯了白虎，沾上的人，轻者家败，重者人亡”[②]。她的“总也不老”使人联想起古代中国的“狐女”“（女）妖精”一类传说。而一个个“成功男士”纷纷拜倒在她的石榴裙下，“前仆后继”地被她所征服、所操弄的故事，上演的几乎就是“（红颜）祸水误国”的现代翻版。至于她在国民党当局败退到台湾后，依然在台北达官贵人的社交圈里如鱼得水，备受追捧，既使我们想起古人“商女不知亡国恨，隔江犹唱后庭花”的喟叹，也隐含了作家本人对国民党某些高官不汲取历史的教训而醉生梦死，“直把杭州作汴州”的

---

① 白先勇：《谪仙怨》，见白先勇小说集《寂寞的十七岁》，第295页。

② 白先勇：《永远的尹雪艳》，见白先勇小说集《台北人》，上海文艺出版社1999年版，第2页。

辛辣讽刺。同样，在《满天里亮晶晶的星星》里那位被称为“祭春教教主”朱焰心中，他的“白马公子”姜青就是被“不祥之物”林萍那个“小妖妇”给“害死”的。

小说《孤恋花》蕴含的生死轮回、冤冤相报的理念历来被学者们所关注：“娟娟和五宝为什么性格、遭遇都如此类似，简直一而二、二而一呢？娟娟莫非是五宝的再现，她死不瞑目，要在来生报她的不共戴天之仇吗？残害她的老龟公华三恰恰又酷肖残害娟娟的黑社会头目柯老雄，莫非柯也是华的再生？”[①]这种将娟娟看作五宝之再现的观点当然很有道理，但娟娟与五宝之间的差异或许更值得关注。小说叙述者特意表明，“我”尽管在“五月花”酒店与娟娟打过几个照面，但对娟娟并未“十分在意”。因为“五月花那些女孩儿擦胭抹粉打扮起来，个个看着都差不多”。娟娟真正吸引“我”并使“我”产生好感的，只是偶然间听到了她演唱的那首《孤恋花》：“我在五月花里，不知听过多少酒女唱过这支歌了。可是没有一个能唱得那般悲苦，一声声，竟好像是在诉冤似的。不知怎的，看着娟娟那副形相，我突然想起五宝来。”而在“我”眼中，娟娟与五宝长得并不十分相像，“五宝要比娟娟端秀些，可是五宝唱起戏来，也是那一种悲苦的神情”。很显然，如同《那片血一般红的杜鹃花》中的王雄对丽儿的情感，“我”同样把在台北遇见的娟娟当作大陆时期五宝的替代者。“我”对娟娟的爱怜、疼惜与关心，更多地寄托了一种对五宝的思念。后来的“我”之所以花掉“一生的积蓄”买下台北“金华街那间小公

① 袁良骏：《白先勇小说艺术论》，第53页。

寓”，并让娟娟一起搬来居住，也是为了完成当年在大陆时和五宝的一桩未了心愿——“日后攒够了钱，我们买一栋房子住在一块儿，成一个家”，可惜的是“五宝死得早”，她们的心愿也就一直未能实现，后来沦落到台北碰见了娟娟，“我才又起了成家的念头”①。

但娟娟毕竟只是五宝的替身，并非真正的五宝，如同丽儿不是王雄幼年时期的恋人一样。对叙述者“我”来说，五宝和娟娟分别代表了两种完全不同的价值理念：一个虽已死亡却活在“我”的心中；一个虽然活着却类似于死亡，或者说只是作为另一个人的影子而活着。娟娟最后的失心疯狂更使她生不如死，使她仅仅变成一个“肉身”的体现，对应于作为“灵”的化身的五宝。娟娟的所作所为、一言一行，似乎都被冥冥之中的五宝所控制。正因如此，“我”对娟娟本人的真正关心与爱护，其实是很值得怀疑的。最明显的例子是在娟娟走向自我毁灭与疯狂的过程中，“我”实际上起到了关键的“引导”和“中介”作用。虽然“我”一再强调，“不知娟娟命中到底冲犯了什么”，招来柯老雄这个“魔头”。但小说文本明白无误地告诉读者，是“我”而非其他人把娟娟介绍给了柯老雄这个命中的“魔头”：“那晚柯老雄来到五月花，我派过丽君和心梅去，他都不要，还遭他骂了几句‘干伊娘’，偏偏他却看上了娟娟。”可既然“我”明知柯老雄“聚赌吸毒，无所不来”，而且早就听说“有一个叫凤娟的，和他姘上不到一个月，便暴毙了”的事情，那么“我”为什么还要把娟娟送入虎口呢？当

① 白先勇：《孤恋花》，见白先勇小说集《台北人》，第111页。

然，号称“总司令”的“我”原本做的就是这种生意，不然丽君、心梅等交际花怎么都成为她手下的“海陆空大将”呢？但在娟娟不堪柯老雄的虐待与凌辱、愤而杀死柯老雄并精神失常的惨剧中，“我”完全作为一个局外人而感觉不到一点点良心谴责的叙述方式本身，就大大令人生疑。

根据“我”的叙述，娟娟的悲剧不仅先天般地命中“注定”，而且跟她本人沾染的污秽和罪孽不可分割：她的血管里流淌着禽兽不如的父亲和人事不知的疯子母亲的血液，她先是被生父强奸并怀上了身孕，后又流落于酒店靠卖身献唱为生。如同她的身子早已伤痕累累且污浊不堪一样，她的灵魂也已腐化变质，与那堕落悲苦的生活共同沉浮，融为一体。“我”多次暗示，她已深陷吗啡的毒瘾中不能自拔，这大概是她始终无法摆脱柯老雄的纠缠的重要原因。小说中写道，她结识了柯老雄后，“魂魄都好像遭他摄走了一般；他到五月花去找她，她便乖乖地让他带出去”，而每次回来后，“全身便是七痨五伤，两只膀子上尽扎着针孔子”，给读者以娟娟的结局完全是她“咎由自取”的印象。但谁能保证这个叙述者“我”在讲述整个故事的过程中，刻意隐瞒并改造了部分内容，从而使得娟娟好像失了魂魄一样，完全听从于命运（实际上也是作者）的安排呢？笔者更愿意相信，叙述者“我”与冥冥中的五宝心灵相通（当然还有作者），她们合谋将原本无辜的娟娟一步步推向了那充满罪孽、污秽和血腥的地狱之门，其目的只有一个：给已死去的五宝报仇雪恨，实现她生前所说的“我要变鬼去找寻他”！可怜的娟娟只是这一“设计”的棋子而已。由此可进一步认定，那位已经死去的、作为“过去”象征的五宝，不仅主宰着现实中娟娟的身心，更摄取了“我”所有的感情，还遮蔽了“我”对作为一个活生生的人的娟娟的真正情感与态度。其实“我”一往情深并苦苦“孤恋”的只是五宝，而非娟娟或其他任何人，娟娟的人生只是死去的五宝的陪衬而已。相较于白先勇的其他小说，《孤恋花》最为鲜明地表现了“情”的高贵与唯美，跟“欲”的污浊和丑陋之间的尖锐对立。这很容易让我们联想起《红楼梦》中的“风月宝鉴”，其正面与反面构成了近乎“触目惊心”的对比。如果说五宝代表的是纯洁无瑕的情与爱，娟娟则是本能的欲望放纵的象征；如果说五宝背后连接着超凡脱俗的“仙女”原型，娟娟则是古代传说中吸人骨血的“妖精”及“女鬼”的化身。

需要特别指出，作家不仅是将古代中国的诸多传统“复活”在自己的创作里，更以一种现代视角“回望”过去年代里的恩怨情仇；他在创造性地运用和转化传统中国的“红颜祸水”“生死轮回”一类故事原型的同时，又更多地因时空和文化心理的距离，使所有的“过往”都蒙上了一层唯美而神秘的面纱。尤其是《游园惊梦》里那一个个能说会唱的性感“尤物”形象，一个个幽怨悲戚的迟暮美人。这些人物大多不像《孤恋花》里的娟娟和五宝那样“极端化”“类型化”，而是集“妖女”和“女仙”于一体，融“女狐”与“慈母”“女王（西王母）”于一身，富有纯正深厚的传统中国文化品位，代表了古典中国的唯美艺术精神。她们在一举一动和举手投足之间，充分展现出“文化中国”的风采和神韵。白先勇笔下的那些富有经典意义的“中国故事”，常常离不开这一个个继承了中国文化传统的性感“尤物”们声情并茂的“演绎”。借由她们对美好青春和富贵荣华不可抑止的热恋、痴迷和回味，作家本人也反复回味并留恋着那个“风光不再”、甚至行将消失的“老中国”，并对之加以艺术化、审美化的想象。而在这种文化心理的反复回味流连、感喟唱和之中，一个古色古香、活色生香且传奇生动的古老中国形象跃然于纸上。于是那个悠远深厚的文化心理的“中国”不仅由此得以“复生”，而且更加美轮美奂，充满了诗意和情趣。

（三）“中国”的“死而复生”与“文化中国”建构

“五四”时期的郭沫若曾发表了一首堪称中国新诗经典的《凤凰涅槃》，以“西方古国”的一对凤凰“集香木而自焚，复从死灰中更生”的神话传说为原型，表达了那一代热血青年扫荡旧社会、开创新中国的壮志豪情，长期以来一直被认为喊出了“五四”时代的最强音：旧中国不亡，新中国不兴！只有将旧中国彻底摧毁，一个蓬勃向上的新中国才得以建立。此后一次比一次更为激进也更加彻底的“破旧立新”“除旧布新”思潮与革命运动席卷中华大地，古老的华夏中国在一次次血与火的洗礼中不断获得了新生，但同时也经受了一次次惨烈的战争与暴力、动荡和离乱。

1949 年前后的家国剧变和时代沧桑，尤其是国民党政权在中国大陆的迅速“土崩瓦解”，包括白氏家族在内的高官权贵和父辈亲朋们“作鸟兽散”的命运遭际，无疑给年轻的白先勇以难以承受的“强刺激”。遥想当年毛泽东主席登上天安门城楼，向全世界庄严宣告“中国人民从此站起来了”，祖国人民一片欢呼雀跃的伟大时刻，白先勇一类国民党高官子女却只能跟随他们的父母亲友一道仓皇逃离大陆，然后再如“惊弓之鸟"般从台湾（抑或香港）流离到东南亚、美欧等全球各地。此种"惶惶然如丧家之犬"的逃亡经历和流离体验，无疑促成了他们"家国何在""何处望神州（中国）"的"张皇四顾"和心地茫然。对国民党政权的彻底"灰心"，对中国大陆社会主义新生政权的不认同，则导致了这些流离者们自我身份认同的危机。

在一些海外华人知识分子眼中，不仅台湾当局的白色恐怖统治令人齿寒，中国大陆社会也已被"赤化"与"俄苏化"，现实里的政治中国甚至已"面目全非"，与他们心中"真正的中国"相距甚远。于是他们借助于文字书写和文学想象这一"突破口"，如白先勇等人般尽情宣泄了积聚心中的"家国迷失"的怆痛和悲哀，同时纷纷转向了对过往历史和文化心理上的那个理想"中国"的苦苦追寻之中。他们的作品遂成了古人所说的"杜鹃啼血""病蚌成珠"般的艺术结晶。而他们也在貌似"凄凄惨惨戚戚"的哀怨和怅惋之中，以"舍我其谁"的文化担当精神自觉接续并承传着曾经辉煌灿烂并必将发扬光大的传统中华文明。正如白先勇的挚友、台湾著名诗人余光中所提出的："凡我在处，就是中国。"[①] 笔者认为这句响亮的口号鲜明地体现了台港暨海外华人知识分子一种坚定的文化责任担当。同样的，白先勇也一再宣称自己为"中国文化的拥趸"。很多评论者都以"文化乡愁"概括白先勇小说的主题，著名文化学者余秋雨就曾这样评价白先勇："他在变幻的长流中寻找着恒定，寻找着价值，终于他明白自己要寻找什么了。简言

① 余光中：《余光中对话集》，梁笑梅编，人民日报出版社2011年版，第108页。

之，他要寻找逝去已久的传统文化价值，那儿有民族的青春、历史的骄傲、人种的尊严。”[①] 事实的确如此，我们发现那些在当今中国社会已经消失或正在消失的“老中国”传统和社会文化现象，诸如下级对“长官”的忠贞不贰，仆人对主人“亲人”般的忠心耿耿和热爱，以及“桃园结义”式的兄弟情义，都极为“自然”且饱含诗意地呈现于《台北人》之中。这部小说集简直就是一座琳琅满目、让人目不暇接的文化（中国）博物馆，一座构思精巧且让人流连忘返的“文化大观园”。当然，这一“文化中国”形象，又与腐朽没落及不可挽回的衰颓和颓败交织在一起，呈现出一种独特的“废墟之美”。某种程度上可以说，白先勇所建构的是一座“废墟里的中国”，或者说从“废墟”之上重新建构起来的中国。

白先勇的“故国回望”和“历史回眸”，与现代中国社会齐刷刷的“向前看”，以及竭尽可能地谋求激进革命、寻求飞跃式进步发展的主流思潮与价值观念之间，既构成了鲜明的对比又可谓“相异成趣”。近代以来的社会剧变，一方面造成了中国本土文化传统在西方强势冲击下的“节节败退”，另一方面也迫使“睁眼看世界”的中国先进知识分子和“有识之士”们在前所未有的民族危机感和“感时忧国”情绪的冲击下，越来越发现了自己文化传统的缺陷与不足，甚至一度对自己独特的文化传统丧失了信心，“与传统决裂”和“全盘西化”的主张曾经统摄了不少人的头脑。长期定居美国的白先勇曾对此进

① 余秋雨：《世纪性的文化乡愁》，见白先勇小说集《台北人》，第31页。

行了痛定思痛的反思，并认为“这是最可悲的”①。而20世纪五六十年代在中国大陆发生的“大跃进”“破四旧”和“文化大革命”等一系列激进运动，进一步造成了革命激进主义与传统中华文化血脉之间的冲突乃至断裂，甚至使得整个社会一度陷入全民性的动乱。这无疑进一步加剧了海外华人知识分子“中国认同”的纠结与矛盾。

直到70年代末，大陆社会开始重新回归历史理性，开启了改革开放的历史新时期，那种新与旧之间“水火不容”，一切都要“推倒重来”，甚至“从头来过”的暴力革命之思维定式，才渐渐被持续发力的改革抑或改良运动取代；海峡对岸的台湾社会则顺利完成了经济腾飞和社会转型，海峡两岸从尖锐冲突的意识形态纷争，转化为以和谐共存、互利互赢为主流的发展态势。正是在这样的时代语境下，从钱穆、林语堂到白先勇、余光中一类曾在中国大陆一度被禁忌的“阶级敌人”及“反动文人”们，如今“卷土重来”，成了（中华）文化自觉乃至文化自信的“先知先觉者”，以及弘扬中国传统优秀文化的先行倡导者。当我们喟叹于历史的剧烈动荡和转折起伏之余，或许更应欣慰于“否定之否定”之后的历史进步。

在白先勇看来，当今时代“全球化”的汹涌浪潮进一步强化了西方文化的领导地位，“全球化”离不开西方科技的全球推广和运用，西方借由全球化强化了自身科技实力在全球各地的优势霸权地位。而在这样一个时代浪潮下，包括中华民族在内的世界上的不同民族和国家，都面临着自己的文化传统如何

① 陈保才：《中国文化永远在我心里——访著名作家白先勇》，《中国大学生就业》2005年第2期。

加以保护和传承的问题。“我们的文化经过了几千年的考验，我们的文化传统不应该那么脆弱，我们有很多那么美的东西，是我们这个民族独特创造出来的，也是其他的民族，其他的地区没有的，我们应该值得骄傲，应该保护它。”[①] 白先勇的文学创作和他在晚年对昆曲等中国古典戏曲的保护性实践工作，都与这种文化身份的自觉自信息息相关。具体到《台北人》而言，其中的每一篇作品几乎都可以说“色”“香”“味”俱全，音画结合，声色俱佳。这是唐诗宋词里的中国，这是《红楼梦》和《牡丹亭》里的中国，这是古代戏曲里传唱的中国。诗情画意与浮生若梦融为一体，“春宵一刻值千金”与“青春不再”“忽喇喇似大厦倾，落得个白茫茫大地真干净”的空虚和虚无难以切割。这也是日常诗意化的中国，这也是文人雅士笔下的中国——一个在人们心中存活了数千年，却似乎又从未真正出现过的梦幻中国。记忆永存，怀念常驻，它比现实里的生活更有声有色，更富有魅力和神采。“梦幻里的中国”最大限度地契合了人们的故国回望与想象，符合人们文化怀旧的心理，同时也寄托了海内外华人对美好中国的共同心理期待。笔者认为《台北人》在世界华文文学史的最大意义和价值，乃在于它塑造了一个“文化中国”的经典原型，为当时及以后的众多包括中国大陆作家在内的全球华人作家，提供了一个难以逾越的典范。尤其是《游园惊梦》一类小说，堪称是将古代中国文人的感喟兴亡、怅惋人生的艺术传统，借助于西方意识流等现代派手法发挥到极致的代表性作品之一，体现了中国文化和

① 陈保才：《中国文化永远在我心里——访著名作家白先勇》，《中国大学生就业》2005年第2期。

文学中最为纯粹独特的诗意和唯美精神。

当然，“梦幻里的中国”与“现实中的中国”，（小说等艺术形式中）“虚构的中国”与正在被建设、被建构的中国之间，绝不可能是完全疏离、没有重合的关系。相反，随着中国大陆经济的快速崛起和对传统中国文化的复兴，“梦幻中国”与“现实中国”、“虚构的中国”与“建构的中国”、“历史（抑或未来）中国”与“当下中国”之间正呈现出交集越来越大的趋势，而且它们在本质上是不可分割地融为一体的。白先勇一再宣称：“我爱的是具有五千年文化传统的中国。”[①] 余光中在谈到何谓“中国”时，更从空间地理、社会历史、文化心理诸角度对“中国”作了全面界定：“中国”又可称为“九州”“庙堂”抑或“江湖”，“壮士登高就叫它九州，英雄落难就叫它江湖”，“空间、时间、民族，形成一个中华文化，一个复合体。我的乡愁就是全包括在里面了，因此我心目中的中国是历史的中国，是自古人时到现在的中国，是从塞外到江南的中国，包括海岛，也是各民族在一起的中国”[②]。换句话说，他们心中的“中国”既是文化和心理上的，还是空间和地理上的，而且一定要接续上那个源远流长、持久深厚的中华文化传统。这是一个融汇了古代与现代、历史与未来、梦幻与现实的“大一统”的中国。对于海外游子而言，全球离散和四海为家的经验使得他们将中国文化视为“一个奇大无比的圆”，“所谓中国或者中华文化，圆周无处可寻，圆心无所不在，这个半径是什么，半

---

① 陈保才：《中国文化永远在我心里——访著名作家白先勇》，《中国大学生就业》2005 年第 2 期。

② 余光中：《余光中对话集》，第 165 页。

径就是中文。我希望我做的就是把半径拉得更长一点，这个圆就可以画得更大”[①]。于是一个全球视野里的“全球中国”也就应运而生，并且最大限度地契合了全球华人和中华文化对当今全球化浪潮的有力回应，另一方面，这一“全球中国”又具有一种不可抑止的“向心力”，它指向了包括中国大陆和台、港、澳在内的整个中国，并以其为物质性、地理性、空间性的依托。

多年前的白先勇曾向友人倾诉衷肠：“我来美国二十多年了，但我是一个地地道道的中国人。要不是国家政治分离，我怎么会留在美国过寄人篱下的生活呢？我一定是在上海或南京。国家搞好了，不但现在的留学生会回去的，我们这些人都会回去。”[②] 在他看来，“我们的国家在政治上暂时不能统一，但在文化上却可以先统一的。在我国的历史上，从隋唐五代十国，国家四分五裂，但文化上是统一的，各自都保持着中国的传统文化”[③]。以文化统一中国，在很多人眼中或许无异于痴人说梦，因为社会终究离不开政治、经济乃至军事斗争一类“硬实力”，但白先勇和余光中等人，都从中华民族“大历史”的视角，一眼便洞察到了短期的政治分离只是一种暂时的外在现象，中华民族持续不断的文化向心力、凝聚力，是抵制民族分离主义的坚强支撑，确是一个不争的事实。在今天，中华民族的伟大复兴一定离不开文化的复兴已然成为共识，“如果我们整个民族，每个人心中都有这样一个愿望，我们要复兴自己的

① 余光中：《余光中对话集》，第165页。

② 王晋民：《白先勇传》，台北幼狮文化事业公司1994年版，第224页。

③ 王晋民：《白先勇传》，第224页。

文化、我们辉煌的传统，我想一定会做成”[①]。笔者深信白先勇的这一乐观预言绝非空穴来风。

二、溯梦“唯美中国”

白先勇的小说虽然境界不够雄奇阔大，取材也较为狭小细窄，但由于他高洁清远的文化气质和非同寻常的“中西合璧”能力，使得他的作品在将西方文学“性爱、暴力与死亡”的传统母题与西方现代派创新手法融为一体的同时，更将其与“物是人非”“家国败亡”一类中国文艺传统结合起来，以文字延续并建构了古老中国文化的新命脉。正是这“中西古今”的有机统一，造就了《台北人》在世界华文文学中无可替代的经典地位。下文对此加以详细论述。

（一）非常“情欲冲突”：极端纯情与沦落

熟谙西方文学传统的白先勇在谈到西方文学时，曾指出从福楼拜的《包法利夫人》、托尔斯泰的《安娜·卡列尼娜》到劳伦斯的《查泰莱夫人的情人》，“西方现代小说一直反复出现一个主题：在剧变的社会中，已婚女性对世俗的社会价值所做的反叛及其后果”[②]。这样的分析也可运用到白先勇自己的创作中，从早期作品《闷雷》《黑虹》《玉卿嫂》，到《台北人》中的《永远的尹雪艳》《一把青》《金大班的最后一夜》《秋思》《游园惊梦》等，虽不能说全都触及“已婚女性的反叛及其后果”这一主题，但对中年女性的情感心理与性爱问题的持续关

① 白先勇、朱寿桐：《呼唤中华文化复兴——“白先勇与汉语新文学的世界影响”研讨会闭幕式上的讲话》，《华文文学》2016年第2期。

② 白先勇：《秉烛夜游》，见《白先勇文集》第4卷，第311页。

注，却非常明显。不过与西方作家通过性爱与爱情的表现揭示出人性的复杂百态迥然有别，白先勇往往将自己笔下的人物推向一种灵魂与肉体、情感与本能、禁欲与纵欲之间的紧张关系中。对于白先勇笔下的很多人物来说，年轻时的美好恋情就是他们人生的唯一寄托，一旦破灭会造成整个人生的溃败与失意。重则痛不欲生、生不如死，走向疯癫与自我毁灭；轻则丧失人生的希望，于是自甘沉沦，放纵肉体与性欲。此种（纯）情与（原）欲、心灵与肉体的强烈反差，是白先勇小说最常见的情节模式。《芝加哥之死》中的吴汉魂就是在精神崩溃之际与妓女萝娜发生了关系，并在强烈的负罪感中产生了自杀的冲动。这篇发表于 1964 年的小说，之所以在白先勇创作历程中显得特别重要，笔者认为它开启了这样一种叙事模式：人物首先发生精神崩溃，并引发原始本能（性欲）的失控，然后进一步导向或预示着彻底的自我毁灭。

在次年（1965）发表的两篇小说《谪仙记》《香港一九六〇》中，这一叙事模式得到了直接延续。《谪仙记》中的李彤原本是国民党高官的千金小姐，但父母的不幸遇难这一变故却彻底改变了她的人生。从此李彤一蹶不振，酗酒赌博，放纵本能。而在其表面放荡堕落的生活背后包裹着的，是一颗破碎厌世的心灵。《香港一九六〇》虽然篇幅短小，情节与内涵也颇为单薄，但余丽卿这一形象在白先勇小说中起到的“承前启后”作用，依然值得关注。作为曾经显赫一时的师长夫人，如今却在香港沦落为醉生梦死的“王丽卿小姐”。正如她自己所言，当年的师长夫人已经死掉，她没有了过去，也丧失了未来，只有自甘沉沦，在“春宵一刻值千金”的片刻欢愉中紧紧把握住“现在”。这一形象不仅和后来《谪仙怨》中的黄凤仪如出一辙，也堪称朱青（《一把青》）的“前生后世”。小说通篇采用的意识流手法，虽不如一年后（1966）发表的《游园惊梦》中钱夫人的心理表现那样精妙传神，但也可视为作家在此之前一次不凡的练笔。

至于收在《台北人》集中的《一把青》《那片血一般红的杜鹃花》《花桥荣记》三篇小说，它们各自的男女主人公也都经历了类似“由情转欲”的心路历程，后两者甚至达到一种“丧心病狂”的严重程度。《一把青》里的朱青，在南京时虽然“身段还未出挑得周全”，但“眉眼间却蕴着一股令人见之忘俗的水秀”和“一股教人疼怜的怯态”，完全是青春和理想的化身；然而丈夫郭轸的不幸身亡却使她的整个灵魂都随着心爱丈夫的离去而消逝。与其他人物一样，朱青从此陶醉于官能刺激，以此麻醉自己的心灵。类似情节在白先勇笔下虽已屡见不鲜，但作家通过朱青在丈夫与后来的情人小顾死后不同的情绪反应中，营造出一种表面不动声色、实则“惊心动魄”的艺术氛围。《那片血一般红的杜鹃花》中的王雄，因为对湖南乡下“他老娘从隔壁村庄买来的”的那个“小妹仔”难以忘情，而把现实中的丽儿当成了故乡“小妹仔”的替代者。但当王雄再也无法从丽儿那里获得类似于“小妹仔”（哪怕是表面的“相似”）的心理补偿时，他的那一点可怜的“灵”的追求与“情”的慰藉彻底丧失。于是他整个的心灵轰然崩塌，并滑向了原始本能的极端：将主人家那个“胸脯挺得高高的”女仆喜妹强奸，然后逃得无影无踪。而《花桥荣记》中的卢先生之所以还能在台北维持一种“洁身自好”的生活，就是因为他内心还保留着与故乡的恋人再次团聚的一线希望。这个希望的泡沫破碎之日，就是卢先生像王雄一样身心崩溃并倒向“原欲”沉沦的时刻：他跟洗衣妇阿春姘在一起，并迅速毁灭了自己。我们看到，白先勇总是让他笔下的人物惯性般地从一个极端倒向另一个极端。他们爱起来是那样不顾一切、不计后果地倾情投入，而爱情失落后随之而来的心灵崩溃与情欲泛滥，则更加原始低级，甚至伴随野性的暴力与破坏力。

如果再将《芝加哥之死》中的那位美国妓女萝娜，《那片血一般红的杜鹃花》里的喜妹，与《花桥荣记》中的洗衣妇阿春等角色放在一起加以综合考察，会发现她们在作品中起到的作用也颇为类似——都是低层次的原始性欲之化身。她们除了激起男主人公的本能宣泄外，均毫无美感与灵性。萝娜脱下外套和假发后，“皮肤皱得像块浮在牛奶上的乳翳”，一下子变成了“四十岁的老女人”；喜妹则是长着“肥胖的膀子”的“极肥壮的女人”；阿春更不用说，“屁股老早发育得圆咕隆咚”，胸前的“两只冬瓜奶”更是经常“七上八下”，可谓同样的彪悍、泼辣与肥壮。当主人公的性本能与这些令人“反胃”的形象融为一体时，呈现出的无疑是中国传统文化中根深蒂固的“性罪感”意识，以及创作主体独特的审美价值观。在白先勇这里，那些未经灵性化的原始性欲往往具有不可抗拒的毁灭性的强大力量，它是幽暗人性的源头，也是堕落与罪恶的象征。在白先勇的早期作品中，我们已看到原始情性的压抑与躁动不仅使得《闷雷》中的福生嫂变得乖戾暴躁，也逼迫着《黑虹》里的耿素裳决绝地走向自杀。更不要说原本前程无量的徐壮图等人（《永远的尹雪艳》），因为沾惹上交际花尹雪艳而家破人亡了。但李彤、朱青们的放纵本能固不可取，王雄与卢先生因为对昔日恋人的纯情守望而长期压抑自己的原始性欲与躁动，最终导致了人性的失常与变态，不也一样的可悲可叹？他们的坚守与最终不可抑止的崩溃，已见出白先勇对人性坚强与脆弱的体察。

不过仅仅以性罪恶感与丑恶感概括白先勇小说中的性爱表现，显然是不完全的。白先勇本人所具有的与大多数人不同的同性恋倾向，无疑使他更加敏感地体验到了情感与爱欲非同寻常的苦闷，并促使他成为描写情欲之苦的高手。而他那跳出性别之外的审美视角，再加上融汇“古今中西”的宏阔文化视野，还使他能够出其不意地将一些原本已陈腐“落后”的古老文学叙事，“化腐朽为神奇”般地传承与转化。他对中国古代“褒姒戏诸侯”“妲己害国”一类“女子祸水”“女色误国”原型的利用就是如此。当这一渗透着封建糟粕的文学原型被“五四”新文学家们彻底唾弃之后，一同失去的还有那些美丽奇特的神话传说，以及凝聚了中国文人太多情感的神奇想象。白先勇却通过自己充满感伤的想象与虚构，使得这一在现代社会几无“立足”之地的古老文学传统，奇迹般地“起死复生”。从他早期作品《玉卿嫂》中的玉卿嫂，到《台北人》中的尹雪艳、金大班、娟娟等角色，我们都可窥见中国古典文学源远流长的“女鬼”“女狐”之魅影。正是在这些风华绝代却又害人害己的“女鬼”与“女狐”身上，一种与死亡相连的唯美化的无常感油然而生。她们是性爱与唯美的化身，是激情与生命的象征，当然也是死亡之神、邪恶之神、堕落之神。没有什么比这些“女鬼”与“女狐”，更为典型地体现出人类对原始性欲既痴迷又恐惧、既向往又痛恨的复杂情感和矛盾态度。

（二）遗恨“陆台之别”：家国同构与同悲

对《台北人》的主题探讨，迄今为止莫过于欧阳子概括的“今昔之比”“灵肉之争”“生死之谜”最为精妙准确[①]。但笔者认为，要全面解读《台北人》的文化心理内蕴，除了这三个维度之外，还应再加上一个“（大）陆台（湾）之别”。如果说前三个纬度是基于个人视角的把握，“陆台之别”是更侧重于家国层面的概括。只是这“家国叙事”的背后，又与个人命运紧密地融为了一体。细察白先勇笔下的那些“台北人”，昔日在旧大陆无不享受着无与伦比的青春和浪漫、荣耀与奢华；沦落到台湾这座“孤岛”之后，却一个比一个穷困潦倒，穷途末路。于是那仅有一峡之隔的大陆中国，就变成了他们的光荣与梦想之地，当然也是他们的耻辱与梦魇所在。他们在那里感受到了前所未有的生命快乐，确证了自我的价值与存在的意义，同时也经历了难以置信的失败与沦亡。但无论如何，这些“台北人”的灵魂早已被海峡对岸的大陆所“摄”去，只剩下一具肉体的空壳在台湾岛上飘零，依靠着对过去的回忆打发余生。《岁除》《梁父吟》《思旧赋》《国葬》等小说流露出的情感哀痛自不必说，《金大班的最后一夜》《秋思》《游园惊梦》则通过对女主人公“美人迟暮”、世事沧桑的心灵喟叹，将“台北”与大陆时期的“南京”“上海”直接联系起来。即使是像《满天里亮晶晶的星星》《孤恋花》一类同性恋题材的作品也概莫能外。《满天里亮晶晶的星星》中的那位被称为“祭春教教主”

① 欧阳子：《白先勇的小说世界》，见白先勇小说集《台北人》，第 3 页。

的朱焰，在上海期间曾经把所有的人生希望与赌注都压在了心爱的"白马公子"、年轻的演员姜青身上。就某种程度而言，朱焰完全把姜青看成了自我的理想化身。因此当姜青意外死于车祸时，也意味着朱焰精神"自我"的崩溃与死亡。失去了姜青，离开上海沦落到台北的朱焰，同样灵魂已失。

至于《孤恋花》这篇小说蕴含的生死轮回、冤冤相报的佛教理念，历来为学者们关注："娟娟和五宝为什么性格、遭遇都如此类似，简直一而二、二而一呢？娟娟莫非是五宝的再现，她死不瞑目，要在来生报她的不共戴天之仇吗？"[①] 这种将娟娟看作五宝之再生的观点很有道理，但笔者却更注意她们之间的差别：与《那片血一般红的杜鹃花》中的王雄对丽儿的情感类似，"我"也同样把在台北遇见的娟娟看成了大陆时期五宝的替身。"我"对娟娟的爱怜与关心，实际上寄托着对已逝去的五宝的思念。但娟娟毕竟与真正的五宝不同，如同丽儿不是王雄幼年时期的恋人一样。对叙述者"我"来说，五宝和娟娟分别代表了两种完全不同的价值理念：一个远在天边却日夜思念，一个近在眼前却并不珍惜；一个虽已死亡却活在"我"的心中，一个尽管活着，却只是另一个人的影子。笔者更愿意相信叙述者"我"与冥冥中的五宝心灵交接，合谋将原本无辜的娟娟一步步推向了那充满罪孽和血腥的地狱之门，目的只是给死去的五宝报仇雪恨，实现她生前所说的"我要变鬼去找寻他"这一愿望。可怜的娟娟只是五宝的复仇之"鬼"。

纵观"台北人"系列作品，几乎所有小说的主人公都同时

① 袁良骏：《白先勇小说艺术论》，第53页。

经历了个人的不幸与家国的沦亡。要么是家国的沦亡直接导致了他们自身的不幸命运，要么是个人的苦难更加印证了国家的灾难。唯一的例外是《永远的尹雪艳》中的尹雪艳。坐落于台北“仁爱路四段的高级住宅区”里的尹雪艳的新公馆，其气派和热闹丝毫不亚于当年“上海霞飞路的排场”。但笔者前文已指出，她更像一位害人害己且倾城倾国的“狐狸精”。作者对这一人物显然有一种“商女不知亡国恨，隔江犹唱后庭花”式的嘲弄与悲哀。白先勇把这部作品列为《台北人》第一篇，不正开宗明义地暗示了整部小说集的命意所在吗？

白先勇的早期小说，虽不乏《玉卿嫂》那样摄人心魄的艺术佳作，但其他一些涉及同性恋情愫的作品，如《月梦》《青春》等，毕竟与普通人的生活相距甚远；《闷雷》与《黑虹》等作品揣摩中年女性的性爱心理，虽淋漓尽致却稍嫌极端。但在他去国赴美后创作的《芝加哥之死》《谪仙记》等作品中，吴汉魂的情欲苦闷与人生失意，李彤的家道衰落与心灵绝望，尽管也有些极端化倾向，但其风格却显得雄阔博大起来。其原因不言自明：这些人物不再是一个个单一的个人，而是与整个老中国的命运紧紧地融为一体。不仅吴汉魂的命运“正和中国的命运戚戚相关，分不开来”[①]，李彤的自杀身亡及象征意义上的“中国死了”，也让人在吁叹之余感受到国破家亡的哀痛。这两篇作品虽因叙事背景不在台北，而未被收入《台北人》中，但主题命意却与《台北人》如出一辙。而将个人的情爱之苦及家族衰颓之悲，乃至骨肉分离之痛，与整个国家民族的沦

① 夏志清：《白先勇早期的短篇小说》，见白先勇小说集《寂寞的十七岁》，第23页。

落败亡难分彼此地融为一体，可谓是白先勇小说最突出的主题之一。

众所周知，中国文化有一种根深蒂固的“家国同构”思维模式。“家国同构”不仅是伦理精神的同构，还是一种内心情感的同构。正如有学者所指，从《诗经》《楚辞》开始，中国文学就形成了“以家喻国”的独特比兴手法，“家国同构使家这一层的日常悲剧意识有了国这一层的隐喻含义”[①]。当个人命运的飘零失落与整个家国的不幸联系在一起时，往往最能打动中国文人的心灵。因而切肤的乱世之痛与深沉的亡国之悲，乃至伤感的兴亡之叹互相交织，彼此呼应，也就成为历代文学中持久不衰的“主旋律”之一。从春秋时期先民们发出的“黍离之悲”（《诗经·王风·黍离》），到杜甫经历安史之乱的感时伤怀，乃至南唐后主李煜失国被俘后的呜咽哀鸣，明清之际孔尚任在《桃花扇》中宣称的“借离合之情，写兴亡之感”，无不将亡国之悲与个人的不幸遭际融合起来，进而抒发出一种人去物衰、物是人非的历史悲叹。杜甫的诗歌之所以被誉为“诗史”，向来最受推崇，很大程度上就是因为他把这一“家国同悲”的思维方式出神入化地贯穿到了诗歌创作中，最大限度地契合了国人心理的审美需要，从而在中国文化语境中达到了相当高的“典型”性。这在他那首几乎家喻户晓的《春望》一诗中表现得最为直观。尤其是“烽火连三月，家书抵万金”两句，正是烽烟四起的国破乱世，才导致了“家书万金”的离乱伤痛。诗中的“国破”与“家亡”天衣无缝地融为一体，个人

① 张法：《中国文化与悲剧意识》，中国人民大学出版社 1989 年版，第 27 页。

的悲哀与家国的哀痛扭结得难分难解。“家”与“国”的共同伤痛还使得“家”这一层面的悲哀平添一种“国”的庄严与神圣感，更易唤起士大夫们与国家“患难与共”的心理认同。该诗之所以成为千古绝唱，除了诗人出其不意的艺术构思与高超绝妙的语言技巧，更主要的原因还在于其中蕴含的情感内蕴获得了一代代读者的心理共鸣。

现代中国的社会变革使“家国同构”、家国一体的信念遭到了严峻挑战。但在国民党败退大陆后，偏安一方的台湾却由于特殊的历史机缘，使得那些深受传统文化滋养、颇具古典士大夫情怀的作家们，切切实实感受到了“家国同悲”的个中滋味。我们发现台湾文学那些最经典的作品，往往离不开这种“家国同构”的思维模式。如余光中的《乡愁》一诗，前三节分别从国人熟悉的亲情（对母亲的思念）、爱情（对妻子的思念）入手，并加进死亡的伤感情绪（对逝去母亲的怀念），渐渐积聚起真切深厚的悲情氛围；到第四节也即最后一节，诗人突然也很自然地将这种悲情升华到国家民族层面，抒发了对国之分裂的哀痛：“乡愁是一弯浅浅的海峡/我在这头/大陆在那头。”从而在“家国同悲”的文化心理积淀中，最大限度地唤起了读者的情感共鸣，其思维模式与杜甫的诗作如出一辙。如果说余光中是将古人的“家国同悲”自觉传承，并加以现代转化的最成功的台湾诗人，那么白先勇则在更为“主流”的小说领域，将其发挥到了极致。

（三）追寻“唯美中国”：超越政治与性别

从狭隘的政治意识形态角度对《台北人》加以观察，自然会发现其中蕴含的对国民党显贵在大陆“纸醉金迷”“灯红酒绿”之奢华生活的怀念，以及他们丧失大陆中国的“亡国”之痛。余光中的《乡愁》也可让我们联想起当年国民党政府提倡的“怀乡文学”余波。但这两位作家的作品却在干戈已化为玉帛的海峡两岸同时广为流传。《乡愁》一诗甚至同时被选入两岸基础语文教材。历史的吊诡虽然常常让人哭笑不得，但这恰恰印证了余英时先生的观点：“今天世界上最坚强的精神力量既不来自某种共同的阶级意识，也不出于某一特殊的政治理想。唯有民族文化才是最经得起时间考验的精神力量。”[①] 诚哉斯言，无论多么惊天动地的政治变革，也无论多么刻骨铭心的社会撕裂，最终都将融汇于源远流长、生生不息的民族文化的历史长河中。文化虽然孕育了政治，但也包容并常常超越政治。白先勇的小说与余光中的诗歌，十分典型地体现了文化对政治的超越。

蕴含在《台北人》中的情感意蕴，不仅是从一个虽然痛苦万分，却不舍高贵自由的心灵中发出的天籁般的悲鸣与哀叹，也不仅是白先勇从自己痛切人生体验升华出的“丧家失国”的悲哀，更深藏着一种对悠久辉煌的中华文化传统的怀念与留恋。可以说，白先勇以其卓越不凡的艺术天赋和深厚绵密的文化修养，精心营造了一座典雅绚丽的艺术殿堂。这个殿堂里供奉着的，是“唯美东方”和“文化中国”的神龛。我们通过这些作品可见可闻的，不仅是纯粹老中国的物象与气息：老长官、老弟台、老侍从、老前辈，无不与那个行将远去的“老中国”形象休戚相关，更有一种扑面而来的中国特有的文化情调

---

① 余英时：《试论中国文化的重建问题》，《中国思想的现代诠释》，江苏人民出版社 1989 年版，第 51 页。

与艺术气韵。正是一个个看似漫不经心、微不足道的细节表现，如《岁除》中的刘营长太太“一个个字滚出来，好像不粘牙齿似的”纯正地道的四川口音；《游园惊梦》里的钱夫人用牙签随手挑起一枚散发着“沁甜蜜味”的蜜枣，放到嘴里慢慢品尝的景象，无不突出地体现出古老中国纯正的生活情调与气韵。通过这些日常生活的诗意渲染，我们不仅管窥到“舌尖上的中国”之独特魅力，也充分领略了“声色中国”的美丽与丰富。至于隐藏在《游园惊梦》里的那座败相虽露却不失富贵的的窦公馆，不论是满园子“影影绰绰”的树木花草，还是那半空中“一片秋后的清月”，厅堂里摆放的“紫檀硬木桌椅”“青天细瓷胆瓶”等各式家居摆设，以及身穿或“墨绿”或“净黑”或“银灰洒朱砂”一类各色旗袍的钱夫人、窦夫人们之间的三言两语、一招一式，无不散发着古老中国令人心醉的文化气息与审美情趣。所有这些，再加上耳边时隐时现的“原来姹紫嫣红开遍，似这般都付与断井残垣……”那样幽怨悲凉的昆腔曲调，和钱夫人恍然之间的“时空交错”“思绪万千”，一个既雍容典雅、华贵富丽又充满感伤的超越了时空的唯美中国形象，岂能不跃然纸上[①]？

白先勇笔下那一个个风韵犹存但毕竟年长色衰、难掩迟暮的中老年美人形象，最能直观而传神地折射出“唯美中国”的复杂心理内涵。从《金大班的最后一夜》中的金大班到《秋思》里的华夫人，再到《游园惊梦》中的钱夫人、窦夫人等诸位“夫人”身上，我们既看到了古老中国的美轮美奂，又感受

① 关于《游园惊梦》中作家对中国艺术生活与生活艺术的表现，海内外学者已有不少分析，在此不再赘述。

到了"时光不待"的悲哀与苍凉。尤其是她们告别"历史舞台"时那饱含深情的回眸一望，可谓定格了古老中国最令人回味无穷，又让人感慨万千的唯美瞬间。美好的容颜毕竟要枯萎，生命之花也终将凋零，而随着那一代老中国儿女的逝去，古老而纯粹的中国文化艺术，以及中国特有的生活方式与艺术情趣，也将在这惟"创新"与"进步"马首是瞻的全球化时代里，渐渐淡去那优雅精致的背影。白先勇对此表达了深切的痛惜与哀悼，可以说，弥漫于这些"台北人"四周的，是近似于无可奈何的一唱三叹，以及女性般的怅惋、哀叹与幽怨。

与"五四"作家们对传统文化持批判态度，深邃挖掘国民劣根性并急切呼唤文化变革与创新不同，白先勇以感伤怀旧的眼光频频回首，回味和探寻着那些被历史冲刷掉的文化艺术的精美碎片。一方面，他清醒地揭示了历史变故的巨大威力，抒写着人性在历史沧桑中的渺小脆弱。在作家笔下，那冷酷无情的时间与突如其来的变故，既可毁灭一个人的生命，也能彻底改变一个人的心灵。但在另一方面，白先勇又着意表现着被历史车轮肆意碾压的弱小心灵的坚韧、顽强与高贵。他们对于自己家族的败落和生命的流逝，有着太多的不舍、不忍、不甘与不平。作家以柔软细致的笔触谱写出一曲曲哀怨惆怅的心灵之歌。不错，历史的车轮虽然永远滚滚向前（至少看起来是如此），但文艺家们却需要不时"瞻前顾后"，因为文学毕竟是这无情世界的有情叹息。而在这满怀惆怅与怀恋的回顾中，白先勇的小说与传统中国的"美人迟暮""英雄末路"等经典叙事不可分割地勾连在了一起。

白先勇认为："中国文学的一大特色，是对历代兴亡、感时伤怀的追悼，从屈原的《离骚》到杜甫的《秋兴八首》，其中所表现出人世沧桑的一种苍凉感，正是中国文学最高的境界，也就是《三国演义》中‘青山依旧在，几度夕阳红’的历史感，以及《红楼梦》‘好了歌’中‘古今将相在何方，荒冢一堆草没了’的无常感。”[1] 这段话也可看作白氏文学价值观的“夫子自道”，他的艺术追求与这“中国文学的最高境界”不可分割。在白先勇笔下，我们经常看到青春美好的恋情只能转化成古人所说的“此情可待成追忆，只是当时已惘然”的叹息；而在类似于“无可奈何春去也，天上人间”的人生悲叹中，白先勇以自己的创作延续并“复活”了传统中国感时伤怀、悲天悯人的艺术传统。与此密切相关的，则是弥漫于白先勇小说字里行间的虚无阴影。生命终究没有意义，一切都将划归尘土。人生迟早会走进那个空虚黑暗、无所不包、无所不在的宇宙空洞之中。但白先勇让他笔下人物从无奈中生发出的，既非彻底悲观、“四大皆空”的超脱与厌世，又不是西方文化中的从绝望走向癫狂之倾向，而是中国文化特有的“人生在世如春梦，且自开怀饮几杯”的怅惘感慨与自我慰藉，以及对美好人生的深情留恋。在白先勇及所有深谙中国文化精髓的文人雅士们看来，人生虽然充满失意并最终指向虚无，但毕竟有无数精美的瞬间和纯洁美好的恋情值得珍惜与回味。而虚无的终极底色反而更加映照出现实人生的绚烂风采，更加滋生出一种对社会人生的唯美观照。这正是中国文化孕育出的与西方迥异的悲剧意识。诚如唐君毅先生所说，中国传统悲剧意识既依托于儒家精

---

① 白先勇：《社会意识与小说艺术》，见《明星咖啡馆》，台北皇冠出版社1984年版，第16页。

神的“爱人间世及其历史文化之深情”，又来自佛道两家“忘我的空灵心境、超越智慧”，因此对于宇宙人生“既叹其无常而生感慨，亦由此感慨而更增益深情，更肯定人间之实在”，这种人生虚幻感与实在感的相互交融，彼此相生相克，使得中国文人既可感受到“绝对之孤独空虚而至悲”，又可“返虚入实，由悲至壮”，甚至“可转出更高之对人间之爱与人生责任感”[①]。当然，与唐氏最推崇的杜甫式的“由悲而壮”不同，白先勇更接近一种女性化的哀婉感伤。

白先勇的同性恋气质和作品中的女性化倾向，与他精心打造的那个带有女性化特质的“唯美中国”形象，显然具有某种天然关联。中国传统文化在整体上呈现出一种阴柔化的女性特征已是不争的事实。与以崇尚积极进取、敢于冒险的个人主义精神为突出特征的西方文明有别，中国文化作为一种典型的保守型文化，在整体上以和谐为核心，以宁静统一为目标。受此影响的中国古典文学反复表现的，往往也离不开女性般的感伤：或者是离愁别绪、男女相思，或者是凭吊古迹、感慨兴亡，或者刻意追求一种淡泊宁静的心绪、悠闲恬适的心境。从屈原开启的“香草美人”传统到历代文人创作的大量“男子作闺音”诗歌，以及戏剧舞台上层出不穷的“男扮女装”现象，无不体现着男性性别特征一定程度的弱化倾向。林语堂甚至认为，“只有‘女性化’这个词可以用来总结中国人心灵的各个方面”。在他看来，中国人的头脑与心灵，乃至中国人的逻辑都“常常与私人关系联系在一起，正如妇女的逻辑一样”。而

---

① 唐君毅：《中国文化之精神价值》，广西师范大学出版社2005年版，第264页。

中国的语言即汉语也“显示出明确的女性特征”[①]。这种观点虽然偏激，却并非全无道理。古老中国的艺术特质常常与东方女性的唯美气质最大程度地契合起来，仅以鲁迅生前所批判的中国古代戏曲中的男扮女装现象而言，就可以说是一种既令人心痛无比，又让人深深陶醉乃至流连忘返的唯美艺术。白先勇小说呈现出的这种“唯美中国”的梦幻特质，无疑也具有类似的既令人心痛又让人陶醉的独特魅力。它虽然指向过去，却超越了时间，具有永恒的审美意义；它以“中庸”“和谐”为价值追求，当然也在一定程度上淡化了雄性阳刚的冒险意识与开拓精神，与近代中国的积贫累弱难以撇清关系。但不论是作为祖先留下的精神文化遗产，还是我们心灵深处难以察觉的“文化心理积淀”，它都是构成当今“我们”的不可或缺的组成部分，成为我们代代相传的基因密码之一。而将此生动地揭示出来并加以传神般表现的艺术家，无论如何都是值得我们肃然起敬的。

---

① 林语堂：《中国人》，第90－91页。

X I A N B I A N

下 编

华文文学与华人文化现象

HUAWEN WENXUE YU HUAREN WENHUA XIANXIANG

第七章
台湾文学中的“民国南京”

现代史上的南京总令人想起现代史上的“民国”：辛亥革命爆发后，孙中山于1912年元旦在南京宣布就任中华民国临时大总统，南京遂成为新生“中华民国”的首都。但仅仅过了3个月，袁世凯在北京继任总统，南京的首都地位遂“夭折”；直到15年后的1928年，随着北伐战争的全面胜利，蒋介石才又重新将国都迁至南京。从1928年至1949年的20余年期间，无疑是中国内忧外患、战争风云密布和国共两党激烈纷争的时代，称得上中国历史上的“乱世”。然而那样的“乱世”却又是一个英雄辈出、自由奔放，大创造与大破坏、大危机与大变革并举的时代。当我们在“太平盛世”的今天重温那个“热血”和“战火”铸就的“民国”时代，与其说是在怀旧，不如说是在召唤一种离我们渐行渐远的理想精神，一种超越功利算计却关乎民族国家的“旧梦”抑或“新梦”。南京与这种充满青春朝气的理想，有着太多剪不断、理还乱的复杂纠结。

而在台湾作家那里，南京则是多重意味的“中华民国”象征。半个多世纪以来的台湾文人作家，一直怀有一种痛切而深厚的“南京情结”。——那里有着他们自己和父辈太多的记忆、梦想与回味。本文试图以吴浊流《亚细亚的孤儿》、白先勇的《台北人》和齐邦媛的《巨流河》为例，梳理和探讨三位作家笔下的南京体验和想象，并借此对他们共同拥有的“南京情结”做一初步探讨。

一、《亚细亚的孤儿》里的南京：匆匆过客的“家园之城”

吴浊流的《亚细亚的孤儿》创作于 1943 年至 1945 年期间，1946 年在日本初版。作为不可多得的台湾文学经典之一，小说以主人公胡太明的人生经历为主线，穿插了他在中国台湾、大陆及日本的不同见闻和体验，淋漓尽致地表现了殖民地台湾人民孤苦无依的悲苦情怀。整部作品一共分为五篇，其中第三篇详细描述了太明初到大陆后居住在南京的观感和体验。我们发现胡太明从上海“登陆”后，上海这座城市除了给他以光怪陆离的摩登印象外，并没有让他感到故国的特殊亲切感：“上海这个地方杂居着中国人、欧美人和日本人等各种民族”，形成的是“一个不协调的调和局面”。这里既有“口衔烟斗妄自尊大的西洋人”，也不乏“庸俗而略带小聪明的日本人”，更到处充斥着叫花子和“路边的病丐”，崇拜洋人的女人，和若无其事地挽着游客“消失在黑暗中”的“神女”①。

相对而言，作为首都的南京则宁静祥和了许多，且以其深厚的历史底蕴将太明深深吸引。可以看出作家本人对于南京怀有深厚而特殊的情愫，小说中不时出现的“上海路”“书院街”

① 吴浊流：《亚细亚的孤儿》，见《吴浊流代表作》，华夏出版社 1999 年版，第 92 页。

“太平路”“健康路”“中山东路”等城市街道名称，足以说明他对南京的城市交通该是多么熟悉；而“苛园”“明星大戏院”等，如今恐怕只有老南京人才能“心领神会”了。作家不仅让胡太明在南京的各大名胜古迹中时时“游走”，明孝陵、鼓楼、北极阁、鸡鸣寺等，都让他流连忘返、陶醉其中；还让他马不停蹄地穿行于南京城的大街小巷，深入到普通百姓的家庭内部，以“局外人”和“新来者”的眼光观察着南京市民的原生形态和生活情趣。无论是“紫金山巅的月亮”还是玄武湖畔的秋高气爽，都让他充分领略到大自然的美景，“比起台湾常见的那些丛山峻岭”，紫金山“的确巍峨得多了”，“这种山岳，只有在大陆上才能看得到的”[①]。而胭脂井附近的台城古迹，则引发了他的无限感慨，像中国传统文人一样为之洒一掬同情泪。他时而与自己“梦寐难忘、深铭肺腑”的女子淑春一起泛舟玄武湖，渡过秦淮河，在五洲公园花前月下、卿卿我我，“在那黄沙弥漫的石霸街”携手散步；时而与友人到“景阳楼”品茗，纵谈国家大事；或者独自一人来到“福昌饭店六楼的一家咖啡室”小坐，将夫子庙的街景“尽收眼底”[②]。总之，吴浊流笔下的南京具有一种天然而熟悉的“家常感”。作家既让胡太明像一个从容的游客那样，在对这座城市的“深度游”中细细品味她那独特的文化历史魅力，同时着意表现了太明像一名普通市民一样，融入南京日常生活的渴望。可以看出，他的确是想以此为“家”的：他在南京不仅收获了真诚而丰富的友谊，还斩获了爱情与婚姻，组建了自己的小家庭；一度找到了

① 吴浊流：《亚细亚的孤儿》，见《吴浊流代表作》，第90页。

② 吴浊流：《亚细亚的孤儿》，见《吴浊流代表作》，第124页。

适合自己的工作——任教于一所"模范女子中学"。"当春风开始吹拂的时候，他跟学校和学生都已经混得很熟了。"①

太明与淑春两人相爱一个多月后便宣告结婚，"在太平路附近筑了新居"。婚后的太明一度沉浸在"幸福的满足"中，"宛如置身于温泉中"不能自拔②。虽然小说中的胡太明与几位女性都先后发生了情感纠葛：早在家乡的乡间公学校任教员时，他就既感受到故乡女子瑞娥的朦胧爱意，却又被时尚性感的日本女孩久子所"迷惑"，并因向久子表白爱意遭到拒绝而自感被深深"伤害"；到日本东京留学时又属意于房东女儿鹤子，终因与久子"恋爱失败的教训"而不敢再作"进一步的发展"。但与他面对日本女性的胆怯和自卑态度形成鲜明对照，也与他对家乡女子瑞娥的"不屑一顾"迥然有别，他对淑春这类"所谓典型的苏州美女"却既爱慕又能平等交往，并满怀自信地"该出手时即出手"，一改其在中国台湾和日本女性前的自卑或"自负"。

笔者甚至认为，只有当胡太明来到南京，在南京生活的这段时间，他才真正找回了自我，也找到（当然也切实享受到）了渴盼已久的爱情，找到了心目中的"家"。细读小说中涉及南京的这一部分文字，其行文风格也比其他几章显得从容平静。胡太明只有在身处南京之时，才真正从心底发出了"人生的幸福就是健康，以及和志趣相投的可爱女性过着和平的生活"③一类感喟。小说中描写道，他也像南京人那样穿起了传

---

① 吴浊流：《亚细亚的孤儿》，见《吴浊流代表作》，第101页。
② 吴浊流：《亚细亚的孤儿》，见《吴浊流代表作》，第113页
③ 吴浊流：《亚细亚的孤儿》，见《吴浊流代表作》，第103页。

统中国人的长袍，感觉“精神似乎也有些不同了”，在街上行走的时候，也不再有人像以前那样盯着他看，“使他觉得自己已变成和他们同样的伙伴”①。可以想见，如果没有后来的时局动荡等原因，胡太明是做好了在南京“安家落户”的长期计划和期待的，他是要以此作为自己的“归宿”的。

但幸福的美梦总不能长久，婚后不久胡太明就感觉到了“淑春的转变”。两人最先发生的争执，是由妻子“在金陵大学毕业以后”何去何从的问题而起。太明希望淑春“以主妇的身份”专心料理家务，而淑春作为一名接受过新式教育的现代女性，却坚决主张“到社会上去谋生”，甚至明确向太明申明：“我是不愿意受家庭束缚的，结婚并不是什么契约，我不能因婚姻而失去自由啊！”② 以今天的眼光审之，很难认定淑春这些“偏激的意见”有什么过错，她对丈夫将自己视为“订立长期契约的娼妇”的指责，也并非全无道理。其实太明本人也感觉到自己“已经算是旧时代的人物”了，脑子里装的还是“封建思想”，可惜他缺乏必要的自我反省和批判，因而丧失了自我改进的能力。更重要的是，身为丈夫的太明对妻子缺乏包容、理解和信任，相反却时时被狭隘的嫉妒心理控制。妻子在自家与人打麻将，因为“不愿打牌”而躲到卧室里“去睡了”的太明却“怎么也睡不着”，耳朵里充斥着的是“不知自爱的妻那种令人心惊肉跳的放荡的笑声”。这里的“心惊肉跳”“放荡”等词语，从另一角度不恰恰折射出太明的“神经过敏”？妻子带他去舞厅跳舞，太明却无法容忍“自己妻子那妖冶的胴体，

① 吴浊流：《亚细亚的孤儿》，见《吴浊流代表作》，第96页。

② 吴浊流：《亚细亚的孤儿》，见《吴浊流代表作》，第113页。

在每个男人的怀抱中，依旧交换着和他们共舞！”[1] 凡此种种，足以折射出太明高度自我中心的大男子主义倾向，这也是夫妻两人之间的感情裂痕越来越大的主要原因。两人“婚姻悲剧”的发生，与其说责任在身为妻子的淑春一方，不如说更多地在丈夫胡太明这里。先是因为胡太明被淑春的美貌所征服而“神魂颠倒”，过于草率地与之结合；后又因太明婚后发现与自己先前的“爱情理想”不完全一致，而瞻前顾后、左顾右盼，对妻子心生怨愤和厌弃之心，致使两人离心离德，最后到了婚姻崩溃的边缘。

今天的一些台湾本土论和“台独”论者反复强调胡太明是这场婚姻的“受害者”，甚至从胡太明的“失败婚姻”中大肆发挥台湾人与大陆人之前的“隔阂”，显然有失偏颇和扭曲。笔者以为与其从“省籍”“族群”或“国族”角度对之断章取义，倒不如借鉴男权主义抑或女性主义视角稍加审视：胡太明作为一名（台湾）小知识分子对淑春的“始乱终弃”，充分暴露了他那软弱自私、优柔寡断的性格缺陷。至于太明在中日战争全面爆发的前夜，由于自己的台湾人身份而被国民党警察以“间谍”嫌疑秘密软禁，可视为大陆对台湾同胞的怀疑和不信任，从而对太明这类满怀报国热情而投奔到祖国大陆的台湾志士们劈面浇了一盆冷水。但倘若对大敌当前的特殊战争环境稍稍了解，不难发现其中也有不少“情有可原”或“不得已而为之”的苦衷。在《幽禁》等章节中，作家既渲染了胡太明被国民党特务监禁时那“阴森恐怖的气息”，也突出了负责审讯他

---

① 吴浊流：《亚细亚的孤儿》，见《吴浊流代表作》，第117页。

的那位“高级特勤科长”的“绅士风度”，太明向他倾诉了自己“对于中国建设的真情”，科长则被太明的拳拳爱国之心而感动，并且相信太明不是日本间谍，“但是我无权释放你，这是政府的命令，我是不得不扣留你的”[①]。人生有时终究逃不过理与法、法与情之间的冲突。胡太明最终在女学生素珠的冒险帮助下成功“越狱”，则为小说平添了不少浪漫传奇的色彩。他与素珠之间的诗书暗语和传情，足以令人回味无穷。胡太明此时的被囚禁，与后来被日本殖民当局强征“入伍”及皇民化高压时期的精神崩溃是有天壤之别的。只是他的这次“入狱”经验彻底阻断了太明长做南京人的梦想，他原本是要以此为家的，却终究只是这座古老都市的一名匆匆过客。

然而作家以胡太明的视角，对于淑春这类生活于南京的新潮“进步女性”的审视，也不能说全无道理。我们发现淑春一方面真诚而热切地追逐着社会上的一切新思想和新观念，头头是道地谈论着“新生活运动”“男女平等”“妇女解放”等时髦口号，另一方面对于“新生活”的理解其实是相当狭隘和浅薄的：除了打牌、跳舞等新旧享乐方式之外，就是走上街头组织群众运动。而她生完孩子、恢复体力后，便把孩子交给女佣看管，甚至连报纸掉在地上都懒得捡起，家务完全依赖女佣的服侍，完全是一派旧式贵族小姐的派头；她最热衷的乃是在群众游行中抛头露面，高呼“打倒日本帝国主义”“抗战救国”一类口号，或者发表即兴演说。在太明看来，妻子的演说“除了带着强烈的煽动性以外，丝毫没有什么内容，那仅是由许多武

① 吴浊流：《亚细亚的孤儿》，见《吴浊流代表作》，第119页。

装的词句堆砌而成的‘感情论’而已”。然而这些貌似慷慨激昂的口号与煽动性话语，却大受群众的欢迎。太明诧异于像妻子这类“不仅毫无军事常识，就连自己国家的军备情形也一无所知”的浅薄女性，居然也能“高唱主战论”。为此深感忧虑的他甚至想到“历史上的那些欺诈行为，实在是由于大多数民众太愚蠢所致”[①]。与之迥异的则是一些“看准形势”的高层官员极力散布失败主义和投机情绪：“中国迟早逃不出灭亡的厄运，既然迟早要灭亡，为什么不趁未灭亡以前，彼此多做几笔生意呢?”[②] 持投机主义态度的官员如此，“识时务”的普通人同样如此，“为了将来的饭碗问题，不如趁早学一些日语”，已成为不少南京人的“共识”。于是大敌当前的南京城内，竟然涌现出前所未有的“日语热”，其中既有为了抗日斗争的需要而对日语的强化学习，也不乏暗暗做好充当“顺民”准备的人们加紧了学习日语的步伐。——被怀疑为“日本间谍”、实际不过是“守旧者”和“过客”的台湾人胡太明，对抗战前夕南京城内种种乱象的观察，或许只是吴浊流的“小说家言”，然而直到今天依然不无警醒意义。

二、《台北人》中的南京：失落了荣华旧梦的“天堂国都”

笔者曾在文章中提到，白先勇笔下的那群“台北人”，其实是被迫从大陆流离到台北的一群“台北客”。他们昔日在中国大陆一个个享受着无与伦比的青春和浪漫、荣耀与奢华，但沦落到台湾这座“孤岛”之后，却一个比一个穷困潦倒，甚至

① 吴浊流：《亚细亚的孤儿》，见《吴浊流代表作》，第125页。
② 吴浊流：《亚细亚的孤儿》，见《吴浊流代表作》，第129页。

陷入穷途末路的可悲境地。而无论是他们朝思暮想的亲人和恋人，还是热血澎湃的理想与追求，乃至整个人生的存在价值和意义，都统统留（准确地说是“埋葬”）在了海峡对岸的祖国大陆[①]。他们暂时“寄居”在台北这座完全格格不入，也不属于他们的城市，不过徒具生命的空壳而已。——或者凭借对当年在祖国大陆荣华生活的回味和缅怀而聊度余生；或者怀抱一丝重返故园、亲人团聚的幻想，勉强支撑着自己伤痕累累的心灵。而当这幻想的泡沫彻底破灭之日，也就是他们精神崩溃、生命终结之时。

《台北人》中大大小小的人物虽然分别来自祖国大陆的不同地区和省份，但作者提及最多的却是南京、上海和桂林这三座城市。对它们的描述和回想，也典型地体现出作家白先勇的故国情思和家国情怀。桂林是白先勇的故乡，他在这里度过了生命最初的七年；1945 年抗战胜利后，白先勇曾随父母到南京短期居住，不久又定居上海（1946—1948）。而相对于上海这座最能直观地折射出现代中国社会动荡变迁的摩登都市，作为古老都城的南京与当时国民政府抗战胜利后凯旋“还都”的欢乐气氛融为一体，对于仅仅 9 岁的白先勇而言，更像是难忘的“惊鸿一瞥”。纵览《台北人》中的 14 篇小说，涉及南京或以南京为叙事背景的作品，至少有《一把青》《思旧赋》《秋思》《游园惊梦》《国葬》等。在白先勇这里，南京是一座梦幻之城、天堂之城，也是一座历史之城、记忆之城，是永远的心灵家园，是一座美轮美奂却再也“回不去”的仙境般的“国

① 沈庆利：《溯梦“唯美中国”》，《中国现代文学研究丛刊》2013 年第 9 期。

都”。

小说《一把青》开篇，便是“抗日胜利，还都南京”那一年，叙述者“我”作为一名“中下级空军”的眷属，从闭塞偏僻的四川“骤然回返那六朝金粉的京都”，“到处的古迹，到处的繁华，一派帝王气象，把我们的眼睛都看花了”[①]。抗战胜利后的南京呈现出一派朝气蓬勃、欣欣向荣的繁华气象。作为这座都市“时尚”标志之一的，便是那些偶尔出现在城市街头的英姿勃发的飞行员。他们既是让人仰慕的战功赫赫的国家英雄，又是令人侧目的时尚前卫的新潮一代。他们常常身穿“美式凡立丁空军制服”，手上挽着一个打扮入时、花枝招展的年轻姑娘在城市街头“摇曳而过”，为这座城市平添了不少靓丽的风景。经历了艰苦卓绝的14年抗战，这些战斗英雄们可谓苦尽甘来，到了该享受胜利果实和爱情滋味的时候了。小说女主人公朱青便是在这样难得的时代际遇中，结识了年轻有为的飞行员郭轸，两人一见钟情，不可救药地坠入爱河并结为眷属。可惜不久国共内战爆发，郭轸所在的飞行大队被派往前线，不幸在“民国三十七年的冬天”机毁人亡。郭轸的死亡彻底改变了朱青的人生轨迹，让她“脱胎换骨”并失去了心灵的寄托。小说通过“南京时期”和“台北时期”两个截然不同的时空，刻意营造了性格对照鲜明的两个朱青形象：一个是发育尚未完全的少女，羞怯青涩的同时也透露着青春可爱的纯情；一个是成熟妖娆、“爱吃童子鸡”的风骚女人，在听天由命、随遇而安、处变不惊的同时，也沦落为麻木不仁、放纵肉体享

① 白先勇：《一把青》，见白先勇小说集《台北人》，第17页。

乐的行尸走肉。从“南京”到“台北”的时空转换，俨然成为从精神到肉体、从“天堂”到“炼狱（或者说地狱）”的跌落。其中最“触目”的对比，便是朱青同样在得知丈夫或恋人死亡噩耗时截然不同的反应。南京时期的她听到郭轸飞机失事的消息，第一反应便是无法接受这一事实，“她抱了郭轸一套制服，往村外跑去，一边跑一边嚎哭，口口声声要去找郭轸。有人拦她，她便乱踢乱打，刚跑出村口，便一头撞在一根铁电线杆上，额头上碰了一个大洞”[①]；但多年后在台北面对恋人小顾的死亡，朱青却是出奇的平静。从当年的痛不欲生到此时的轻描淡写、“处变不惊”，朱青的“身心剧变”不知是让人欣慰还是令人寒心？

如果说朱青在纸醉金迷的生活中麻木了肉体和神经而“乐不思蜀”，她与《永远的尹雪艳》中“总也不老”的尹雪艳一样，都给人一种“商女不知亡国恨，隔江犹唱后庭花”的沉痛感，那么呈现于《思旧赋》《秋思》等作品中的台北与南京之间的“今昔对比”，则刻意地将个人命运的失意凄凉与“国破家亡”的悲哀融汇交织，彼此映照，进一步加深了作品的悲剧苍凉意味。《思旧赋》中曾经戎马生涯、显赫一时的“李长官”，晚景却不胜凄凉，李家大小和仆人们“死的死，散的散”——妻子逝去，儿子痴呆，女儿与人私奔，仆人们则四散而去。曾经轰轰烈烈的美好时光，如今却只能存活于记忆和回味中。那座位于台北“南京东路一百二十巷”的李公馆，简直就是家族衰颓和破败的活标本：作为“整条巷子中唯一的旧

① 白先勇：《一把青》，见白先勇小说集《台北人》，第 26 页。

屋”，与周围“新式的灰色公寓水泥高楼”相比，实在有些触目。李宅破烂的房屋顶上那一片片残缺的瓦片，那一撮撮从屋檐缝隙中长出的野草，以及大门上“锈黑的铁座子”，无不在诉说着房屋主人的落寞和失意。两位老女仆——罗伯娘和顺恩嫂在这座几近废墟的园子里的闲话对谈，则很容易使我们想起“白发宫女在，闲坐说玄宗”的古人诗句。只是她们谈论的不是传说中的“玄宗”，而是昔日的南京：

> “二姊，你还记得我们南京清凉山那间公馆，花园里不是有许多牡丹花吗？”
>
> “有什么记不得的？”罗伯娘哼了一下，挥了挥手里的抹布，“红的、紫的——开得一园子！从前哪年春天，我们夫人不要在园子里摆酒请客，赏牡丹花哪？”①

当年“南京清凉山那间公馆”的春意盎然、万紫千红，与今日台北城内这座李宅的杂草丛生、人丁凋敝，自然是“今非昔比”。从南京到台北，失去的不仅是荣耀与光华，还包括了青春与活力、梦想和希望。而牡丹、芍药、菊花一类鲜花意象的运用，足可见出白先勇非常善于通过它们切入古老中国的审美传统，与古人一再抒发的容颜易老、青春易逝，烈火油烹之荣华富贵转眼便成空的凄凉人生况味交相辉映。

同样在《秋思》中，华夫人身处台北的自家花园，嗅着眼前“一捧雪”菊花的芳香，脑海里浮现的却是抗战胜利后与丈

① 白先勇：《思旧赋》，见白先勇小说集《台北人》，第84页。

夫在南京久别重逢、“班师回朝”时的盛大景象：那年秋天，“日本鬼打跑了，阳澄湖的螃蟹也肥了，南京城的菊花也开得分外茂盛起来”，一身戎装、英姿勃勃的丈夫“带着他的军队，开进南京城”，那是何等的意气风发！她更忘不了当年与丈夫手挽手走进南京住宅那座开满菊花的花园，“满园子里那百多株盛开的‘一捧雪’，都在他身后招翻得像一顷白浪奔腾的雪海一般”[①]。而同样是“一捧雪”这样的菊花名种，台北住宅里的菊花却已有不少腐烂死去，散发着死亡的腥臭气息；南京花园里的菊花则永远灿烂辉煌，因为它们始终与青春、光荣和梦想相连——只存在于记忆和怀念中。

将“南京”与“台北”的“天壤之别”演绎得最为淋漓尽致的，当然非《游园惊梦》莫属。这篇小说不像《一把青》那样，将女主人公的人生分为“南京”与“台北”两个截然不同的时空，但作家笔下的这群贵妇人身处台北却依旧沉浸在过去的“南京时代”。她们魂牵梦绕的，始终是以“南京”为中心的故国、故园和故乡里的亲人与恋人。“南京”不仅是贯穿小说首尾的一个中心意象，而且整篇《游园惊梦》都可以说笼罩在南京的“阴影”之下。他们在台北的生活充其量只是徒具其“形”，“南京时期”的青春年华和荣华富贵才是其“神”。在今日落寞怀旧的“钱夫人”与当年“风头正盛”的“蓝田玉”之间，在“窦夫人”与“桂枝香”之间，在眼前殷勤劝酒的“程参谋”与当年让蓝田玉“只活过那一次”的“郑参谋”之间，是一种典型的“形”与“神”、“空壳”与“内核”、衬托与

① 白先勇：《秋思》，见白先勇小说集《台北人》第141页。

“被衬托”的截然分野。离开了“南京”及其背后的文化历史传统和艺术渊源，当然就无法准确把握这篇小说的真正内涵。

小说一开始，女主人公钱夫人坐计程车应邀来到窦公馆。当接待她的老侍从刘副官讲着一口“苏北口音”与其叙旧之时，钱夫人便立刻想起：“对了，那时在南京到你们大悲巷公馆见过你的。”① 这一两句短短的问候之语，已为勾起钱夫人对南京往事的回忆做了铺垫。紧接着，钱夫人的着装再次涉及“南京”。时隔多年后的她依然穿着那件“墨绿杭绸的旗袍”，她念念不忘的是“这杭绸还是从南京带出来的呢”，虽然已经陈旧得“发乌”，但她总舍不得在台北当地买件新的将其换掉，因为“台湾的衣料粗糙，光泽扎眼，哪里及得上大陆货那么细致，那么柔熟?”② 在突出强调钱夫人对“台湾衣料”的“偏见”之余，刻意表现的是她内心深处不可抑止的对“南京往事”的怀旧。而钱夫人与宴请他们的窦公馆女主人公窦夫人刚一见面，就从窦夫人“果然还没有老”的相貌容颜中，联想起“临离开南京那年，自己明明还在梅园新村的公馆替桂枝香请过三十岁的生日酒”③ 一类旧事。之后，钱夫人及其周围人们的一言一行、一举一动都与“南京”息息相关。钱夫人的丈夫钱鹏志是因为在“南京夫子庙得月台”听了她的《游园惊梦》，才将她收为“填房夫人”的。遥想当年在南京，谁人不知“梅园新村的钱夫人”?“南京那些夫人太太们，能攒过她辈分的，

---

① 白先勇：《游园惊梦》，见白先勇小说集《台北人》，第 150 页。
② 白先勇：《游园惊梦》，见白先勇小说集《台北人》，第 152 页。
③ 白先勇：《游园惊梦》，见白先勇小说集《台北人》，第 154 页。

还数不出几个来。”[1] 而作为“昆曲梅派正宗传人”的她，想当年又是怎样的艺压群芳，独占鳌头！只是当年的“蓝田玉”如今已是美人迟暮，荣华不再。时光匆匆、星转斗移之间，一切都成了过眼烟云。作为落寞贵妇的钱夫人，甚至对那些“个个旗袍的下摆都缩得差不多到膝盖上去”的旗袍款式都看不“入眼”，并勾起她对昔日“南京”的留恋与怀念：“在南京那时，哪个夫人的旗袍不是长得快拖到脚面上来了？”[2]

在“台北”与“南京”之间，呈现出的是无所不在的“今不如昔”。昔日的南京埋葬了钱夫人这类贵妇所有的光荣与梦想、所有的美好青春与恋情，今日的钱夫人早已“失魂落魄”，这岂不是她再也无法像在南京得月台的时候那样，以吴音软语演唱昆曲《游园惊梦》的真正原因？

永远的南京！永远的天堂！历史上的南京既孕育了中国文人心中最诗意也最惬意的生活方式，也因经历了太多的兴亡更替而成为人们抚今追古、感慨万千的对象。南京及其背后的吴越文化地域，曾一度兴起最辉煌灿烂、典雅瑰丽又从容淡定的东方文明，也曾造就中国历史上最优美雅致的贵族文化传统和审美艺术形式。但这种充满诗意的贵族文化传统，因为常常与女性化的阴柔难以切割，所以在历史上她面对一次又一次北方“莽汉”和“蛮夫”们的野蛮强暴和征服，始终难以“保全其身”。然而在遭受一次又一次的“屠城”和“屠杀”之后，南京依旧巍然挺立。她既是一座荣耀之城，也是一座伤心之城；既是一座苦难之城，也是一座坚韧之城、“幸福之城”。她在一

① 白先勇：《游园惊梦》，见白先勇小说集《台北人》，第161页。
② 白先勇：《游园惊梦》，见白先勇小说集《台北人》，第158页。

代代文人们的惬意舒适或忧伤感喟中，在"流水落花春去也"的喟叹与"潮打空城寂寞回"的凄凉唱和中，建构起中国文化和文学最为深厚悠久的诗意与唯美精神。白先勇的《游园惊梦》便是将这一兴亡感喟、怅惋人生的艺术传统，借助于西方意识流等现代派手法发挥到极致的代表性作品之一。

戏如人生，人生如梦！"南京"便是这样一个意味深长的"失落之梦"。失落的南京，失去的天堂！而当"家亡"与"国破"融为一体，世事无常与"黍离之悲"彼此交融的时候，这种感伤美学往往体现出一个中国文艺的最高境界。从《游园惊梦》中的钱夫人到《秋思》里的华夫人，她们心中年轻英俊的"白马王子"都与"南京"融汇在一起。钱夫人心中的"白马王子"，不仅"马是白的"，"路也是白的"，而且"到中山陵的那条路上两旁种满了白桦树"①。还有《国葬》中的老义仆秦义方，在参加"李故将军一级上将浩然"的葬礼时，眼前浮现的也是"抗战胜利，还都南京那一年"，李长官到南京紫金山中山陵谒陵的景象。——无论如何，"南京"都是心之所羁、魂之所系的所在。然而，如同曾经的荣华早已不在，曾经的"南京"，他们同样再也"回不去"了。

三、《巨流河》里的南京：青春永驻的"精神之城"

不同于吴浊流的《亚细亚的孤儿》和白先勇的《台北人》，齐邦媛的《巨流河》是一部个人回忆性质的长篇纪实文学。该书于 2009 年由台北天下文化出版公司出版发行，2011 年北京

---

① 白先勇：《游园惊梦》，见白先勇小说集《台北人》，第 171 页。

三联书店出版了简体本，并在海峡两岸产生了不小的反响。如同以虚构为标志的小说往往能更为深刻地揭示出社会历史的真实一面，以“纪实”或“写实”为旗帜的“记忆文学”，也难免会融入虚构想象的成分。而正因为有了这些真真假假、虚虚实实地交织在一起的“记忆”抑或想象，原本苦难深重“不堪回首”的历史，由此变得更加有滋有味、生动活泼、多姿多彩起来。齐邦媛在《巨流河》中反复抒写的那个令她刻骨铭心、无法忘怀的“南京”，是与父亲及永远的精神家园、初恋情人和令人神伤的少年情怀不可分割的。南京留下了她最难忘的童年记忆和爱情传奇，同时也埋藏着她最引以为憾的青春梦想。

《巨流河》中首次提到南京，是1930年初“我”随着母亲、哥哥和姥爷从沈阳坐火车经过三天两夜的长途跋涉，辗转北京等城市，最终抵达当时的“中华民国”首都南京，与久别的父亲团聚。火车在“浓郁的白色蒸汽里”驶进南京下关火车站，透过雾气他们看到站在月台上等候着的父亲，乃是一位“英俊自信、双眼有神的陌生男人”，他那笔挺的身子和刚毅的神情，近乎完美地体现了少女齐邦媛心中的“理想父亲”形象。与之相比，父亲要迎接的那位他“十九岁时被迫迎娶的妻子”，以及妻子身边“两个穿崭新棉袍的乡下孩子”，却显得“土气”并拘谨。他们以胆怯和迟疑不安的目光，打量着眼前这个陌生的男人，怀着前途未卜的忧虑注视着父亲背后那座巨大而现代的“南方大城”。置身于这座大城的茫茫人海，陌生的父亲无疑成了唯一的依靠和“孤注一掷”般的寄托。但也恰恰是父亲使他们拥有了一个温暖幸福的家，使得南京成为作者心目中“最接近故乡的地方”[①]。

父亲没有辜负他们的寄望，他既高大伟岸又温和平易，既威严正直又体贴入微。对于从“东北乡下”投奔自己的妻儿，他没有任何的嫌弃。父亲像坚石一样的存在给了一家大小难得的幸福感。——听着隔壁父亲温和沉稳地对母亲“轻声细语”的说话声，年幼却已早早懂事的“我”便能安然入睡[②]。父亲对于子女更是教导有方并以身作则。他乘车在工作途中看到脚踩进泥泞不能自拔的女儿，“他叫司机出来把我的鞋从泥里拔出来给我穿上”，却不让孩子搭坐自己的公务车去上学；甚至连带有“机关头衔”的公务信纸，他也绝不让子女私用：“一则须知公私分明，再则小孩子不可以养成炫耀的心理。”[③] 父亲还告诫年幼的邦媛绝不可撒谎。父亲的教诲令“我”终身受益，“使我一生很少说谎”，“即使要跟人家说一点善意的谎话，都很有罪过感”[④]。

齐邦媛笔下的父亲富含学养，满怀识见，更敢作敢为，勇于担当[⑤]。无论是年轻时的他先后赴日本东京和德国柏林求学，在异国他乡寻求救国救民之良药；还是学成回国后戎戈铁马，驰骋于北中国的苍茫大地；乃至在民族危亡之际挺身而出，“夹着脑袋”深入东北沦陷区，秘密联络抗日志士，无不显示出他为了国家民族而勇于赴汤蹈火的大无畏英雄气概。尤其值得称道的是，父亲不仅有着钢铁一样的意志，他不畏权势、仗

① 齐邦媛：《巨流河》，北京三联书店 2011 年版，第 158 页。
② 齐邦媛：《巨流河》，第 13 页。
③ 齐邦媛：《巨流河》，第 13 页。
④ 齐邦媛：《巨流河》，第 14 页。
⑤ 齐邦媛：《巨流河》，第 14 页。

义执言、敢于“犯上”，还具有非同寻常的远见卓识。早在德国留学时期，他通过博览群书和比较中西近代历史而觉悟到“只有真正的知识和合理的教育才能够潜移默化拯救积弱的中国，而不是激动热情的群众运动。不择手段只达目的的革命所遗留下的社会，文化问题需要更多的理性解决，才能弥补”[①]。基于这样的识见，他在风雨飘摇的国难当头之际更加痛切地认识到教育的重要性。经多方筹措，于1934年在北平报国寺创办了“国立中山中学”，两年后（1936）因局势动荡而搬迁至南京郊外的板桥镇，全面抗战爆发后又随国民政府离散到四川、广西等地，颠沛流离却始终“弦歌未绝”，不仅接济和培养了大批从东北流亡到内地的贫家子弟，也为当时的抗战培养了不少英雄义士。而这一切都离不开父亲的不懈努力。女儿眼中的父亲已近乎一个不朽的英雄，一个永恒的传奇。父亲的一生当然并非一帆风顺，他有过振臂一呼、铤而走险的激流勇进，也有过孤注一掷起兵失败后亡命天涯的悲怆，但历经动荡和危亡变局，父亲依旧像一座小山巍然挺立，成为支撑起家国大业的中流砥柱。只要“父亲”在，女儿的“家国”就在，心灵的依靠也在，心中的理想乃至信仰就不会消失。这是“女儿”齐邦媛的幸运，也是那一代文人知识分子的幸运。当年父亲齐世英参与筹划的郭松龄针对张作霖的倒戈兵变，对于“改变东北命运”所起的作用，史家自会有不同的看法，然而一群年轻人的热血澎湃抑或头脑发热，“图谋大计”的个人雄心和“救国救民”的一片热心（当然也可以说成一种自我想象）之

① 齐邦媛：《巨流河》，第15页。

间的错综交织，却是不争的事实。

齐邦媛刻意塑造的"父亲"的高大形象，不仅颠覆了1949年后大陆读者心中长期固定的卑劣猥琐的"国民党反动派"的刻板印象，也与民国时期招致民怨沸腾的贪污腐败的国民党高官，以及台湾乡土作家笔下的那些趾高气扬、专横跋扈、招摇撞骗的国民党"接收大员"们迥然有别。不过也许更值得追问的是：历史为什么没有按照齐世英这类知识分子愿景中的方向前进？或者像齐邦媛父亲那样清廉且有远见的国民党高官，为什么终究只能"无力回天"，抱恨一生？

"南京"既然与"父亲"融为一体，也就自然而然地隐喻了新生和希望，代表了"蒸蒸日上的新中国"。因而齐邦媛笔下的南京几乎囊括了一切美好的事物，南京的一切也都充满了"新气象"。连他们家当年租住的"新房子"对面的高大槐树，一到初夏便盛开的那一串串"淡黄色的香花"，也成了她"终生的最爱"；每天早上他们去"鼓楼小学"上学沿着走的新修的"江南铁路铁轨"，也给她以新奇或焕然一新的美好印象①。更让作者记忆深刻的，是南京中央政府倡导的"新生活运动"和"全民建设新中国"的号召。当时的南京大街小巷到处贴满了"不许吐痰""振作图强"的"新生活运动标语"，身为南京小学生的作者还曾积极响应政府的号召，张贴过这些标语，见证了南京城的"旧貌换新颜"。齐邦媛关于南京的童年记忆，当然不乏苦难和不幸。1934年，她患了严重的肺病，一度生命垂危。在医生的建议下她被送到一家德国人开设的"北平西

① 齐邦媛：《巨流河》，第28页。

山疗养院”。她在那里目睹了许多病友的死亡，感受到前所未有的孤独和痛苦。——肺病当时作为不治之症带给人的身心痛苦，可以从鲁迅、白先勇等人那里略见一斑。在小小的邦媛的记忆中，每当有病友逝去就会有工人在其病房撒上石灰，因而她称之为“撒石灰的童年”[①]。但这“撒石灰的童年”也是与南京无关的，或者因为远离父母、远离南京，至少被作者有意无意地与记忆中的“南京”实施了切割。

作者笔下的南京简直可以说是新生的“中华民国”的一个肉身原型：

> 一九二八到一九三七年以南京为首都的中国充满了希望，到处都在推动新建设。那段时期，近代史上有人称为“黄金十年”，日本有正式记录提到，军方主张早日发动战争，不能再等了。因为假如现在不打中国，待她国势强盛起来，就不能打了[②]。

不能否认当时“以南京为首都的中国”的确生机盎然，但“到处都在推动新建设”的与其说是全中国，不如说仅仅限于南京等中心城市。而当年南京中央政府积极倡导和大力主张的“全民建设新中国”，不知是否尽数囊括了西北荒野地区那些饥寒交迫的人们？或者虽在理论上包含却在实践中难以顾及？总之，地域和地区发展的不均衡，无疑是当时的民国政府难以破解的困境之一。尤其是东南沿海地区的富庶繁华与西北地区的

① 齐邦媛：《巨流河》，第28页。
② 齐邦媛：《巨流河》，第29页。

破败萧条，南京等少数大城市的“蒸蒸日上”与广大农村地区的困顿停滞形成的反差简直太过强烈。

南京之所以让齐邦媛如此魂牵梦萦，还因为那里埋葬着她的初恋情人，她心目中的青春偶像张大非。根据作者记述，张大非的父亲因为在担任伪“满洲国”的沈阳县警察局长期间，接济地下抗日人士而“被日本人在广场上浇油漆烧死”，一家八口四散逃亡。他从东北辗转流离到内地，看到报国寺旁“庙门上贴着‘国立中山中学’招收东北流亡学生的布告”，经过考试选拔后被录取，“食宿一切公费，从此有了安身之所”①。对于张大非等孤苦无依的“流浪儿”而言，父亲创办并任校长的中山中学，绝不仅仅是一个暂时的栖身之地，而已凝聚为一个“血泪相连”的大家庭。一个个像张大非这样无家可归的少年，在这里得到了世间少有的关爱、同情和尊重，并成长为报国杀敌的战斗英雄。张大非的不幸身世和经历也深深拨动了身为校长千金的“我”的特殊心弦：“我永远记得那个寒冷的晚上，我看到他用一个十八岁男子的自尊忍住号啕，在我家温暖的火炉前，叙述家破人亡的故事——和几年前有个小男孩告诉我他爸爸的头挂在城门上一样悲惨。”② 不过仅仅只有怜悯和同情，并不足以赢得邦媛这类（知识）少女的芳心；吸引“我”的也不单是张大非那特有的“忧郁温和的笑容”，以及在落寞中的“和平”与“宁静”，最主要的是他将上帝的福音带到了“我”身边。原来张大非在流亡期间曾被一所教会学校收留，在那里他可以“尽情求告一个父亲的保护和爱”，于是一无所

① 齐邦媛：《巨流河》，第 39 页。
② 齐邦媛：《巨流河》，第 39 页。

有的他信奉了基督教。浸润于基督教的文化海洋，他那无依无靠的心灵才渐渐获得了安详和宁静，并孕育出一种坚毅勇敢的精神品格。“有一次，他带来他自己的那本小小的、镶了金边的《圣经》给妈妈和我看，说这是离家后唯一的依靠。”[①] 从此，那本小小的《圣经》连同张大非这个人，便对我产生了特殊的吸引力。

尽管涉及张大非的文字在书中并未占很多篇幅，但我们依然可以发现张大非与“父亲”一样，是贯穿整部《巨流河》的灵魂人物之一。张大非不仅与“父亲”相关——父亲创办的学校收留并培养了他，他也将爱与温暖回报给了他们，更与伟大的“天父”相连。我们发现张大非在每个最迫切需要的关键时刻，都能及时出现在邦媛的身边：南京板桥时期，有一次“我”跟随“哥哥和七八个同学”去牛首山郊游，却被远远地落在了后面。正当她“在半山抱着一块小岩顶”而“在寒风与恐惧中开始哭泣”时，蓦然回首，却看到“张大非在山的隘口回头看我”，那流淌于眼中的同情与关怀，令12岁的邦媛从此终生难忘，“数十年间，我在世界各地旅行，每看到那些平易近人的小山，总记得他在山风里由隘口回头看我”[②]；南京陷落后，邦媛一家逃离到汉口，母亲却在旅途颠簸中得了急性肠炎而一度生命垂危，“我”一个人正站在母亲病房门口而手足无措之时，张大非及时赶到，跪到床前“俯首祈祷”。在亲人的呼唤、医生的救治和上帝的佑护之下，母亲奇迹般地转危为安。而张大非也在来去匆匆之间，交给“我”一只小包，里面

① 齐邦媛：《巨流河》，第40页。
② 齐邦媛：《巨流河》，第40页。

包着一本“和他自己那本一模一样的《圣经》，全新的皮面，页侧烫金”[①]。这本齐邦媛珍藏一生的宝书，引导并决定了她一生的信仰。张大非由此成为“我”与上帝之间的使者。

作者还通过张大非的两次自我更名，勾勒了他那非同寻常的传奇般的人生经历：国破家亡后他将父母给自己取的喻意“吉祥”的名字张乃昌，改为“张大非”；为了参加空军，又将“大非”改名为“大飞”。1945 年抗战胜利前夕，他不幸以身殉国，如一道划过夜空的闪电，照亮了少女齐邦媛的灵魂。“张大飞（非）的一生，在我心中，如同一朵昙花，在最黑暗的夜里绽放，迅速阖上，落地。那般灿烂洁净，那般无以言说的高贵。”[②] 在作者笔下，这一人物几乎集合了“初恋情人”、“大哥哥”、人生导师、传道者乃至“精神之父”等不同角色于一身。死去的英雄更成了神，他与上帝同在，与作者心中最崇高神圣的爱和信仰同在。

因为与张大非的特殊渊源，齐邦媛笔下的“南京”被深深打上了一层关乎“精神”和“信仰”的特殊烙印。她自 1937 年底逃离南京，一生只回过南京两次：1945 年抗战胜利后返回南京，她参加了张大非“殉国周年追思礼拜”；1995 年 5 月，75 岁的齐邦媛再次回到南京居留三天，重新造访了位于紫金山的航空烈士公墓。在三千多位中国空军烈士的名字里找到了那块编号为 M 的，刻有张大飞姓名、籍贯和生卒年的墓碑。饱经沧桑的作家立在烈士碑前，却近乎本能地质疑那言简

---

① 齐邦媛：《巨流河》，第 48 页。
② 齐邦媛：《巨流河》，第 370 页。

意赅的短短一行字，能否让烈士张大飞的灵魂得以归依[1]？曾经的血与火的交织，曾经的慷慨激昂都已烟消云散，唯有精神的高贵、信仰的坚定可以超越历史而永存。《巨流河》中对张大非的生动叙述，再次验证了“青春、爱情和死亡”这一叙事模式的不朽魅力。不论古今中外还是虚构想象、回忆抑或“写实”，都能激荡起人们心中最深沉持久的浪漫情愫。当青春与“战斗”、爱情与家国大业乃至上帝、信仰融为一体的时候，更容易营造一种深邃的情感和唯美的想象。由此以来，“南京”在作家心中就化身为青春永驻的“上帝之城”“精神之城”，具有了崇高神圣的非凡意义。但也正因如此，如同辽宁铁岭只是她的“纸上故乡”一样，南京也已然成了她的“纸上家园”。更何况如今现实中的南京早已“面目全非”，与其记忆或幻想中的“南京”想必已全然不同甚至“不相干”了。

① 齐邦媛：《巨流河》，第366页。

第八章
“到城市去”与“乡土”的现代流离

——两岸文学叙事的一种比较

一、当“乡土”遭遇“现代”

传统中国社会在本质上是乡土性的，所以又称为“乡土中国”。“乡土”中的“土”自然指的是泥土，农耕文明中的农民与土地自古就有着天然的联系，土地被认为是农民的安身立命之本；“乡”则指的是乡村，传统中国人大多“聚村而居”，形成村落。著名社会学家费孝通先生指出，传统中国乡土社会的地缘不过是血缘的投影，两者不可分离。“生，也就是血，决定了他的地。世代间人口的繁殖，像一个根上长出来的树苗，在地域上靠近在一伙。地域上的靠近可以说是血缘上亲疏的一种反映，区位是社会化了的空间。”[①] 照此说来，正是从一个人的“血”及“地”与“位”的关联中，派生出了以其自我为中心的社会关系网络。台湾历史学者戴炎辉也认为，同一村庄的人由于共同居住在同一块土地之上，朝夕相见而产生了出入为

① 费孝通：《乡土中国　生育制度》，北京大学出版社 1998 年版，第 71 页。

友、彼此亲近的情感；由于依靠的是同一村庄内的同一片土地，共同以农耕维持自己生活，因此产生了一种相依为命、守望相助的“土地共属意识”[①]。此种由“同血”观念而导致的守望相助之亲近情感，不断地由同一家庭向外延伸到同族、同宗及同姓；发于近邻及于全村，再扩及于一里、一堡、一县，甚至一省、一国。孔子所说的“推己及人”，孟子所讲的“老吾老以及人之老，幼吾幼以及人之幼”，都可视为乡土情感的扩展与延续。正因如此，由“血缘”“族缘”和“地缘”，以及在此基础上形成的“神缘”关系，共同组成了华人社会源远流长的乡土承传关系。

自 19 世纪中叶以来，伴随西方的侵略和殖民引发了中国社会“数千年未有之变局”，其中因“现代”转型而导致的传统乡土社会的分崩离析更可谓前所未有。与之相应的就是城市与乡村、进步与落后、文明与野蛮之间的种种纠结。第一次鸦片战争后，英国政府强迫清政府签订丧权辱国的《中英南京条约》，标志着中国近代史的开端。依照条约，除了割让香港岛之外，中国还必须向英国当局开放广州、福州、上海等五处港口为“通商口岸”。此后随着其他西方列强的步步进逼和“趁火打劫”，中国社会在面临前所未有的民族耻辱的同时，也被迫艰难地迈向了曲折的现代化之路；而台湾岛则在中日甲午战争后被割让给日本，自 1895 年至 1945 年长达半个世纪期间一直沦为日本殖民地。在日本殖民当局的高压统治下，台湾社会的（殖民）现代化进程得到强力推进。

① 戴炎辉：《清代台湾之乡治》，台北联经出版事业有限公司 1992 年版，第 331 页。

现代化必然导致城市化，城市化的快速推进反过来则加速了乡村部落和传统乡土社会的瓦解。于是世居乡村的农民主动或被迫地开始向城市迁移，乡村的凋敝及其“空心化”似乎势所必然，传统的“乡土”在现代中国不得不发生一次又一次“流离”。文学作为社会变迁的晴雨表和时代号角，生动鲜明地折射出近现代中国社会的城乡剧变，表现了一个多世纪以来城市化大潮中芸芸众生的命运起伏和悲欢离合。笔者将海峡两岸文坛以城乡变迁和“农民进城”为叙事题材的小说文本略加比较后，发现了一个颇为有趣的现象。大陆作家笔下的乡野村民常常表现出对于城市及“城里”的艳羡与向往，并千方百计、想方设法地“到城里去”。从20世纪二三十年代一直到21世纪初，大陆作家反复表现的是农村人对于城市，尤其是现代化大都市“飞蛾扑火”般的热情向往，以及他们在追逐“城市梦”过程中的苦乐交织。相对而言，台湾社会却由于“殖民现代性”的复杂纠结，文人作家更多地表现了原本自给自足的农村生活如何被伴随着殖民化的城市化进程所“骚扰”，所裹挟，以至于造成了农村人民的流离失所、无所依归。其中不少人被城市化浪潮“冲刷”到城市街头，在高楼大厦间无法找到自己的家园，甚至成为脱离了大地母亲、无法“脚踏实地”的“悬空的人”“摆荡的人”。

20世纪三四十年代是海峡两岸急剧动荡、内外交困的特殊历史时期，但正所谓“国家不幸诗家幸”，这一时期的两岸文学同时获得了长足的发展。不仅台湾现代文学趋于成型，大陆现代文学更在不断革新和进步中迈向“成熟”的收获季节。尤其是30年代中前期，茅盾的《子夜》(1932)、老舍的《骆驼祥子》(1936)、李劼人的《死水微澜》(1935) 等一系列经典名著相继问世，代表了20世纪中国文学最重要的创作实绩。另一方面，虽然两岸的社会性质有所不同：台湾处于日本殖民高压统治之下，是不折不扣的“全殖民地半封建社会”；中国大陆则是一种典型的“半殖民地半封建社会”，但她处于西方列强的环伺和欺凌之下，不仅无法主宰自己的命运，更面临着日益严重的领土被瓜分和“亡国灭种”的严峻危机。随着日本军国主义对外扩张的“胃口”越来越大，其觊觎整个中华大地乃至东南亚各国的野心日益暴露，海峡两岸面临着共同被日寇蹂躏的悲剧命运，同仇敌忾、一致抗击日本军国主义的坚强意志和决心也日益彰显。

1931年的“九一八”事变，使得中华民族在30多年前(1895)痛失台湾岛之后，领土完整再次遭到严重破坏。日本殖民当局对“满洲国”的“开发建设”，与在台湾岛的“现代化改造”不无相似之处，其目的不外是要将殖民地台湾和“满洲”变成日本“殖民母国”的原料生产基地和能源输出基地，为殖民当局的“南下”政策服务。日本当局的“开发建设”虽然在客观上促进了这两个地区包括基础设施和城市化运动在内的社会发展，但也形成一种畸形的现代化体制和部分民众文化认同的复杂纠葛。1937年“七七事变”爆发后，中华民族则在“最危险的时候”空前团结一致，展开了不屈不挠的共同抗日斗争。发动侵略战争的日本军国主义恐怕未曾料到，他们强加于中华民族的战争灾难，却在客观上促成了中华儿女民族意识的觉醒，促进了古老中国向现代民族国家的急剧转型。而在现代中国的构建过程中，无论是顽强抗击日寇侵略的大陆人民，还是忍辱负重、不屈不挠的台湾民众，都做出了自己独特的历史贡献，发挥了不可替代的重要作用。而对三四十年代海峡两岸社会稍加考察便可发现，上海、北京、南京、台北等几个少数大城市的繁华摩登，与广大乡村社会的贫困落后、衰颓凋敝常常形成鲜明的反差。城乡之间的天壤之别既与西方列强的侵略欺压和殖民霸权息息相关，又折射出国内各阶级至今的尖锐对立，以及地区发展的严重落差。

1949年国民党政权败逃台湾，海峡两岸社会在意识形态的尖锐对立下几乎完全隔绝，但各自沿着自己的轨迹奔向现代化的基本方向（尽管不无曲折），却是完全一致的。经过了50年代的"白色恐怖"，20世纪六七十年代的台湾社会在经济上实现了"飞跃"性发展，城市化运动也开始迅猛扩张。而大陆社会却在高度计划经济体制和"无产阶级专政下继续革命"的理念指导下，一度延宕了现代化的前进步伐。而70年代末开启的持续数十年的改革开放，则不仅使社会生产力有了难以想象的发展，也同样促进了城市化的突飞猛进。这与六七十年代台湾社会的转型颇多相近与相似之处。正因如此，六七十年代台湾文坛涌现的表现城乡剧变的小说文本，与八九十年代大陆出现的同类题材作品尽管在时间上相差了十几年甚至20余年，却有诸多相似、相近与可比较之处。

有台湾作家曾在80年代概括这样一种"普遍化"的社会现象：住在乡村里的人千方百计想着把家搬到小城镇去，小城镇的人则想方设法搬到大城市居住，大城市的人却计算着如何变卖了财产，移民到北美和日本等更加现代化的摩登都市里去。这一概括对于处于城乡变迁的当代中国大陆，岂不同样也极具启示意义？本文试图在粗略梳理相关小说文本的基础上，系统观照一下两岸作家不约而同的乡土守望，以及在城与乡、东方与西方、传统与现代之间的复杂纠结。

二、台湾作家：土地的“黏附”与“城市来了”

在费孝通先生看来，“……只有直接有赖于泥土的生活才会像植物一般的在一个地方生下根，这些生了根在一个小地方的人，才能在悠长的时间中，从容地去摸熟每个人的生活，像母亲对于她的儿女一般”①。这一“植物”的比喻，非常形象地揭示出了传统乡土社会的“根植性”本质特征。而以植物的根植象征乡土社会的生活方式，在中西文学中都不乏例证。笔者以为，台湾作家尤为突出。日据时期的台湾作家吕赫若在其小说《山川草木》（1944）中，透过其中的人物宝莲之口，如此表达了自己的人生理想：

> 这棵莲雾已经二十年了，二十年间，这棵树在这儿动也没动过。而且它的叶子年年新鲜翠绿。我认为这种生活方式是很美的，这点在我们的生活中有吗？我们在艺术、学问中打转，是否遗忘了什么？……和这些比起来，我觉得我们像个患了梦游症的人②。

在皇民化高压下的吕赫若写下这段文字，自然有批判日本

① 费孝通：《乡土中国　生育制度》，第10页。

② 吕赫若：《山川草木》，见吕赫若著，林至洁译：《吕赫若小说全集》，台北联合文学出版社有限公司1995年版，第496页。

殖民统治者不安于“本土”、四处觊觎他人土地的用意。无独有偶，在於梨华的《又见棕榈 又见棕榈》（1965）中也出现了“以树喻人”的类似文字。当离别多年重新回到台湾的牟天磊得知他至爱的老师邱尚峰先生去世的噩耗而赶到母校台湾大学的那一刻，他从学校门口两排挺直的棕榈树身上看到了“邱先生的为人”，他不就像一棵棕榈树一样牢牢扎根于自己的岗位，“他没有像别人那样留在美国，他也没有像别人那样为了结婚而结婚……他就在棕榈树下徘徊，想着邱先生，以及他十年前在同样的树下发过的愿望”。

宝莲与天磊，一个是在殖民高压下默默坚守的“土鳖”乡村教师，一个则是在美国获得了博士学位却无所适从的“海归”知识分子，而且时代与社会环境也大不相同，但他们都向往着像一棵树一样根植式的生活。那一棵棵既没有语言也不会行走的树木，无疑给了人类以丰富的启示。像树一样地“在地”根植，自然是乡土社会的理想生活方式。但更多的时候，人却不能像树木那样“安分守己”，常常难以摆脱一种对陌生“新地方”的好奇，以及“进取”开拓、探险乃至“侵略”的驱动，于是离开本乡本土，“闯入”他乡他国乃至“诗意的远方”，与固守“本土”、拒斥外来“侵略”和征服的“抵抗者”之间，常常发生难以调和的矛盾。当这一矛盾进一步与个人或集体利益，乃至家国大义扭结在一起时，又会引发暴力冲突乃至战争等灾难。

根植于土地的农民，对自己固守的一方乡土往往产生一种“黏附性”，生于斯、长于斯、死于斯，这极类似于植物对于土地的“黏附”。在这样一种文化心理定式中，土地与人不仅相依为命，而且几乎合而为一。作为“土地”化身的“大地般的父亲”或“地母般的女性”形象，在中外文学及海峡两岸作家笔下比比皆是。大陆著名的现代诗人臧克家，曾有一首题为《三代》的短诗：“孩子，在土里洗澡/爸爸，在土里流汗/爷爷，在土里葬埋。”这首诗言简意赅地描述了乡土社会中土地与人之间的生死相依、不舍不弃。土地是我们的生所，也是我们的死所，我们从土地中来，也必将到土地里去。土地滋养着我们的生命，蕴含着我们的过去，也孕育了我们的未来。

西方社会中的“乡”与“国”似乎总有某种必然的扭结，这可从英语中的 country 一词既可以指“乡”又可以指“国”的语义关联中看出来。而传统中国社会的“（土）地”却与“天”相连。当然“天”又与“天下”唯一的皇权观念融为一体，无关乎现代意义的“民族国家”观念。古代中国人常常把自己的最高统治者想象为代表上天统治全世界（天下）所有臣民的“天子”，把自己事实上的地区性国家当成世界的全部，即所谓“普天之下莫非王土，率土之滨莫非王臣”。但即使是被认为掌控着天下一切的皇帝，也仅仅停留在理论或者说幻想层面。中国人心目中的皇权虽然无边无际、无所不在，享有唯一的独断性，——当然这深刻影响了他们“大一统”（天下一统）的文化心理观念，但对处于社会底层的广大农民来说，却毕竟是“天高皇帝远”，远不如身边的家长或族长更具现实性的权威。他们与皇帝及其背后的官府、“公家”乃至“国家”，长期以来颇为隔膜，甚至是互不相干的。儒家虽然以家庭内部的人伦道德“父为子纲、夫为妻纲”，隐喻社会层面的“君为臣纲”（还有事实上的“官为民纲”），以此作为帝王统治的理论基础，但在现实操作中，除了深受儒家文化影响的士大夫阶层之外，以家族、乡土所体现的底层社会与整个国家机器、皇权体制之间的联系，却是相当疏远而松散的。古代汉语中的“国”更多地指涉着与行政中心不可分割的城市；所谓“国民”也仅指“城民（城市里的居民）”而已。城与乡、“城里人”与“郊野之民”、作为“肉食者”的上层统治阶级与下层“草木之人”之间不仅壁垒森严，而且常常互不相干乃至尖锐对立，除了无边无际的“天下”观念之外，极少（事实上也很难）产生一种所谓“共同体”的“国族”概念。

将底层农民与“国族”相连，乃至将他们视为整个民族（国族）的象征，应该是“先知先觉”的中国现代知识分子在接受西方思想观念的基础上，在西方“现代性”的指引下进行的一种自觉选择，并据此向社会大众进行启蒙和“呼号”的话语方式。不难发现，海峡两岸现代作家几乎都是沿着“农民——人民——大地母亲（父亲）——民族”这样一种情感认同轨迹，塑造着自己的父老乡亲和国族形象的。现代中国的“国”之概念，其实是西方“（国族）共同体”与传统中国社会“城市”观念的复杂融汇。在大陆现代作家笔下，“现代中国”抑或对中国现代性的追求常常离不开对“（现代）城市”的向往与追求，并且以对“乡土中国”的改造为主轴。被日本殖民统治长达50年的台湾却有所不同：“（被）殖民性”和“现代性”的纠葛使得一代又一代台湾文人对城市扩张及其对乡村的“骚扰”充满一种深切的痛感乃至愤怒，对于农民的“被迫城市化”保持格外警惕。与之相应的则是乡土农村的理想化、“本土化”特质被高高扬起，与现代城市的堕落“异已”特质交相辉映。

在台湾文坛，刻意发掘传统乡土社会的乡土文化精神，并加以理想化描述的，当首推六七十年代台湾乡土文学的代表性作家黄春明。他创作于1967年的中篇小说《青番公的故事》，曾被认为是其“最有浪漫精神的乡土文学作品之一”[①]，小说描写主人公青番公年轻时遭遇了一场突如其来的洪水，洪水夺去了除他本人之外全家人的性命，也将他们赖以生存的家园化作了一片“石头荒地”。但青番公坚韧顽强地活了下来，他在村人的帮助下重建了自己的家园，并与“丈夫和三个小孩也都被大水冲走了”的同样孤身一人的本村女阿菊结了婚。多年以后，曾经孤苦伶仃的青番终于发展为儿孙满堂的大家庭，生命生生不息地呈现出坚忍顽强、不可毁灭、不容蔑视的伟大力量。

青番公一家的“死而复生”，既是传奇般的家族史，又像是一个古老的民族寓言，象征了台湾人民乃至整个中华民族历经一次次浩劫，奇迹般地走到了今天；当然更像是传统乡土文明的一种隐喻，预示着生生不息的华夏乡土文明虽然遭遇了种种天灾人祸，却每每能“劫后重生”，展现出强大的自我修复、自我愈合、自我完善的自给自足能力。黄春明满怀深情地探寻并表现着那些与土地厮守的底层百姓身上的坚忍品质、良善本性，着力刻画了他们不可抑止的顽强生命力。这篇小说几乎是臧克家那首《三代》的小说翻版：它们都表现了人对土地的倚赖和土地与人之间的“从一而终”关系。我们发现视土地为

① 肖成：《大地之子：黄春明的小说世界》，作家出版社2006年版，第69页。

“命根子”的青番一家，把土地公当成了最亲近、最知心的神明加以供奉。土地公已经融入他们的日常家庭生活，成为他们家庭中不可或缺的“一员”。他们种田得了好收成要感谢土地公，甚至购买一头猪母，也要到土地公前占卜一番，求得土地公的“赞成”。他们与土地（公）之间既是一种根深蒂固、牢不可破的信赖，也是一种坚贞不渝的依恋关系。传统的小农经济虽然常常经不起自然灾害的打击，但像青番公这样世世代代居住在这里、依靠土地吃饭的农民，却从未怀疑过土地对自己的眷顾与恩赐。而饱经沧桑、历经艰难却坚不可摧的青番公形象，岂不又是“土地公”的某种化身？如同传统乡土文明中对于生存和生殖的崇拜经常会转化为祖先崇拜一样，饱经沧桑的老父亲和老祖父也会化身为“（土地）公”，像神明一样无所不能且博爱无边，像土地公一样呵护着自己的子孙后代繁衍生息，发扬壮大。当然对青番公来说，儿孙就是他的寄托，他的希望，也是他的信仰所在。

在黄春明的另一篇小说《甘庚伯的黄昏》（1971）中，我们看到主人公老庚伯就像土地公一样，无微不至地关心、照料着“比死人更惨”的心智全失的疯傻儿子阿兴。阿兴在常人眼中早已不能称为“人”，他简直是我们这个社会最边缘也最无助的“丧心病狂”的一类人。但作为父亲的甘庚伯却依然对他不舍不弃，心甘情愿成为儿子的“老奴才”。甘庚伯的良善和爱心付出，被村人们交口称赞：“也只有遇到老庚伯这样的人，人家疯子是疯子，但是给他养得勇健得很。”人事不知的阿兴无疑是不幸的，但他又何其万幸，因为上天给他安排了这样一位神明一样倾情付出的老父亲！尽管亲人之间的患难与共、生死与共并非传统乡土文明所独有，但乡土社会中的亲情关系更加浓厚深沉，亲人之间的相互厮守和依附也更为普遍。如果将被视为西方现代主义经典之作的卡夫卡《变形记》中表现的亲情异化和亲人之间的冷漠关系，与黄春明笔下简单而醇厚的“乡土深情”作一比较，简直有着“天壤之别”!

黄春明对传统乡土农村的一往情深和“浪漫深情”，很容易使我们想起30年代沈从文对“边城”湘西社会的浪漫回望。但与沈从文将边地土著和“少数民族”的原始本真生态加以理想化，高高扬起生命意志中的神性自由和天真烂漫不同，黄春明刻意表现的是汉族乡土社会的一种“纯粹”理想化形态，同时也是一种典型的扎根于中华“本土”的乡土文明形式。不过，如同沈从文的“湘西抒情”中常常夹杂着“本乡”与“异乡”、“回乡”与“远行”之间的吊诡一样，黄春明对传统乡土社会的浪漫表现，也不可避免地夹杂了一种城里人（或者说已经从农村迁居到城市的文人知识分子）对于乡土农村的回望视角，一种不可抑止且一厢情愿的诗意化想象。

事实上，早在三四十年代日据时期的台湾小说中，我们就看到了太多挣扎于底层农村的人们像牛马一样悲苦地生活，像蝼蚁一样微不足道地死亡；看到了一个又一个父母双亡的孤儿被社会所抛弃，被他人虐待，长大成人后又同样无法摆脱牛马不如的生活。笔者甚至认为最能代表台湾文学中的本土形象的，毫无疑问，是那些挣扎在社会最底层的“放屎百姓”，是那些备受欺凌与压迫的侮辱者伤害的底层农民，是那些像猪狗一样生与死的孤苦无依的社会边缘者。即使是在黄春明这类惯于“乡野抒情”的作家笔下，也有意无意地透露出农民们的艰辛与悲凉。在他那篇曾被选入海峡两岸中学语文课本的短篇小说《鱼》中，我们透过爷爷与孙子阿苍之间不经意的对话——“一担山芋的钱，才差不多是一条三斤的鲣仔鱼的钱……”，已窥见辛苦劳作的农民是何等的悲哀与辛酸：在台湾那样一个四面环海的海岛社会，鱼的价格竟然比土里生长的番薯、山芋要高出很多倍，足可见“拿锄头的”是何等“不值钱”了！由此也可见出台湾乡土社会离“海”的距离竟然何其遥远?！而那位从农村来到城市后被迫沦落风尘的姑娘白梅（《看海的日子》，1967），因难以找到自己的意中人结婚成家，也无法在城市中找到自己的位置而依然在“做母亲”心愿的驱使下，通过性交易成功怀孕后回到家乡农村，一面疗养自己的人生创伤，一面顺利产下了自己的宝贝儿子，在抚养儿子中找到了自己的生命归宿和价值体现。小说所强调的“传宗接代”对于白梅这类农村妇女的极端重要性，固然十分贴近乡土社会的现实，但作家却完全未涉及、或者说“无视”传统宗法社会对于白梅这类“伤风败俗”之女性的排斥和歧视。在笔者看来，这是已经近乎“不近情理”的乡村传奇。

在台湾作家这里，比固守乡村的贫困生活更不可接受的，是（殖民）现代性对传统乡土社会的冲击。而那些像植物一样“黏附”于一方土地的农村人，随时都可能在某一天的早晨醒来后，蓦然发现“城市（及其背后的现代化与工业化）”已经“来到”自己的身边。“（殖民）现代化”的号角既然已经吹响，工业化和城市化的浪潮会很快演变为滚滚而来的时代洪流。在这一洪流面前，无人可以幸免，无人不被卷入其中。而这铺天盖地、“改天换地”的城市化、工业化潮流，给广大普通人民所带来的却未必是福祉，反而可能是意想不到的灾难和不幸。

三四十年代日据时期，中国台湾作家已敏锐注意到日本殖民当局推动的现代化与城市化运动来势汹汹，不可阻挡。在其强大的“攻势”面前，台湾本土经济和文化几乎不堪一击地迅速走向“溃败”。由于“现代”（机器和工业）文明来自“日本”，是日本殖民当局奴役台湾人民、掠夺台湾财富、侵占台湾资源的强有力手段，于是中国台湾民众及作为民众代言者的文人作家对这种畸形现代化、工业化和城市化的声讨与批判，便成为时代的“最强音”。透过杨逵的《送报夫》（1934），我们看到，日本殖民当局强制推行的“现代化”农场，是怎样逼迫原为自耕农的农民家破人亡、流离失所的；吕赫若、杨逵、朱点人等作家的小说，都反复表现着强加于台湾人民头上的“可怕”的“日本的东西（现代文明）”，如何逼迫得底层人民家破人亡、妻离子散，以及“男盗女娼”式的不得已的堕落。而吕赫若、朱点人则几乎不约而同地意识到了“现代性”与“日本性”“（被）殖民性”之间不可分割的关联。对此，日本学者垂水千惠、中国台湾学者陈芳明等人已有较系统全面的研究和论述。陈芳明甚至认为朱点人的作品十分典型地体现了台湾文人作家面对“殖民现代性”的“两难”心态①。在他们笔下，作为现代文明集中体现的城市，更被视为殖民统治下的一种“异己”象征。细读朱点人的短篇小说《岛都》（1932），可以看到在“岛都”台北这样的现代都市，一方面是蒸蒸日上的工程建设和城市公园里“绅士”阶层的热闹娱乐和惬意休闲，

① 陈芳明：《殖民地摩登》，台北麦田出版公司2004年版，第95页。

台北在他们眼中简直摇身一变而为"人间天堂";一方面却是底层社会的民不聊生、饥寒交迫,甚至被逼卖儿卖女的人伦惨剧时有发生。小说结尾处,主人公史明成长为工人阶级的反抗者和"地下运动"工作者。城市在迅速崛起的同时,也在"培育"着它的反对势力。

时隔30多年后,黄春明发表的《溺死一只老猫》(1967)中,尽管时代已完全不同,但固守着一方土地的老农阿盛伯仍然宁死也不让"街仔人"在他们的清泉村修建现代化的游泳池。他慷慨激昂且理直气壮地宣称:"清泉的水是要拿来种稻米的,不是要拿来让街仔人洗澡用!……清泉的人不稀罕通车,我们有一双腿就够了。我们只关心我们的田,我们的水……"① 他眼中的清泉村在地理上就是一个"龙头地",村子里的那口老井则是"龙目"。清泉村人祖祖辈辈都受着这条神龙的保佑,如今修建的现代化游泳池却要把"龙目"生生毁掉,岂不是将清泉村的古老风水彻底破坏了?黄春明显然是要通过阿盛伯这类农民的决绝抗争,发出对城市现代文明日益侵蚀古老乡土文明的深切忧虑和尖锐批判。如果再反观他笔下那些遭受洪水等灭顶之灾而仍能"起死回生"的青番公等人,会发现与青番公堪称同一谱系的阿盛伯,在面临现代化文明的冲击时,只能绝望地以命相抵。对那些固守一方土地的老农而言,导致"天"真正塌下来的,不是传统乡土文明内"周而复始"的自然灾害,而是现代文明及城市文明的扩张与侵蚀,那才是真正"要命"的。

---

① 引自《黄春明小说选》,福建人民出版社1985年版,第48页。本文引述黄春明小说文字均出自该书,恕不一一注明。

三、大陆作家：城乡反差与“狗日的粮食”

中国古代文人士大夫常常将“告老还乡”、退隐乡野（山林或者江湖）视为逃脱官府（庙堂）羁绊、脱离世俗尘网的手段。他们眼中的乡野农村，不仅与远离尘世纷扰的田园风光、自然风景连为一体，甚至常常演变为体现着美好理想的“世外桃源”。历朝历代的山水田园诗人都在反复表现着乡村田园的诗情画意——轻烟袅袅、绿树浓荫、小村深巷、山水相连、天人合一，一切都那么令人神往和流连忘返。而广大底层农民的艰辛和贫困，则常常被文人骚客们忽略或“视而不见”。现代中国作家却常常在一种“现代”视野的烛照之下，不约而同地“发现”并“触目”于乡野农村的落后、封闭、保守和阴暗性质。堪称“现代小说之父”的鲁迅以“未庄”和“鲁镇”为原型，建构了一个亟待现代性启蒙和改造的传统乡土“旧中国”形象。生活在这里的人们苦苦挣扎在死亡线上，备受地主阶级等黑恶势力的压迫欺凌，他们愚昧麻木、懦弱卑怯，在城市先进知识分子面前自惭形秽，简直“无地自容”，只有被先进知识分子启蒙和改造才是唯一的出路。鲁迅开创的“乡土文学”流派及其之后的众多现代作家，从王统照、台静农到沙汀、萧红等，无不在反复书写并控诉着乡村社会的贫穷、愚昧与原始、残酷。他们对传统乡村的“回望”和想象，既与传统中国的文人士大夫居“庙堂”之高俯视“江湖”，从“城里”这一“中心”眺望“边缘”乡野的视角一脉相承，又多了一种以“现代”俯瞰“传统”，以“先进”蔑视“落后”的自我优越感；当然更平添了一种将“乡村”纳入“现代”的历史责任感和现实急切感。

稍稍考察20世纪中国作家的出身背景，会发现除了少数出自乡村士绅阶层，以及如上海新感觉派一类的大城市“纨绔”子弟之外，他们中的大多数都出身于在社会中“承上启下”的小城镇。成年后他们作为同辈人的“佼佼者”，常常到北京、上海抑或西方大都市，接受了系统的现代化教育，工作环境更以中心城市、超级大都市为主，引领着“社会风骚”，但那种根深蒂固的“小城镇知识分子”视角依然挥之不去，并对其文化心理人格和创作倾向发挥着不可忽视的影响。他们对于北京、上海这样的大都市既感到陌生隔膜，又对“乡下”农村社会的愚昧落后、闭塞保守格外敏感。他们自觉不自觉地站到“城里人”的角度，回望着“父老乡亲”们的种种可悲可叹可鄙及荒唐可笑之处。他们对“父老乡亲”们采取一种“哀其不幸，怒其不争”的复杂情感态度，也就毫不足怪了。这种“鲁迅”式的抒情方式以及对农民形象的塑造策略，一直深刻影响着现当代文坛上的众多作家。

“小城镇知识分子”的视角同样敏感于现代化大都市的“西化”和“被（半）殖民化”，并将其与都市中的腐化堕落、物（肉）欲横流、人性异化等“异己”特征扭结在一起。这在那些持左翼立场的作家身上表现得尤其明显。令人印象深刻的是茅盾在其经典小说《子夜》（1932）的开始部分，便以电影特写般的手法，向读者“突兀”地展示了上海繁华地带的外白渡桥周围高楼林立、车水马龙的热闹景象：“雾霭挟着薄雾笼罩了外白渡桥的高耸的钢架，电车驶过时，这钢架下横空架挂的电车线时时爆发出几朵碧绿的火花。从桥上向东望，可以看见浦东的洋栈像巨大的怪兽，蹲在暝色中，闪着千百只小眼睛似的灯火。向西望，叫人猛一惊的，是高高地装在一所洋房顶上而且异常庞大的霓虹电管广告，射出火一样的赤光和青燐似的绿焰：Light，Heat，Power！”[①] 这是夜幕降临、华灯初上的上海，这是五光十色、活力四射的上海，这也是日夜繁忙、躁动不安的上海。这样一个“摩登（窟）上海”，显然与西方殖民势力的侵入和主宰息息相关。西方势力的强大威力不仅体现于大型英文广告等“外在”的城市景观上，更渗透于这座城市的经济活动、文化空间的各个方面，主宰着整座城市的经济、文化乃至政治命脉。作为现代左翼文学同时也是现代城市文学的“扛鼎之作”的《子夜》，对上海这座城市“摩登”形象的建构无疑极具代表性且影响深远。

根据茅盾本人的陈述，他创作《子夜》的目的，与当时知识界对中国社会性质的论战有关，是要通过小说创作“论证”30 年代中国社会的性质更趋向于“（半）殖民地化”[②]；而国内买办资产阶级与西方帝国主义乃至蒋介石政权正沆瀣一气，共同压榨着广大底层民众，挤压和胁迫着民族资产阶级，他们要么被买办资产阶级“收编”，要么不自量力地与其作对，那无异于“以卵击石”式的自取灭亡。吴荪甫的破产便充分印证了这一点。但通过小说文本我们却发现，真正促使吴荪甫一败涂地的，却是吴在“公债”（股票）市场上丧失理性的“狂赌”行为。小说中虽然交代吴荪甫早年有过游历欧美的经验，对欧美等现代国家的企业经营理念比较熟悉，但细读文本却不难发

① 茅盾：《子夜》，人民文学出版社 2000 年版，第 3 页。

② 茅盾：《再来补充几句》，见《子夜》，第 480 页。

现他的整个思维习惯和行为方式，完全不像是一名现代企业家，相反却更接近于“乡下文人”抑或“小城镇知识分子”的文化心理性格。当然这也是茅盾本人观察上海，观察吴荪甫、赵伯韬这类在上海滩“呼风唤雨”的“大资本家”所采取的视角。体现在吴荪甫身上的典型性格特征，例如刚愎自用、好高骛远、理（幻）想与现实脱节等，如果放置到“小城镇知识分子”这一维度加以探析，就会变得很容易“理解”了。

依照马克思的观点，资本来到世间，从头到脚都带着血和肮脏的东西。资本的这一“原罪”不会因为不同的“出身”而有本质的差别，“逐利”是所有资本的根本属性，无论是“民族（本土）”的还是外来的“洋资本”，抑或“买办资本”，客观而言都既带着资本的“原罪”，又可以“为我所用”。80年代以后的中国改革开放和经济腾飞，“外资”起到了至关重要的作用。时至今日，仍然有不少地方政府把吸引多少“外资”作为自己的政绩，并为此而绞尽脑汁，处心积虑，甚至不惜以牺牲当地的人文生态环境为代价。这固然并不可取，但对“外资”的吸收和使用，至少未必与民族尊严、国家利益相互对立，却已成为不争的事实。那么像茅盾这类20世纪二三十年代的“小城镇知识分子”，何以断定与西方“勾结”的买办资本家，就一定是危害中国社会和人民的“罪人”，祸害国家民族的败类呢？中国近代史上的“买办”阶层对于中西之间的沟通交流和中国社会的发展，也曾经起到不可忽视的重要作用，但贴在他们身上的“洋奴”“（洋人）帮凶”一类标签，似乎已决定了普通民众对他们“见利忘义”“丧失（民族）节操”的道德成见。尤其是中国社会一步步走向半殖民地化，沦落为西方列强的“附庸”和蚕食对象的严峻时期，茅盾这样充满爱国热忱和民族责任感的文人知识分子，因为痛恨西方列强对中国的欺凌霸道而“恨屋及乌”地反感买办资本家的所作所为，当然是情有可原的。事实上，对买办资产阶级这一群体的负面评价和“偏见”，几乎是现代中国社会的普遍“共识”。

茅盾反复强调了吴荪甫与赵伯韬之间的本质“分野”，那就是吴具有赵伯韬一类买办者所没有的家国情怀和忧国忧民的责任感。小说中的他不止一次地感叹和期待：“只要国家像个国家，政府像个政府，中国工业一定有希望的!”[①] 而他之所以投资丝织工业，是因为“丝业关系中国民族的前途尤大”[②]! 在当时的时代背景下，丝织业大概是少数几个真正意义上的民族产业之一，吴荪甫要振兴民族工业，从丝厂做起无疑是一种理智的选择，也是一种爱国表现；他投资家乡双桥镇的产业，支持家乡建设，更堪称是一种“义举”。这与赵伯韬的“见钱眼开”，为了赚钱而不择手段，形成了鲜明对比。我们发现吴荪甫口中念叨的始终不外“国家民族”一类宏大话题，要不然则是“产业凋敝”一类的世界时局，他更有许多“大计划”要付诸实践。他为了将社会上的“流动”资金集中起来投资到交通、矿山等实业领域而成立益中信托公司，而不是仅仅像赵伯韬那样通过操纵公债股票市场谋取暴利，扰乱国家经济与政治秩序，这在当时更显示出一种卓识和勇气。吴荪甫身上鲜明地体现着民国时期不少文人士大夫“实业救国”的理想抑或美梦。然而，当吴荪甫也投身到公债股票市场，作为“大户”在

① 茅盾：《子夜》，第 56 页。
② 茅盾：《子夜》，第 56 页。

其中“兴风作浪”的时候，他与赵伯韬即使不是“一丘之貉”，也很难说有多少实质性的差别。而正是吴荪甫在公债股票交易中孤注一掷、不计后果的“赌徒”心理，才决定性地导致了他的破产，导致了他无可挽回的失败命运。这既害了他自己，也害了周围的那帮同仁、下属和“亲友”。

对于吴、赵之间的关系，赵伯韬显然比吴荪甫有着更深刻也更透彻的把握。他曾这样开诚布公地对吴荪甫说：“你我中间，并没有什么不可解的冤仇，也不是完全走的两条路，也不是有了你就会没有我。”① 历史上不少买办阶层纷纷转向了民族资产阶级，足以印证赵伯韬的分析很有见地。事实上赵伯韬从来没有把吴荪甫视为“异己”乃至“敌人”，他“拉拢”吴荪甫、杜竹斋等人一起投资公债股票，甚至不惜将操纵战局的“机密”和盘托出，可见他并未将吴视为“外人”，而是当作了共同谋利的伙伴抑或“朋友”。但吴荪甫借助于赵伯韬的力量赚了一把之后，不仅没有“感激”，反而时时处处防范、排斥赵伯韬，背着赵成立自己主导的信托公司。尽管如此，赵伯韬并没有“恼羞成怒”，而是对吴荪甫的胆识谋略大为赞叹，他之所以要“染指”益中公司，固然是认识到了益中的价值，垂涎于这块“肥肉”而想吞并之，但也不能认定他要与吴荪甫等人“合伙”，实现“共赢共利”的目的就一定是“图谋不轨”乃至“邪恶”的。他一再强调对于吴荪甫和益中公司没有成见的说法，未必不是实情：“益中即使发达起来，光景也不能容容易易就损害到我，所以我犯不着用出全副力量来对付你们！

① 茅盾：《子夜》，第428页。

实在没有用过！”[①]

在某种程度上可以说，赵伯韬对吴荪甫称得上“仁至义尽”，倒是吴荪甫太过囿于自己的立场和视野，始终将赵伯韬视为自己的“假想敌”而一意孤行，最终一败涂地。至于赵伯韬为了赚钱而无所不用其极，他的“官商勾结”乃至“军商勾结”与其说是现代资本主义的产物，不如说是权贵人物经由“通天”而无所不能的历史传统，在现代中国社会的传承与发扬。这样一种彻头彻尾的“权贵资本主义”，更像是传统国民劣根性留存于现代社会的“遗毒”之变形。赵伯韬凭借与“洋人”打交道的优势，“携洋人”而更容易令本国“权贵”听命于自己，更能够“里外通透”，从而也轻而易举地达到自己的目的。赵伯韬身上既典型地体现出西方资本主义的贪婪和蛮横，又折射出传统中国社会为了追求自我利益的最大化而丧失道德底线的各种权谋、谋略和“阴谋”，堪称是中外“劣质”文化的集大成者。

与赵伯韬的自信自负、活力十足和“从容大度”相比，出现在读者面前的吴荪甫从头至尾给人以慌乱、忙乱的印象，这也是几乎所有的现代文学史都将其性格特征概括为“外强中干”的重要原因。但我们发现吴荪甫的自我感觉始终良好，甚至常常陷入自我迷恋的泥淖不能自拔，在他看来自己就是“公道”的化身，“从没亏待了谁”，“可是人家都‘以怨报德’”[②]，他的道德优越感使得他想当然地认为所有的人都“亏欠”于他，而他则几乎是所有人的“恩主”。他梦寐以求的是要建立

① 茅盾：《子夜》，第428页。
② 茅盾：《子夜》，第474页。

和维护以自我为中心的个人王国，“他，向来是支配一切，没有人敢拂逆他的命令的！”[①] 即使陷入经济困境，他想到的还是要如何“重建”个人的威权，“在社会上，在家庭中，他必须仍然是一个威严神圣的化身”[②]。种种迹象表明，吴荪甫与其说是现代商业社会的大资本家，不如说是披着资本家外衣的封建家族的大家长！与他那刚到上海便经不起上海这座（半）殖民地化的现代都市欧风美雨的刺激，而“一命呜呼”的老父亲一样，从乡下（城镇）来到上海的吴荪甫注定与这座商业化魔都格格不入，而赵伯韬这类买办资本家才是真正的上海“坐地虎”，代表了上海这座城市的“本土”本质！笔者认为吴、赵之间的差别及其争执“斗法”，更像是西方资本和国家官僚资本“勾结”在一起的（畸形）现代都市文明，与传统乡土文明及民间资本之间的落差和缠斗。在这场实力、视野及手段都极为“悬殊”的较量中，吴荪甫所代表的“尚未开化”的传统文明在上海这座殖民化大都市“必输”的命运，是早就被注定了的。小说结尾处的吴荪甫只能灰溜溜地离开上海，乘坐轮船“出码头”，以外地“避暑”的名义仓皇逃出了上海。

不过，尽管作为民族资本家的吴荪甫在当时的上海，面对西方跨国资本的攻势是那么的“不堪一击”，但吴荪甫当年所发出的振聋发聩的呼吁——“工业发达才是国民经济活动的正轨”[③]，在21世纪的今天依然是那么“掷地有声”，“言犹在耳”！由此也可见出茅盾等左翼作家超越特定时代的“历史先

① 茅盾：《子夜》，第436页。
② 茅盾：《子夜》，第474页。
③ 茅盾：《子夜》，第426页。

见之明”。

稍加比较还可发现，30 年代茅盾等人的左翼立场与差不多同时代的台湾作家杨逵、吕赫若及六七十年代的台湾乡土作家陈映真、黄春明等，有诸多相似与关联之处。至少他们对左翼文化理论的信奉是共同的。而茅盾的《春蚕》、叶圣陶的《多收了三五斗》等农村题材小说，同样深刻揭露了西方帝国主义对广大乡村经济的冲击，以及对底层农民生活巨大的负面影响。但作为大陆作家的茅盾等人，显然更多地秉承了“五四”以来的启蒙文化立场，对传统封建主义进行了持久的批判和否定，尽管这样一种启蒙文化立场，与西方“送来”的现代性常常很难撇清关系。同样的，老舍在《四世同堂》等小说中所表现的老北京市民的种种负面行为和文化心理，也就具有了某种程度的“国民劣根性”意义，与北京这座城市的“（半殖民）现代性”几乎扯不上关系。即使是沈从文这类将湘西“边城”和乡村社会加以理想化表现的作家，其文化立场和创作心态也从未摆脱“五四”新文化运动的浸染，他所关注的只是城里人饱受传统（儒家正统）文化侵害而形成的“阉寺性”，而与城市现代性无关。

农民的悲苦乃至走投无路，很大程度上与他们被剥夺了对土地的拥有权相关。农民们因为失去土地而被迫流离失所，在海峡两岸作家笔下都屡见不鲜。中国大陆 20 世纪 40 年代的“土改运动”，让广大农民拥有了自己的土地，使那些底层农民尝到了“翻身解放”的喜悦。但他们很快就被“人民公社化”：他们只有加入“人民公社”，成为其中的“社员”，才能拥有合法的农民身份。此后，很多农民的命运就像一个个螺丝钉一样，被固定在某个“生产队”之中。社员们每天早出晚归，在生产队里通过劳动挣取“工分”，然后凭借这些“工分”换取生产队分配的一些难以填饱肚皮的粮食。这种集体化的封闭体制，无疑更加强化了传统乡土社会的闭塞与保守、原始与落后。

全国一体化的严格的户籍制度和计划经济体制，不仅将广大农民牢牢限定在某一乡村的土地之内，也在客观上进一步加剧了农村与城市、农民与城里人（城镇职工）之间悬殊的社会等级关系。城与乡之间，不仅是先进与落后、中心与边缘的分野，更是上级与下层、领导与被领导之间的严格等级差别。五六十年代的国家体制试图将一切都纳入“计划”之中，结果却导致了只能严重向城市倾斜，并以城市为中心的层层供给制（从北京、上海等大城市到中小城市及乡镇）。这一方面形成了整个社会生产力的停滞和整体贫穷的状况，另一方面则是相对衣食无忧的城镇居民与食不果腹的广大底层农民之间，渐渐形成一种制度化、固定化的难以逾越的鸿沟。遗憾的是，那个年代的文学家们除了发出千篇一律的高亢颂歌与欢歌之外别无选择。只有进入 80 年代，那段历史的真实社会图景才逐渐“浮出历史地表”并呈现在大陆当代文学中。

20 世纪 80 年代崛起的一批写实主义及“新写实”作家，如莫言、郑义、李锐等，纷纷在创作中对六七十年代底层农民的生存困境加以“回望”和历史性反思。刘恒在中篇小说《狗日的粮食》（1986）中，通过农民杨天宽与妻子“瘿袋”的“半世情缘”和令人心酸的悲苦遭遇，生动揭示了“粮食（土地）”与“生殖（生存）”之间相辅相成的复杂关联：杨天宽用

“二百斤谷子”买来一个“瘿袋（肉瘤）在肩上晃来晃去”的丑婆娘。他最关心的不是婆娘的面貌如何，而是瘿袋是否“碍生”。——对于他这样的农民来说，传宗接代毕竟是最重要的。“瘿袋”果然不负所望，接二连三给他生了六个孩子：“大儿子唤做大谷，下边一溜儿四个女儿，是大豆、小豆、红豆、绿豆，煞尾的又是儿子，叫个二谷。”可谓是儿女双全又“五谷丰登”。但儿女双全的杨天宽却无论如何做不到真正意义的“五谷丰登”。面对如何让全家填饱肚子的难题，夫妇俩想尽了千方百计却又一筹莫展。具有丰富的饥饿经验却生存能力极强的“瘿袋”，甚至从捡拾来的骡粪中淘洗出“整的碎的玉米粒”，才使得他们家熬的“粥”中，在“一锅煮糟的杏叶上”看到几颗“金光四射的粮食星星”。这一极富“典型意义”的细节无疑是20世纪六七十年代中国底层农民真实状况的传神写照。而另一个更为幽默且辛酸的细节则蕴含着多重的象征意味——杨天宽与“瘿袋”在月光底下做“那事”，“瘿袋”不经意的一句“明儿个吃啥”，一下子使得两人兴致全无。

> 天宽愣住了。“吃啥?”自己问自己，随后就闷闷地拎着裤子蹲下。好像一下子解了谜，在这一做一吃之间寻到了联系。他顺着头儿往回想，就抓到了比二百斤谷子更早的一些模糊事，仿佛看到不拾面的祖宗做着、吃着，一个向另一个唠叨：“明儿个吃啥?”

“食色性也”，几千年代代相沿的乡土社会几乎没有跳出这两大基本“主题”。“食”的问题解决不了，“色”的欲求当然只能暂时搁置。“色”的欲求指向的是生物的生殖本能，从这一意义讲，人的生存与动物的生存并无二致：首先是填饱肚皮求得自身生命的延续，其次是通过生殖求得种群的延续。然而就是这样简单原始的动物式生存，却成为传统中国乡土社会祖祖辈辈必须面对的难题。一句“狗日的……粮食”，虽称不上千古文人的一声长叹，却道出了中国农民积蓄千年的无限悲哀与心酸。汉族人民在源远流长、生生不息的历史长河中，表现出的超乎寻常的生存意志足以令全世界为之震撼。但当这种生存意志仅仅停留于动物式的、卑微而原始的生存状态，无法体现出人之为人的特质时，我们是否也会像杨天宽那样，发出一声五味俱全的喟叹：“狗日的……生存！狗日的……乡土?”黄春明曾坦承他对于农民父老生存意志的理解与同情：“他们无视人们的嘲笑，不想在历史上占有地位，他们只是一步步地走着，用种种方式让自己的子孙一代活下去。”① 然而将这种最低限度的生存过于美化和理想化，却可能隐含着容易滑向封闭保守乃至民粹化的危险。就像孩子投胎到自己的父母那里一样，人们把自己的命运交付给属于自己的那一片乡土，那土地起码要养活得起人们，否则又怎能保证人与土地的生死相依、不舍不弃呢?

在大陆当代作家郑义的中篇小说《老井》（1985）中，我们看到黄土高坡那群挣扎在生存底线的老井村人，即使一代代都面临着吃水的严重困难，仍然不愿意迁往他乡，而是拼死也要打出一口能出水的“新井”，对土地的黏附已致极端。但

① 转引自肖成：《大地之子：黄春明的小说世界》，作家出版社2006年版，第135页。

《老井》中的孙旺泉虽然至死不愿离开养育自己的一方乡土，他的恋人巧英却已下定决心，要到城市里开创一片生活的新天地了。同样的，黄春明《看海的日子》中的白梅，虽然最终回到了故乡农村安度“余生”，她对儿子的期待却是：“你长大以后不要做讨海人，你要坐大船越过这个海去读书，你要做一个了不起的人。”要成为“了不起的人”就要远离故土，“漂洋过海”，浪迹天涯。白梅心中那“了不起”的背后，想必充满了太多的辛酸、无奈和苍凉，以及对“乡土”的回望与不舍，但守望故土的人们却又常常面向远方发出惆怅的向往，这注定要成为人类心中解不开的“死结”？

与台湾作家突然面临“城市来了”的困境而惊慌失措不同，大陆作家尤其是当代作家却反复表现着农村人摆脱“农民”身份的内心渴望。而当城镇居民与“工人阶级”“国家职工”彼此融汇、难以廓清的时候，底层农民对“工人阶级”的艳羡，事实上又常常与“乡下人”对“城里人”的向往融为一体，难解难分。差不多与郑义同时期的山西作家李锐，就在短篇小说《古老峪》（1986）中，以极短的篇幅描述了六七十年代的一名城市男青年，作为“工作队”代表被组织安排到乡村“古老峪”去“念念文件”期间，所感受到的农村女孩对他的艳羡和渴慕：“你们公家人都好看，看这手细的，像是戏上的人。……爱巧就嫁给你们公家人了，在煤窑上。”[①] 在这赤裸裸的“爱的表白”中，连“公家人”近乎丧失男子气概的细细的手指，都成为农村妇女艳羡的对象。这虽然谈不上审美观念的

① 李锐：《厚土》，浙江文艺出版社2000年版，第17页。

畸形，却折射出农村人对“公家人”（城里人）饥渴般的向往。

这种以城市男性的视角感受着农村女性渴慕目光的写作倾向，被当代大陆作家们一次次重复并“玩味”。我们在著名导演张艺谋根据作家鲍十的小说《纪念》改编的电影《我的父亲母亲》（1999）中，同样可从一个纯情而唯美的爱情故事背后，管窥到这一叙事模式的强大魅力：地地道道的农村女孩招娣暗恋上了来到他们村小学校教书的青年骆老师，几经周折两人终成眷属，一爱就是40年。电影中的“骆老师”虽然绝对谈不上多么高贵与显赫，但其“公家人”（在当时至少也算是半个城里人）的身份，却足以让当时只能“在土里刨食”的广大农村人羡慕有加。美丽淳朴的招娣之所以对骆老师“一见钟情”并陷入痴恋，除了他“读书识字”所形成的不同于农村人的独特气质之外，就是他头顶上那个金光灿灿的“公家人（城里人）”身份。即使是他被打成了“右派”（这恰恰是“城里人”才有的一项“特权”），被暂时“下放”到农村，但相对于广大农村人，依然是“高人一等”甚至“高不可攀”的。“城”与“乡”之间的巨大反差和等级关系，再次以“纯情”的方式得以生动呈现。

四、台湾作家：“到城市去”与“悬空”的人

传统的乡土中国社会曾有过此起彼伏乃至大规模的迁移和移民，但最终不过是将旧有的乡土社会“移植”到新的土地。当今台湾社会的家族文化要比中国大陆的很多地区更加发达；以漂移他乡而闻名于世的客家人，也比其他族群更看重家族观念，足以说明“移植”之后的“乡土”，其乡土社会的特征不

仅没有弱化，反而更加强化。此种近乎复制的“乡土移植”模式，直至西方人将“现代”的“国族”观念“送来”之后才被打破。具体到台湾岛而言，从1895年至1945年50年的日本殖民统治时期，殖民当局强力打造一种所谓“现代”社会，力促台湾从传统乡土社会转型为现代的机械化、工业化社会。其目的是要在台湾民众中树立起对大日本帝国这一“现代”国家的认同，尤其是现代工业社会、现代城市社会与“大日本国族”一体化的身份认同。但此举却招致了台湾民众对“殖民现代性”的普遍警惕，并激发起现代化与本土化之间的紧张对立。在很多“乡下人”眼中，台北等现代化大都市简直就是日本殖民统治的象征，几乎就是“（本土）台湾”的对立面。及至六七十年代的台湾乡土作家那里，则将台北等现代化城市与“美帝国主义”的“霸权统治”加以关联。“台北非（本土）台湾”，台北既是日本或美国对中国台湾实行（半）殖民统治的主要“平台”，也是日本殖民统治及美国美元政治的直观体现，这一观念不断得到强化。而四五十年代从大陆败逃到台湾的国民党政权及高官人士，也主要集中在台北等大城市。于是在一些持“本土”立场的台湾民众眼中，50年代以后台北又被国民党等“外来势力”占据，“城”与“乡”的差距进一步与省籍矛盾、阶级对立、中西（美）文化冲突纠葛在一起，集中折射出台湾社会各种错综复杂的矛盾。正因如此，我们看到台湾文学史上的“农村人进城”叙事，除了凸显乡村人的“进城”乃是身不由己的被迫之外，更反复渲染了农民“进城”之后不仅没有给自己的生活带来转机，反而加剧了他们命运的败落和身心痛苦，甚至迅速走向人生末路的社会惨剧。从台湾现代文学的奠基者赖和、杨逵、吕赫若、吴浊流等，到20世纪六七十年代的黄春明、陈映真、王拓、王祯和等人，无不延续并发扬着台湾文学这一最具“主流”意味的传统。

早在1934年，林海成（笔名林越峰）就发表过一篇题为《到城市去》的短篇小说，讲述了一个名叫忘八的农民因受不过农村生活的困顿窘迫而流落到城市[①]。他原本以为那繁华摩登的城市里不仅遍布高耸的洋楼和宽阔的马路，还几乎是遍地黄金。但令其没想到的是，城市只是富人的天堂，对于处在社会底层的穷人而言，却不啻人间地狱。忘八先是成为一名洋车夫，不久因一场大病而到了山穷水尽的地步。丧失了力气的忘八只好做起路边擦鞋的生意，过着入不敷出、得过且过的生活，最后因走投无路而沦落为盗贼，并不幸落水身亡。虽然就艺术性而言，林海成的这篇小说更像是一段粗糙而简单的素描，但他关注的农村人被迫“到城市去”，在城市里只有“死路一条”的社会现象，却极具普遍意义。林海成大概绝不会想到，时隔两年后（1936），海峡对岸的著名作家老舍先生同样塑造了一位来到城市做起人力车夫的“乡下小伙”祥子这一人物形象，遭遇到的也几乎是与忘八同样的悲剧命运。

日据时期的三四十年代台湾作家显然少了些鲁迅等大陆现代作家的深邃冷峻，而多了不少义愤填膺式的悲愤控诉。他们更多地表现着底层农民如何被生活所迫，或者被高举“现代性”大旗的日本殖民当局驱赶到城市之后，陷入走投无路的困

① 原载1934年11月5日《台湾文艺》创刊号，收入钟肇政、叶石涛主编《光复前台湾文学全集》（4）。本文引用日据时期台湾作家作品如无特别说明均出自该书，恕不一一注明。

境中。与林海成的《到城市去》相似的作品，在日据时期台湾文学中还有不少，如张庆堂的《鲜血》《他是流泪了》等小说，描述的都是一无所有的农民在村庄无法生活，被迫流落到城市却继续饱受压榨与欺凌，最后只剩下一条死路的社会现象。作家们通过这一叙事强烈控诉了在日本殖民统治下，底层人民“无路可走”“无处可逃”的生存困境，甚至表达出一种除了反抗别无“生路”的决绝抗争意识。而在朱点人的小说《秋信》(1936)中，如果说那位坚守民族气节的地方乡绅陈斗文先生，躲在乡间自己的农家小院，尚能“自成一统”地“独善其身”，但他迫于殖民当局的压力和亲朋的劝说不得不进行的一次“台北之行”，却足以让我们强烈感受到这种“独善其身”式的“文化抵抗”是多么的慷慨悲壮又苍白无力。作者一方面以斗文先生这位固守传统中国乡土文化立场的“乡下土地主”的视角观察着台北，描述着台北，为这座城市的“日新月异”“旧貌换新颜”而感到前所未有的震撼。可以说置身于台北街头，斗文先生的的确确充分见识了日本殖民当局对这座都市的现代化治理、工业化改造和基础建设的“丰功伟绩”，而这正是日本殖民当局所要达到的效果。当时的殖民政府为了庆祝所谓“始政四十年”(1935)而举办了一次声势浩大的“台湾博览会”，向广大民众炫耀殖民当局对台湾社会的“建设成就”。但在另一方面，陈斗文先生这类“乡下人”对台北这座光怪陆离的现代化都市，却又是如何的隔膜和不认同！置身于由“和服、台湾衫、洋服”组成的光怪陆离的完全日本化的摩登氛围中，斗文先生油然而生的情感不是惊喜和赞叹，相反却是无限的悲凉、痛苦和无奈，以及沧海桑田、世事变异、恍若隔世的哀叹。台北早已不是他的“憧憬之乡”，连他最向往的“抚台衙”也已摇身变成了现代化的“台北公会堂”，“屋貌依然，而往事已非”了[1]！而斗文先生那一身依旧停留在“清朝年代”的古装打扮，尤其是“倒垂在脑后”的那长长的辫子，又是多么的不合时宜，多么的令人心酸啊！

《秋信》中的斗文先生与茅盾《子夜》里的吴老太爷这两个人物形象，有颇多“神似”之处。吴老太爷刚刚抵达上海，就因受不了这座摩登都市的一系列“强刺激”而一命呜呼；斗文先生刚刚启程赶赴台北，却被自己乘坐的火车发出的汽笛鸣响而“吓得昏迷过去”。在《子夜》中，茅盾通过作品中的另一人物范博文之口，对于吴老太爷的死亡做了清晰而理性的总结：“老太爷在乡下已经是‘古老的僵尸’，但乡下实际就等于幽暗的‘坟墓’，僵尸在坟墓里是不会‘风化’的。现在既到了现代大都市的上海，自然立刻就要‘风化’。”[2] 范博文对吴老太爷这类“封建主义老太爷”的轻蔑和不齿，事实上也体现了包括茅盾在内的绝大多数现代文人共同的情感认知和决绝立场：“去罢，你这古老社会的僵尸！去罢！我已经看见五千年老僵尸的旧中国也已经在新时代的暴风雨中间很快的在那里风化了！”[3] 相较之下，朱点人对于陈斗文这位在殖民高压下依然坚守民族气节的“守旧”文人，却没有也不可能像茅盾对于“封建主义”那样的决绝和轻蔑。与吴老太爷留给我们的只有

① 钟肇政、叶石涛主编：《光复前台湾文学全集》（4），台北远景出版社1980年版，第107页。

② 茅盾：《子夜》，第426页。

③ 茅盾：《子夜》，第426页。

可悲、可叹乃至可笑相比，斗文先生还给我们以肃然起敬的“悲壮”印象。他有着堂吉诃德式的不可理喻，自然也有着堂吉诃德式的可敬乃至可爱。然而无论如何，斗文先生以螳臂当车的勇气抗拒“咄咄逼人”的畸形现代化与城市化，必然要“败下阵”的宿命却是无疑的。

朱点人等日据时代作家所刻意表现的现代化与被殖民化、城市化与非人性化的扭结，以及底层民众对于现代城市的隔膜、反感和不认同，在整个20世纪台湾文学中不断被延续和强化。及至六七十年代台湾作家这里，城市作为堕落、罪恶的负面形象和“外来”的异己性特征就更加被突出放大，且令人“触目惊心”了。作家们一再表现着“陷落”于城市这座巨大“名利场”的人们如何趋炎附势、装腔作势，道貌岸然又自私自利；城市人如何在钩心斗角、互相欺骗和不择手段地追逐财富、名望和权势的过程中迷失了自己。而城市这个巨大的名利场既可使人一夜暴富、“一炮走红”，也可使人瞬间身败名裂、妻离子散，直至夺走人的健康与生命。我们从来到台北这座大都市刚满三个月的乡下小伙子小林的眼中，看到那些城里“上等人”是如何的忙忙碌碌，疲于奔命，为了可怜的生存和一点点虚荣心而放弃了亲情、爱情和正常的“人性”。普通人家的一条人命，在他们那里甚至还不如阔太太的一张出境证更为重要（王祯和：《小林来台北》，1973）；与乡村相比，城市到处充满了欲望的诱惑和人性堕落的陷阱，任你怎样挣扎都无法逃脱。进入城市的那些年轻、漂亮的女孩子，倘要“守身如玉”简直“难于上青天”（《彩凤的心愿》，1978）。城市因为集中了各种商业化、娱乐化的消费娱乐设施，提供了各种意想不到的享乐便利，最大限度地刺激起人们的消费欲望和原始本能，但也促使人最“方便快捷”地走向堕落。请看台湾女作家曾心仪笔下的城市商厦：“时代大厦的地下楼和一、二、三层楼是时代百货公司。四楼是浙菜馆。五楼是粤菜馆。六楼、七楼是保龄球馆。八、九、十楼依次是儿童电动游乐场所、歌厅、花园蒙古烤肉。举凡现代人的消费项目，都一网打尽，在这儿供应。”[①] 对于此类城市综合消费场所，今天的很多都市人大概不会陌生，但像曾心怡那样站在“道德乡土”的立场，对之加以批判和“妖魔化”表现，却是值得关注的。作家还通过女主人公彩凤之口如此质问：

> 怎么有这样悬殊的差别呢？有的人拼命劳累，挣得几个钱，肚子还填不饱。有的人却大把大把钞票要塞给他属意的人，唯恐对方不收下。有些地方赚钱又那么容易，好像遍地都是钞票等着你去捡。……但是那辛劳的尊严在哪里呢？被谁尊重呢？谁在乎你累，你饿肚子[②]？

此种对城市和城市化运动所持的批判视角，一直延伸到80年代以后的台湾当代文学。宋泽莱在其带有荒诞意味的长篇小说《废墟台湾》（1985）中沿着曾心怡等人的思路，甚至不无夸张地展示了城市中“天堂”与“地狱”之间令人触目惊心的

① 曾心仪：《彩凤的心愿》，见《台湾小说选》第一卷，人民文学出版社1979年版，第404页。

② 曾心仪：《彩凤的心愿》，见《台湾小说选》第一卷，第404页。本文引用六七十年代台湾小说文本未注明出处者，皆出自该选集，恕不一一列出。

对比：一方面是“巨大的楼房像森林一般地矗立着”，另一方面是摩天大楼旁边杂处的底层小巷和壁隙；一方面是摩天大楼里奢华的舞厅、酒家、按摩院、成人剧院，供人醉生梦死、挥霍享受，另一方面则是垃圾围城，雾霾弥漫，临近“末日”。小说中那座位于台北市闹市中心的“粉腿大楼”，显然比曾心怡《彩凤的心愿》中的“时代大厦”要“摩登”许多，这里集中了各种酒家、剧院、按摩院、成人乐园等奢华享乐场所，挑逗起人们的各种欲望与原始本能，其堕落和邪恶的本质也更加“赤裸裸”。小说最后描述（虚构）了台北乃至整个台湾岛，在不可救药的堕落享乐和生态恶化中，沦落为一片“废墟”，不能不说对于当今正积极推动城市化运动的社会具有一定警示意义。

与此同时，作家们还把更多同情的目光投向了乡土剧变中的边缘小人物身上，设身处地地表现着这些边缘小人物的身心痛苦与不幸命运。黄春明《两个油漆匠》中的“猴子”和施叔青《倒放的天梯》中的潘地霖，尽管两人的工作环境有很大不同：一个从乡下来到台北这座国际化大都市，整天“悬挂”于台北一座24层高楼的半空，从事着大厦墙面一副巨型广告的油漆工作；一个则在1966年开启的台湾“东部开发之热潮时期”受雇为一名油漆匠，整日“高悬”在海拔两千公尺的高空，对一座“一共有120公尺长”的吊桥进行粉刷油漆。一个“混迹”于繁华的城市闹市区却与这座城市格格不入，一个置身于渺无人烟的乡野山川之上但惶惶不可终日，两人“离土”和“悬空”之体验，及由此导致的精神异常是如此相似。同样单调乏味的体力劳动，同样心灵的空虚无聊，导致了他们近乎相同的命运：一个患上了严重的心理疾病；一个虽然尚属“正常”，却在一场“意外”的“媒体化”闹剧中从高楼跌下，草草结束了自己年轻的生命。两位作家都刻意渲染了来到城市边缘，或被城市化“席卷而去”的农村打工者们，由于远离乡土、脱离土地之后“上不着天、下不触地”的悬空感，以及由此导致的“失魂落魄”、精神变异之悲剧。在铺天盖地且“史无前例”的现代化、工业化、城市化大潮中，这些处于社会底层和边缘的小人物除了遭受代表着“现代”的“城市主人”及工厂企业主们的盘剥欺凌之外，似乎别无选择。而当那些盘剥者和欺凌者又与异族殖民、西方列强的政治经济霸权彼此勾连时，那被长期压抑的个人自尊就会自然而然地很快升华为整个民族的尊严“自觉”，堪称“切肤之痛”的个人屈辱感也会自然而然地升华为不可抑止的民族屈辱感，从而令作者与读者之间达成强烈的情感共鸣，形成一种“是可忍孰不可忍”的强烈愤懑的情感氛围。

与朱点人《秋信》中的斗文先生在殖民当局的威逼利诱和乡邻亲属们的劝说下，才来到台北这座摩登都市“游览”不同，黄春明小说《苹果的滋味》里的农民江阿发一家，是迫于生计而到台北“碰运气”的。但江阿发在台北街头碰到的“好运气”，却是遭遇一场突如其来的车祸，以至于折断了双腿，从此他的后半生只能在轮椅上度过了。那“注定”是一场“与众不同”的车祸，因为撞断他双腿的肇事车不是一辆普通的车，而是一辆美国军车。坐在车里的美国军官格雷上校绝对是一位“敢于负责”的西洋绅士，于是江阿发得到了最好的医疗照料，他们一家也因此获得了一大笔补偿费。格雷上校还出于人道主义考虑而资助江阿发的“哑巴女儿”去美国读书，接受优质教育。那在台北“风景区的山岗”上高高矗立的美国教会医院，因其洁白无尘或者“白色冷冷的”建筑外壳而在台湾人心中，一直显得庄严神圣、高不可攀。江阿发一家却因这特殊的“机缘”而享有了进入这家高档医院的“特权”，他们还在医院里品尝到了在当时的台湾非常昂贵、普通人家很难消费得起的苹果。小孩子们的欢笑声和亲友们的“羡慕嫉妒恨”，使得江阿发夫妇似乎真的相信自己“碰到了好运气”。但这以失去自己的双腿换来的“好运气”，代价未免太过沉重了些。江阿发一家的遭遇一定程度上正是六七十年代台湾社会的某种隐喻：当时的国民政权“一面倒”地投到美国“老大哥”的怀抱，美国保护着台湾的“安全”，还送来大量的“美元经济”。但美国的慷慨相助绝非是无偿和“无私”的，就像失掉双腿的江阿发一样，台湾人民强烈感受到丧失自尊自立和“自食其力”的屈辱和疼痛。这也是《苹果的滋味》在当时的台湾社会产生了重大影响的原因所在吧。

相对而言，更富有民族主义情怀也更为义愤的陈映真显然要决绝许多。他在70年代创作的一系列“华盛顿大楼”小说中，尖锐批判了作为资本主义头号强国的美国对于台湾社会政治、经济和文化等领域的全方位统治和控制。陈氏发出的“天下没有白喝的美国奶”① 之警告，几乎与黄春明在《苹果的滋味》等小说中宣扬的主旨如出一辙。而他在堪称“华盛顿大楼”系列的“压轴之作”《夜行货车》(1978) 中，甚至“忍不

① 陈映真：《美国统治下的台湾》，台北《夏潮论坛》1984年6月刊。

住”让自己心爱的主人公詹奕宏，在目睹“美国上司”摩根索肆无忌惮地调戏和骚扰自己心爱的情人刘小玲之时“拍案而起”，并与刘小玲一起从象征着美帝国主义金元统治的“跨国公司”愤然辞职，登上了驶向“南方的他的故乡的货车”，离开了那个既带给他优越的生活，又给了他无数屈辱的台北。身为“台湾男人”的詹奕宏所表现出的硬气，无疑令人肃然起敬，他从“华盛顿大楼”辞职也自在情理之中。然而作家让他们从台北匆匆回到“南方”乡下，究竟是一时冲动还是经过深思熟虑的人生抉择？深受现代文明滋养、已经习惯了城市生活的詹奕宏们，能否适应乡村单调而清贫的生活？他的“乡村梦”真的会那么轻易地如愿以偿吗？

五、大陆作家：“上城里去”与离家的“盲流”

在大陆现代作家这里，表现乡下人进城并“梦断城市”一类叙事母题的作品，同样不鲜见。鲁迅的代表作《阿Q正传》（1921）向来被认为是国民性批判的经典名作，却很少有人注意到阿Q这一形象的“盲流”特征。阿Q因失去土地而无依无靠，流动于城乡之间，足以被认为是现代文学史上最早也最著名的“盲流”形象之一。他之所以流落于未庄给人家当雇工，或许是因为未庄作为相对中心的村镇，要比他更加偏远的家乡更容易寻找到谋生的机会。因为在未庄是“外来者”，阿Q处处被蔑视、被排斥，甚至只能“借住”在土谷祠里得过且过。但阿Q本人之所以“很自尊”，几乎将未庄所有的居民“全不放在眼里”，很大程度上是因为他有过几回“进城”的人生经验。进到城市的阿Q既鄙薄城里人将“长凳”称为“条凳”，看不过城里人做菜时切的葱叶细而又细，又瞧不起未庄里的“乡下人”见识短浅，不像他那样见过“城里”的大世面：他们竟然连“城里的煎鱼”都没见过[①]！当阿Q因“恋爱的悲剧”而声名狼藉，面临空前的“生计问题”时，他便与众多“盲流”一样，“打定了进城的主意”。意想不到的是，阿Q在城里恰好遭遇天翻地覆的辛亥革命。“革命”造成的动乱促使他“机缘巧合”地加入盗贼的团伙，“趁火打劫”了一番举人老爷的财产。他在陌生的城市里很快（草草）完成了由“盲流”到“流氓”（盗贼）的人生歧变。当“发迹”的阿Q再次回到落脚的未庄时，他发现庄子里所有的人，甚至连权倾一时的赵太爷都对自己刮目相看。阿Q充分见识了革命的威力，也尝到了革命的甜头，他开始萌生“投降革命党”的念头，并因之产生了种种不切实际的美妙幻想。然而他始料未及的是，革命党不仅不接受他的“投降”，反而很快将其草菅性命，使他从“中兴”迅速走到了“末路”。

笔者认为《阿Q正传》言简意赅地揭示了“革命”“现代”与“城市”之间的关联：“革命”是追求“现代”的极端方式，“革命”的目的是要缔造“现代”抑或更加“现代”的中国，“革命”还曾被认为是最快捷、最彻底的一种“现代化”行动。“革命”最先发生在城市，然后波及乡村。从城市而来的“革命”打破了传统乡土社会的固有宁静和自给自足的自然经济生态，接踵而来的是改天换地的大变动和人伦纲常的颠覆。革命还加速了城市（现代化）的影响力和急速扩张。被（城市）革

---

① 鲁迅：《阿Q正传》，见《鲁迅小说全集》，燕山出版社2013年版，第60页。

命所影响或“裹挟”的乡村，从此更加沦落为城市的附庸，沦为城市（现代）化所改造、所支配的对象。作为“盲流”的阿Q最终被城市里的“衙门”判处死刑，并在城市里押赴刑场，实现了“大团圆”，充分说明了城市对乡村的支配权。而在小说结尾处，我们看到被阿Q所仰慕乃至“疯狂”追求的赵太爷家的佣人吴妈，也已来到城市里“做工”了。此后沿着吴妈这类乡下女人“进城”的足迹，必将在中华大地上演无数生动曲折的“传奇”故事。

老舍笔下的祥子堪称现代文学史上“乡下人进城”叙事的一个经典人物。根据《骆驼祥子》（1936）这部小说的描述，祥子从小“生长在乡间”。合理揣度这里的“乡间”，应该是离北京不远的郊区或河北等地的乡村。祥子在“失去了父母与几亩薄田”之后，18岁的他便“带着乡间小伙子的足壮与诚实”，满怀希望地来到北京这座大都市追寻自己的人生梦想。最初一段时间，“凡是以卖力气就能吃饭的事他几乎全作过了”，但对于自己这样一穷二白的乡下年轻人来说，“拉车是件最容易挣钱的事”①，于是他一心一意地做起了一名人力车夫。刚来到北京的祥子既年轻力壮，又淳朴敦厚。作家反复强调他“就像一棵树，上下没有一个地方不挺脱的”，“他确乎有点像一棵树，坚壮，沉默，而又有生气”②。笔者在前文已指出，没有比“树”这一意象更适合于描述黏附于一方土地的农民形象了。然而祥子却不幸是一株移植抑或“流动”到都市里的“小树苗”，他在这里注定“水土不服”，注定会被城市的无边黑暗

① 老舍：《骆驼祥子》，人民出版社1962年版，第4页。
② 老舍：《骆驼祥子》，第5页。

所吞噬，所腐蚀。我们发现进到城里的祥子遵循的依然是根深蒂固的“乡下人”思维。他想拥有一辆属于自己的“洋车”，这不仅是他的人生目标，而且已经近似于支撑其生存意志的“终极信仰”，就像老实本分的农民对属于自己的土地或者“房子”的执着追求一样。与农民式的辛苦劳作、省吃俭用的“攒钱”行为极为相似，祥子对车子的追求目标也是精打细算且信心满满的。在当时的北京拥有一辆“洋车”大概至少要一百元，对他而言简直是天文数字，“但是，他下了决心，一千天，一万天也好，他得买车！……他不吃烟，不喝酒，不赌钱，没有任何嗜好，没有家庭的累赘，只要他自己肯咬牙，事儿就没有个不成”①。由此可见祥子是何其天真烂漫，又是怎样的一厢情愿！他完全没有意识到即使拥有一辆属于自己的洋车，可以“不再受拴车的人们的气”，但照旧会受坐车的上等人们的盘剥压迫，照旧无法改变自己的悲苦命运。

经历了“三起三落”的曲折命运，尤其在目睹了“有车一族”的老年洋车夫照样无依无靠、冻死街头的惨剧之后，祥子终于“觉悟”且动摇了。尤其是在他经受不住作为城市“中产阶级”之表征的虎妞的威逼利诱之后，他所有的梦想与坚持，他的那点“乡下人”的自尊与自负，乃至（道德）自信，都统统被彻底击垮了。他终于明白“无论自己怎么要强，全算白饶。想来想去，他看出这么点来：大概到最后，他还得舍着脸要虎姑娘；不为要她，还不为要那几辆车么？‘当王八的吃俩炒肉！’他不能忍受，可是到了时候还许非此不可！”② 从祥子

① 老舍：《骆驼祥子》，第7页。

② 老舍：《骆驼祥子》，第56页。

下定决心“舍下脸”去“要虎姑娘”的那一刻起，他就下决心做好了心理准备，去当“吃俩炒肉”的“王八”！他开始幻想着过一种不劳而获的“上等人”的寄生生活。然而“王八”怎么可能那么容易就能当上，即使当“王八”，也轮不到祥子这样的人！在守财如命、六亲不认的虎妞父亲，同时也是城市“坐地虎”的刘四面前，祥子乃至虎妞完全不是其对手。结果不论是依靠自己流汗流血而获得一辆“洋车”的“小目标”，还是甘愿当“王八”而在城市里坐享其成的“宏大理想”，祥子都未能实现，反而落得人财两空的可悲下场。

小说最后，祥子完全沦落为城市流氓无产阶级的一员，成为彻底丧失了理想和寄托的、比阿Q都不如的行尸走肉。“祥子还在那文化之城，可是变成了走兽。”① 他被这座城市的不公不义所迫害，也被它的腐朽堕落所侵蚀，几乎与这座古老的都市一同沦落。他在失去“乡下人”本分的同时，也丧失了做人的起码节操。他“看透”了这个社会，开始习惯于吃喝嫖赌、及时行乐、得过且过，甚至欺软怕硬，向官府告密，整日思索着怎样不劳而获和“沾点便宜”。按照作者的说法，祥子已沦落为“堕落的，自私的，不幸的，社会病胎里的产儿，个人主义的末路鬼！”② 在传统的以宗法制为基本社会关系的乡土社会，我们发现“失（故）土”常常与“失所”紧密相连，流离失所的“流民”也就很容易变成无所依赖的“无赖”与“流氓”，阿Q与祥子的流氓化就是典型例证。祥子既可以说是“阿Q第二”，也可以说是超级大城市里的阿Q升级版。

---

① 老舍：《骆驼祥子》，第211页。

② 老舍：《骆驼祥子》，第224页。

《阿 Q 正传》里的“城”应该是浙江绍兴一带的“江南小城”，与《骆驼祥子》里的北京自然不可同日而语。北京在现代中国堪称是独一无二的将古老与现代、本土与西化、田园与都市、文化与政治等复杂要素近乎“完美”地融合于一体的奇特城市。她是“中心里的中心”，“都城中的都城”；她既承传了古老中国的政治（国都）中心地位，又一度引领时代风骚，成为文化教育和创新的“先进”摇篮，是无数国人尤其是中原内陆地区人们心中的“圣地”所在。而与北京“相异成趣”的则是“摩登”上海的迅速崛起。上海“市”与北京“城”相比，显然更代表了一种完全异质的现代城市文明。作为西方殖民主义与现代海商文明冲击下的畸形产物，上海更能折射出普通中国人对“现代（性）”的向往乃至痴迷。这在张爱玲等“海派”作家笔下，已经有着淋漓尽致的表现。但在更多的现代文人眼中，上海既时尚先进、五光十色，又光怪陆离、腐朽堕落。她既是人造的天堂又是罪恶的地狱，既是东方明珠又是群魔乱舞的“魔窟”与“魔都”。这一既鲜明对立，又相互交织、不可分割地融“天使与魔鬼”于一体的双重城市形象，一直牢牢地“定格”在国人的视野中。

在笔者看来，老舍的《骆驼祥子》与鲁迅的《阿 Q 正传》等经典作品，都在触及传统中国文化某些隐秘而本质的负面特征的同时，尖锐批判了现代中国的城乡变革对于底层人（农）民的侵扰、腐蚀和伤害。而无论是鲁迅笔下的阿 Q、老舍笔下的祥子，还是茅盾倾力塑造的吴荪甫，他们来到城市后都未能实现命运的真正转机，反而加剧了自己人生的败落乃至灭亡。他们的“城市梦”抑或“（现代）革命梦”，在残酷的现实面前都被撞得粉碎。就这一点而言，两岸现代作家并无本质区别。但正像笔者在前文指出的那样，与台湾作家不同的是，大陆作家并没有将城市与现代性完全视为本土社会的“异己”势力，相反，大陆作家讲述得更多的却是农村人对现代城市的向往与追慕。早在李劼人30年代创作的《死水微澜》（1935）中，我们已看到农村出身的邓幺姑因为居住在离成都不远的郊区，从小便就对大城市成都充满了向往。为了实现自己到城里生活的梦想，她甚至不惜嫁给成都大户人家的老太爷“做小”，未能遂愿才“退而求其次”地嫁给了天回镇上一家杂货铺的老板蔡兴顺。——天回镇这座小城镇虽然比不上成都那样的大城市，但总比在乡村种田好了许多。邓幺姑的城市梦想，可以视为20世纪中国广大农村人共同的人生理想。邓幺姑之后，更有无数农村出身的青年男女飞蛾扑火般地奔向城市，追求着那里的现代生活。对于很多农村人来说，“中国梦”往往就是他们梦寐以求的“城市梦”。正因如此，一部部形形色色地表现着“城乡之恋”的作品才争先恐后地登上文坛，并打动了无数读者的心灵。

与六七十年代的台湾地区在美元支持下迅速实现经济腾飞，融入全球体系下的海商文明迥然不同，大陆社会却在这一时期一度陷入意识形态激烈冲突和“以阶级斗争为纲”的热狂。随着伟大领袖“知识青年上山下乡”的一声号召，一种“反（时代）潮流”的“逆城市化”运动曾一度兴起，与台湾地区轰轰烈烈的城市化运动几乎“背道而驰”。有意思的是，城市里的“知识青年”来到乡村，大多数并没有在“农村的广阔天地里大有作为”，促使农村向现代化、城市化方向变革，反而更加“见证”了乡村的落后愚昧，甚至由此扩大了城乡之间的差距。作为中国当代文学史上一个重要现象的“知青文学”潮流，对此已有了生动丰富的艺术呈现和历史反思，笔者在此不再赘述。随着70年代末开启的改革开放，一方面是农村人逐渐摆脱土地的约束，另一方面随着经济的发展而在农村出现了大量“过剩劳动力”，农民们开始向城镇乃至大城市转移。但严格的具有限定人身自由性质的户籍制度依然将他们的“户口”牢牢束缚在农村“老家”，于是就有了大量农民在城乡之间的辗转迁徙，就有了社会普遍关注的流动于城乡之间的“盲流”现象，以及农村里的“留守儿童”与老人、夫妻的长期分居等社会问题；甚至每到最具“团圆”意味的春节前后，常常出现举世闻名的独具中国特色的“春运”现象。

作为固定语词的“盲流”一词，最早应追溯到1953年4月国务院下达的一份《劝止农民盲目流入城市的指示》，这堪称是国内“盲流”概念的首次提出；此后国务院又于1956年、1957年，先后向农村地区发出《防止人口盲目外流的指示》；1959年3月，中共中央、国务院联合下发了《关于制止农村劳动力盲目外流的紧急通知》。这一系列的文件和通知，将“农村劳动力”牢牢限定在了自己的“乡土”之内。“盲流”这一词语也成为特定时代的“敏感词”之一。直到80年代“盲流”现象不再“非法”且日益普遍，这一词语才走出了自己的“敏感期”，甚至变得家喻户晓，成为内涵丰富、感情内蕴复杂交织的时尚“关键词”。它既折射出城市居民对来到城里打工的“乡下人”的身份歧视和嘲讽意味，又体现着来自乡下的“农民工”们的某种自嘲和自我身份认知。有意思的是，无论是作为语义学的“盲流”一词，还是作为社会现象的“盲流”大潮，都与中国历史上的流民或“流氓”现象，及其背后的文化传统有着深厚的历史渊源。它们都预示着或代表了主流社会对那些脱离乡土的边缘农民的“不信任”：摆脱了乡土社会宗法人伦关系约束，这些农民很可能沦为丧失了道德律令、胡作非为乃至犯上作乱的“流氓”或“流寇”。传统乡土社会的这些边缘农民，其宿命似乎只能如此，但现代城市的蓬勃发展却给他们指示了另一种可能的前景，那就是被现代城市这一“共同体”所接纳并融入其中，逐步被塑造为现代城市的“市民”抑或“公民”。

80年代“继往开来”和持续深入的改革开放，同时引发了中国历史上前所未有的城乡变迁。文学既是社会变迁的晴雨表，又是时代变革的嘹亮号角。“80年代文学”堪称是继“五四”文学之后，20世纪中国文学发展史上的又一座“高峰”。而对新中国社会城乡变迁的历史回顾和现实观照，则是80年代文学的重要主题。当代作家高晓声创作的短篇小说《陈奂生上城》（1980），应当说为大陆作家“涌入”这一领域揭开了历史性的“序幕”。主人公陈奂生既非茅盾笔下的吴老太爷那样的封建社会古老“僵尸”的化身，也不是台湾作家朱点人笔下的陈斗文一类的地方“乡绅”。他因为偶然的机遇来到“城里”，却在城市的“现代”及“豪华”面前无所适从，尽显自己的荒唐可笑。虽然这是一篇具有时代特征的“颂歌”性作品，但作家站在“城里人”的立场，对来自乡下的“漏斗户主”陈奂生极尽嘲讽之能事（尽管没有太多恶意），以及“落后农民”作为落后势力的代表，必将被现代化“冲刷而去”的

“视角”，却具有某种超越时代的“历史”共性。小说标题中的一个“上”字，形象地凸显出了城乡之间的“上下”和“里外”差别。这一从“城里”俯瞰“乡下”的略带善意的嘲讽视角，自80年代一直延续到新世纪众多农村题材的小说和影视戏剧作品中。农村人尤其是中年农民的保守固执、见识短浅，常常被演绎为城市人取乐和取笑的对象。

真正以“乡下人”视角尤其是站到乡下“有志青年”的立场，设身处地地表达他们对城市的渴望，表现他们在追求“城市梦”中的苦乐交织和种种悲欢离合，在这一领域做出杰出贡献的是英年早逝的陕西作家路遥。路遥的《人生》（1982）、《平凡的世界》等作品，之所以在当时引起了几乎全社会的轰动效应，就在于它抓住了“城—乡”纠葛这个敏感的社会神经。而像路遥那样“朴拙”的作家，竟能在当代中国大陆拥有如此众多的读者群，很大程度上是因为他表达了亿万农村青年力求挣脱乡土的束缚，向往现代城市的真切心声。他以朴实的笔触描述了无数青年为了从“乡下”奔向“城里”，改变自己的人生命运而苦苦挣扎、艰难奋进的真实心路历程。只要乡土中国的社会本质尚未发生根本变化，“城市中国”的理想愿景尚未完全实现，“路遥热”就会持续不退。

在笔者看来，像三四十年代现代文学巨匠和六七十年代台湾乡土作家那样，对现代化大城市的负面形象进行揭露和批判，直至90年代的大陆文坛才时有出现。青年作家邱华栋曾尖锐讽刺北京这座城市“就像一块肿瘤一样在生长着，而人们却像癌细胞一样从四面八方汇集而来”（《所有的骏马》）。人们来到城市，靠出卖肉体和智慧生存，他们不得不买卖梦想，

“然后在物质中消耗自身，成为更为简单的物质”。因此，城市里的人们就像被驱赶的马匹一样拼命奔跑，被自己不断膨胀的欲望追赶得筋疲力尽（《城市中的马群》）；城市里根本没有真实的情感，更不要说天长地久的爱情。当代都市的情感就是“以当下为主流精神，以欲望为核心”，这样的情感“迅速、火热、刺激、偷偷摸摸而又稍纵即逝”（《手上的星光》）。但邱华栋讲述这类故事的语气却更值得玩味——既尖酸刻薄、满怀惊诧又不无艳羡、津津乐道，与明清市井小说惯常的讽喻手法简直太过“神似”。而作家本人也像极了他笔下那些从外地小城市（乡镇）义无反顾地奔向北京，奋不顾身地爬向北京这座“城市玻璃山”的男女青年一样，以“足够的热情”把自己的青春年华与生命热情，在这座都市里消耗殆尽，“借以换取我们想得到的东西”[1]。

半个世纪以来，底层农民在城乡之间游离奔波，苦苦挣扎，他们的“城市梦”不断破碎却又“前仆后继”。这是数千年中国历史“史无前例”的现象，它折射出传统乡土中国向现代“城市中国”的必然转型，以及这一转型中的阵痛与反复。当代大陆作家刘庆邦在其中篇小说《到城里去》（2002）中，对此有着颇为集中的概括性表现。小说女主人公宋家银与《死水微澜》中的邓幺姑一样，相貌出众，风采过人，其心计也不亚于当年在成都郊区爱得死去活来的那位“蔡大嫂”（邓幺姑）。我们看到时隔半个多世纪之后，农民对城市的梦想依然是那么执着却又遥不可及。宋家银年轻时被介绍的第一个“对

① 邱华栋：《所有的骏马》，百花洲文艺出版社 2016 年版，第 1 页。

象”，是一位新疆工人的儿子。“都说那个对象将来也会去新疆当工人”，她便下死命巴结对方，“为了让那个人当了工人后还能对她好，她就把自己的身子给了那个人”。后来那个人果真去新疆当了工人，但当了工人的他却将宋家银甩在了脑后。宋家银只好与30年代的邓幺姑一样，“退而求其次”地嫁给了其貌不扬、在县城“水泥预制件厂”当临时工的杨成方。小说中的杨成方“个子不高，人柴，脸黑”，相貌奇丑，却因为顶了个“工人”的身份而“一俊遮百丑”。在宋家银看来，“临时工也是工，是工强似农”。这样的逻辑简直不可思议，但在20世纪六七十年代却是一个“普遍的共识”。后来杨成方所在的工厂解散，他回到家里却被老婆宋家银赶出家门：“要不是看你是个工人，我还不嫁给你呢。你当工人，就得给我当到底，别回来恶心我。”杨成方只好离开家乡，先后辗转郑州与北京等大城市打工谋生，甚至只能靠捡拾垃圾“发财致富”。宋家银与杨成方的遭遇及心态，可以说是无数农民之共同命运的缩影：无论怎样追求与努力，他们都无法成为真正的“城里人”。正如宋家银去了一趟北京后对城市产生的“新认识”：“城市是城里人的。你去城里打工，不管你受多少苦，出多大力，也不管你在城里干多少年，城市也不承认你，不接纳你。”① 除非你在城市升官发财，具备了经济实力和政治权势基础，否则永远不可能成为城市的真正主人。

宋家银的“城市梦”令人唏嘘不已，恰如作家兼评论家陈建功针对这部小说的评论：“宋家银的梦在许多人看来或许实

① 刘庆邦：《到城里去》，花城出版社2010年版，第77页。

在是卑微而渺小，但她为这卑微而渺小的梦所付出的心机和能量，个中所深藏的人生酸楚和对尊严的诉求，却不能不让人生出无限的同情和敬意。”① 宋家银的梦是广大农民和底层民众共同的梦，这一梦想无论多么“卑微”，都不可被忽视、被亵渎。在自己的“城市梦”破灭之后，依然将其寄托到儿子身上，由此可见她（他）们对城市是如何的痴迷不悟。这与70年代台湾乡土作家的文化选择，可谓既遥相呼应又形成了鲜明对比，尽管前者与民族自尊无关。

六、短短的余论：“乡土”的现代流离

站在21世纪一二十年代的今天，重新回望20世纪三四十年代，那无疑是一个苦难与动荡并存的年代、战火与热血交织的时代。海峡两岸民众在那个特殊的年代“同仇敌忾”，共同追求民族解放，抗击日本殖民统治和武力侵略的意志堪称日月可鉴。在异族欺压、殖民统治和战争危亡时期，处于“中心”地位的大城市既是异族（半）殖民的平台、侵略者觊觎的对象，也是民族受难的“肉身”象征。20世纪50年代，海峡两岸在意识形态尖锐冲突和“汉贼不两立”思维定式左右下，一度紧张对峙和彼此隔绝。六七十年代，台湾社会利用中国大陆闭关自守、全球冷战思维下的“美元外交”等“得天独厚”的优势，率先在岛内开启了经济飞跃和大规模的城市化运动，实现了台湾社会“脱胎换骨”般的现代转型。尽管由于种种原因，中国大陆社会的现代化与城市化步伐一度延宕或徘徊，但

① 陈建功：《一镢头刨到骨子里》，见刘庆邦《到城里去》，花城出版社2010年版，第133页。

整个社会对于现代化的热切追求，向往现代化的火热激情，却常常显得更加浓烈深厚。表现在文学领域，就是农村人对“城里人”的艳羡，农村人主动“到城里去”及其对“城里人”的身份追求，始终成为现当代文坛的“主旋律”。这与台湾文学持续不断地对“殖民现代性”的警惕和批判，对现代都市的“藏污纳垢”及其带来的人性堕落，所进行的尖刻揭露迥然有别。两岸文学潮流的相异相似及其彼此的“呼应”，无疑既值得回味又提供了诸多令人遐想的空间。特定历史语境下台湾文学及其文化发展的“（殖民）先锋”特性，尤其为祖国大陆提供了可资借鉴抑或“引以为戒”的一些要素。

到城市去！到台北去！到上海去！到北京去！即使身处最为“中心”的都市北京抑或上海，一些“城市追逐者”们依然不能满足自己的人生意愿。他们更大更远的梦想是“到西方去”，“到纽约去”！那里才是世界之巅，那里才是“中心的中心”。由此引发的则是另一个波澜壮阔的社会潮流和文学热潮——留学（移民）欧美抑或“洋插队”潮流，以及一轮又一轮的“跨海”飘零。传统“乡土中国”在全球范围内的“越洋”大潮面前，既遭遇到前所未有的冲击，也面临着“千载难逢”的历史机遇。不过这显然已超出了本书论题的范围之外。

第九章
妈祖信俗：灵动的中华神

发端于闽南沿海地区的妈祖信俗，既没有基督教、伊斯兰教、佛教等高级宗教形态的精密理论学说，也没有世界上其他宗教信仰体系的发达组织系统，在其流传过程中甚至连自觉推动的“专业”人员都缺乏。它几乎完全由民众“一传十、十传百”地自发掀起，然后逐渐形成了一个庞大而稳固、深厚而持久的文化心理现象。被崇拜的人物原型——林默本人既非历史上的帝王将相，又非江湖上的英雄好汉；既没有特殊的家世背景和高贵血统，又无令人瞠目的丰功伟绩。然而就是这样一个普普通通、极不“起眼”的小女子，却被广大普通民众“风传”得神乎其神。妈祖信俗不仅从闽南偏远地区走向“大江南北”，风靡海峡两岸及整个华夏中国，还跨出国门走向世界，在全球范围内形成了普遍性的信仰浪潮。据不完全统计，目前妈祖信俗已传播到世界 20 多个国家与地区，拥有两亿多信众和 5000 余座妈祖庙①。它由最初带有巫术崇拜性质的地域性习

① 何少川：《飞跃中的湄洲岛》，载《世界的妈祖》，福建海潮摄影艺术出版社 2010 年版，第 4－5 页。

俗，逐步发展为全国乃至全球性的民间信仰体系，不能不说是人类文化史上的一个奇迹。

妈祖信俗在历经千年流传之后，既体现了中华文化流动与乡土守望的统一，更折射出南方与北方、江湖与庙堂、地域边缘与皇朝中心等不同势力走向和谐共融的进程，见证了中华本土海洋文明的辉煌历史及中国、东南亚沿海城市的形成发展。作为代表中华文化特性的象征符号之一，妈祖信仰必将对当今中国的“海洋强国”战略和中西文化交流发挥重要作用，有助于全球炎黄子孙的团结亲善。

一、文化流动与乡土守望的统一

近年来，关于“文化流动”的理论越来越受瞩目。文化流动不同于文化传播。根据笔者的理解，传播是离不开传媒（媒体）介入的，文化流动则是文化自身激发的趋向与动向使然。文化如水，焉能不动？正如有学者指出，这个世界充满了流动，如果说自然界一刻都不能停止从江河湖海到大气之间的往复“流动”，那么人类社会也同样离不开从“物流”到各类信息的交流等精神文化的流动。文化流动说到底离不开人的流动，人是文化的创造者，也是文化的基本载体，有人的地方就有文化，人的流动必然导致文化的流动。而文化只有流动起来，才能焕发出蓬勃的生命力和创造力。“流动的文化需要更为广阔的空间来展露其勃勃的生机与活力。文化的流动性决定了它只有在创新、交流中才会有更大的发展。”① 我们的古人常

① 王京生：《文化是流动的》，《中国文化报》2012 年 5 月 15 日。

常将“动”与“生”并列，“动”乃是生命本身的基本表征，文化的生命力恰在于它的“活水”性质，正所谓“问渠那得清如许，为有源头活水来”。对于今天的中国来说，如何进一步推进文化流动、提升经济流通效能，无疑是一个急迫而严峻的任务。

妈祖信俗的四海流传为“流动的文化最具生命力”这一观点提供了绝佳注脚。妈祖作为福建南部特殊人文地理环境造就的地方神祇，其最本质、最突出的特征就是体现了闽南人较其他区域的人们更熟悉海洋环境，并善于造舟、驾船、谙熟水性的特性。妈祖信俗的普遍流行，说到底是与福建、广东乃至江浙地区不断兴盛的海商文化，以及历史上不同时期的闽粤移民大潮息息相关的。宋元以来，闽南人在海上商通与漕运中起着越来越不可替代的顶梁柱作用，而闽南海商和水手对妈祖的信奉则促成了妈祖信俗的广泛拓展。南宋庆元二年（1196），大量闽商和水工、船夫北上，妈祖信俗遂开始了从闽南北上“中原”的历史航程。同样在这一年，据传泉州晋江僧人觉全“梦神命作宫”（万历《泉州府志·坛庙》天妃宫条），于是建泉州妈祖庙，即今之天妃宫①。泉州天妃宫的建立标志着妈祖信俗的流传在闽南一带出现了一个新局面②。泉州因其特殊的天然地理位置与优越的经济条件，在历史上被誉为“海上丝绸之路”的起点，一度与埃及亚历山大港齐名，成为世界上两大海上贸易港口之一。同一时期，泉州造船技术已达世界一流水

① 参照李少园：《论宋元明时期妈祖信俗的传播》，《福建论坛》1997年第5期。

② 李少园：《论宋元明时期妈祖信俗的传播》，《福建论坛》1997年第5期。

平，泉州船更成了世界上最先进的船种之一。性能优良的泉州船不仅可驶向朝鲜、日本、东南亚，甚至远渡非洲、地中海，同时也载回了无数为经商、传教等不同目的而来的海外人士。兴盛时期的泉州曾有数以万计的亚、非、欧各国侨民集居，形成“市井十洲人”、“缠头赤脚半番商”这样一种“夷夏杂处”的万国都会景象。各种宗教如伊斯兰教、景教（基督教聂斯脱里派）、天主教（方济各会）、印度教、摩尼教、犹太教等，与中国本土的道教、印度传入的佛教荟萃一堂，泉州也因此获得了“宗教博物馆”的称号。值得一提的是泉州天妃宫在建造800年后（1996），成为全国规模最大、唯一被中央政府列为全国重点保护的妈祖文物古迹。

妈祖信俗的流传线路主要有两条，一条沿海岸线向北，途经江浙、山东、天津、东北等众多水域地区，直达最“中心”的首都北京；另一条则从福建到广东沿海地区、东南亚等地不断拓展。妈祖信俗在中国第一大岛台湾的传播最为广泛密集，目前全台湾共有大大小小的妈祖庙1000余座。香火最旺的是位于台北云林的北港朝天宫，号称台湾妈祖的总庙。位于澎湖岛上的天后宫则被认为是妈祖流传到台湾的第一站。妈祖信俗还在明末传入日本，沿九州岛北上传播到日本本州各地。至于明永乐三年（1405）后30年间的郑和七下南洋，首航即由泉州港起航，往返于东南亚、印度洋、阿拉伯等30多个国家，妈祖信俗也随之在这些地区广为流传，直至欧美各国。美国的旧金山、纽约、檀香山、夏威夷，法国的巴黎及巴西的圣保罗也都建有妈祖庙。事实上，凡是海上能通航的华人聚居地几乎都曾建有风格不同、大小不一的妈祖庙。妈祖信俗是从明代开始传入欧美国家的，其“西行”路径也是由东南沿海出发，经过南洋群岛、波斯湾而到达欧洲大陆，当年“郑和下西洋就走的是这条路，而欧洲人也是通过此路认识妈祖的”①。

不过对妈祖信俗的考察仅仅限定在文化流动和海商文化范畴之内，显然又是偏颇的。传统中国社会在本质上是乡土性的，根植于土地的农民对自己固守的一方乡土往往产生一种“黏附性”，生于斯、长于斯、死于斯，不到万不得已绝不离乡背井。然而迫于生计，中国历史上又有着大量的迁移与移民现象。一方面不得不远走他乡，甚至远涉重洋，另一方面却又如此眷恋乡土，频频回望故乡。妈祖信俗相当典型地折射出了华夏儿女在被迫迁移中对故乡及乡土的不舍和守望。信奉者在出海之前往往都要到妈祖庙“分灵”，祈求护航女神的保佑。在航行途中则把妈祖像供奉船头，待安全抵达目的地后即修建庙宇祭祀并答谢她的庇佑。最初的妈祖庙宇往往较为简陋，后来才逐渐修缮完善，成为当地著名的景观建筑。此举既反映了闽南海商及华夏儿女在信仰方面的世俗化，也体现了他们“饮水思源”、知恩图报的道德信念。另外，这些渡海而居的人们即使来到陌生的他乡异国，往往也聚集而居，以便随时相互援助，获得心理安全感。如同最亲近的人总是离不开“乡里乡亲”一样，最灵验的自然还是来自故乡的神明。而通过对妈祖的祀奉和崇拜，更可寄托怀念故土、痴恋故乡的深厚情思。从国内城市随处可见的“同乡会馆”，到遍布世界各地的“唐人街”，都可见出华夏子孙在迁移流传中“人因神聚、神因人移”

---

① 李露露：《妈祖神韵》，学苑出版社 2003 年版，第 202 页。

的这种深厚历史传统。由“血缘”“族缘”和“地缘”以及在此基础上形成的“神缘”，共同组成了华人社会源远流长的乡土承传。

二、地域边缘与皇朝中心的“合谋”

中华民族地域辽阔，人口众多，再加上古代交通工具落后，在不同区域内长期形成了各具特色的地域文化。仅就广义的南方人与北方人而言，生理和文化心理的差别是相当明显的。林语堂曾指出：“南方与北方的中国人被文化纽带连在一起，成为一个民族。但他们在性格、体魄、习俗上的区别之大，不亚于地中海人与北欧日耳曼人的区别。”[①] 在中国历史上，北方的“中原”地区因最早承受文明之光，成为中华文明的中心地带。而历史上的南方则屡屡被北方征服，尤其是更“北方”的游牧民族先是入主中原，然后再一鼓作气地顺利“南下”，将中原“前朝”赶到了“天涯海角”之外。同时，受北方政治与社会动荡的影响，自秦汉以来中原人民便不断南迁。现在泉州地区的王、林、陈、黄、郑、唐、邱、何、胡等姓氏的祖先，多来自北方中原地区。北方民族的迁入不仅很好地保存了北方的文明，如南方客家人即因继承中原地区语言与生活习性而得名，而且把先进的文化带入南方，与当地文明结合，使当地文明后来居上，甚至一度引领和带动着北方文明的发展。两宋时期，福建书院遍布，朱子理学领一时风骚。诞生于差不多同一时期的妈祖文化及其在北方各地的流传，为南方

① 林语堂：《中国人》，第 31 页。

文化“反哺”北方提供了一条重要历史线索。

作为闽南文化产物的妈祖信俗，最初只是当地特定地理和人文环境的独特象征，但在其四海流传的过程中却逐渐被赋予了超越时空与地域，乃至跨越民族和国家的永恒意义。这既反映了广大信众的非凡智慧与气度，又折射出妈祖信俗本身所具有的超常“可升华性”和包容性。妈祖信俗的流传历程不仅表现出那些渺小的草根弱势者与边缘者竟可以“强势”到“无往而不胜”的非凡境地，同时也折射出草根信众与官方“纠缠”乃至“妥协”的惊人智慧：在中国历史上，任何一个民间神祇如果不符合中央王朝的利益，或者挑战和冒犯中央统治的权威，往往难逃被朝廷“征讨”甚至剿灭的命运。但妈祖信众们巧妙地使其信仰在自身需求与“高高在上”的朝廷利益之间探求到了一个最大公约数。妈祖信俗的诞生、流传与拓展，极为形象地表现了南方与北方、江湖与庙堂、地域边缘与皇朝中心、“在地”的草根百姓与“天上”的中央王朝政权，乃至女性与男性、弱势群体与强势力量之间既博弈又妥协、既相互角力又彼此依存，最终走向和谐共融、共存共荣之“双赢”与多赢局面的历史进程。在官府和民间的互动和共同推动下，海神妈祖被打上了“护国庇民”“为国为民”的多重文化心理内涵。同时，在官府“推波助澜”的强力作用下，妈祖信俗迅速扩展并逐步代替其他海神，一度取得了统御全部海神的最高地位。而广大妈祖信众在诡谲的时代动荡中表现出的淡定与洒脱、圆滑与圆融、超越与坚定，更令人深深叹服并感慨万千。我们发现无论是宋元时期的统治者借妈祖的威灵稳定政权，加强漕运和发展海外贸易，还是明清以后“海上丝绸之路”被人为阻断，统治当局开始实行严厉的海禁政策，妈祖信俗都没有受到多少实质性的冲击，依然“荣辱不惊”地保持着旺盛的香火，还得到了新一代统治者的认可和进一步敕封。

饶有兴味的还有，从宋徽宗派出的出使朝鲜的使节路允迪，到明朝初年的郑和等“朝廷要员”皆对妈祖笃信不疑。路允迪等人从海路出使朝鲜途中多次历险，回来后奏请朝廷答谢妈祖的护航“神功”，才有了历史上朝廷第一次封赐妈祖的记录①。郑和远洋更是每航必于船头奉祀妈祖神像。他还曾两次亲诣湄洲庙祭祀加封，增修庙宇。至于郑成功与施琅这对政治上势不两立的“冤家”，也不约而同地相信并宣扬妈祖的灵验，认定妈祖“保佑”他们取得了战争的胜利。妈祖获得了不同势力乃至敌对双方的共同信奉，个中奥秘确实值得探究。近年来有学者指出，产生于中国本土的民间信仰早已发展为一种包含上层统治精英在内的“全体中国人的精神信仰”，从而构成了中国社会最重要的宗教传统②。作为一种相对“晚起”的民间信仰形态，妈祖信俗对儒释道主流文化的吸收和杂糅已人所共知：史载妈祖林默生前“以巫祝为事”，可见是一名乡间巫女；妈祖信俗在宋代的崛起与当时统治阶层的崇道观念直接相关；妈祖梦中救父的传说还表明了她与中国古代“孝女救父”、花木兰替父从军等故事之间的承传关系，她是一位典型的儒家“孝女”；人们心目中的妈祖还与佛教中“救苦救难”的观音菩萨非常接近，早期的妈祖信俗甚至有妈祖乃观音化身的说法，

① 罗春荣：《妈祖文化研究》，天津古籍出版社2006年版，第25页。

② 朱海滨：《中国最重要的宗教传统：民间信仰》，见复旦大学文史研究院编：《“民间”何在　谁之信仰》，中华书局2009年版，第45-47页。

这反映了妈祖信俗与佛教文化的深厚不解之缘。妈祖对观音的取代抑或“替补”，在某种程度上折射出人们信仰心理的本土化趋向。但在另外一面，我们不应忽视以儒释道为代表的主流文化观念和宗教传统之所以能够成为“主流”，恰恰在于它们与民间信仰之间的渊源关系：且不说中国本土的道教原本就植根于民间信仰的土壤，与民间巫术最为切近；中国本土产生的儒教，其实质也不过是“在中国各地民间信仰的基础上建立起一套规范”；而外来佛教在中国的传播，也是一部“不断适应、融合到民间信仰中去的历史”。后世儒道佛三教的互相靠近，则可理解为三者共同向民间信仰靠拢的必然表现①。正因如此，从皇帝到官僚，从贤达士绅到草根百姓共同信奉的妈祖文化，自然可称之为一种富有民族特色的“中华教”，海神妈祖也可称之为全民性的“中华神（明）”。

三、现代海洋与传统大陆的融汇

一般认为现代西方文明既是世界海洋文明的发源地，又是其集大成者。“欧洲在各个方向与世界的七个海洋相连。构成欧洲历史一个基本部分的，就是船只、护航队和征服遥远的海洋的历史。”② 世界上最古老的几个早期文明形态，如埃及文明、巴比伦文明、印度文明和中华文明，都离不开大河文明的滋润，唯独作为欧洲文明原型的古希腊文明却完全发源于海洋。后来居上的欧洲文明依靠先进的坚船利炮不断进行海上扩

① 参见朱海滨：《中国最重要的宗教传统：民间信仰》。

② ［法］费尔南·布罗代尔，肖旭等译：《文明史纲》，广西师范大学出版社2003年版，第288页。

张，最终建立了稳固的全球霸权，并“引领”其他文明形态别无选择地步入西方主导的现代国际体系。自20世纪中叶以来，文明的活水逐渐由欧洲转向北美大陆，但“三面环海”并以欧洲移民为主的北美社会，秉承的依然是欧洲海洋文明的精髓。相对而言，“中华文明从起源和思维方式上讲是大河文明，从形态与生活方式上讲是内陆文明，从本质与生产方式上讲是农耕文明”[①]。于是人们常常以蓝色的海洋文明与黄色的内陆文明作为中西方文明的不同指称。一些过于以自我为中心的西方学者还反复强调，在葡萄牙等西方人抵达中国东南沿海之前，古老的中国社会一直处于拒斥现代海洋文明的封闭和凝滞状态；他们甚至认定中国是随着西方的殖民侵略而被“拽入”世界历史进程的。从这一典型的西方中心立场出发，西方人撰写的所谓“主流”历史著作几乎毫无例外地将东方沿海城市的形成与发展，完全归功于西方殖民者的“发现”和“开埠”。但他们常常忽略了一个再简单不过的历史常识：在澳门、香港、新加坡等东方岛屿上，不仅早就有华人先于西方殖民者在那里拓展进取，而且在西方殖民者强行将它们占领之后，这些港口城市的开发与建设主体仍是华夏子民；更不要说广州、上海、天津、青岛等以西方“租借地”为中心形成的中国现代沿海城市，早在西方殖民当局“租借”之前就已粗具规模，并形成了发达的海上商业文明。以“东方明珠”上海为例，明末清初的上海尽管只是一座小县城，却已成为江南最富庶的县城之一。时人曹晟在《觉梦录》中记载：“海禁既开，民生日盛，生计

① 王义桅：《海殇？——欧洲文明启示录》，上海人民出版社2013年版，第17页。

日繁，区区小县，名震天下。"[1] 与其说是西方殖民者"发现"了上海，不如说上海拥有的独特地位和取得的经济成就吸引了西方殖民者。

历史上澳门、香港名称的由来都与妈祖信俗有关。据传，1553年葡萄牙人借口在海上遇到大风浪而登上了香山县（现广东中山市、珠海市）边上的一个小岛。他们不知此岛何名，问之当地渔民，答曰"阿妈""阿妈港"，以葡萄牙文音译就成了 Amaquam 或 Macau。阿妈即妈祖，正是福建、台湾及广东潮汕地区对天后或天妃的称呼。而香港名称由来的多种说法中，其中一种就是因位于香港铜锣湾的天后庙有座传说是由外海漂流来的红香炉，受到当地民众的膜拜，因而庙前的海港被称为"红香炉港"，后来逐渐简化为"香港"。英国人最早登上港岛所发现的三座庙宇中，就包括了位于赤柱的天后庙和红香炉天后庙。目前香港大大小小的妈祖庙、天后宫不计其数，妈祖信俗也成为香港民众最为普遍的信仰之一。新加坡的情况也与此类似：史载1810年之前新加坡海岸已出现不少闽南华侨设坛奉祀的妈祖神像，比1819年英国人莱佛士宣布在新加坡"开埠"早了多年。1839年，由新加坡各方言帮的领袖集资在妈祖祀坛小庙基础上扩建为天福宫。天福宫的兴建不仅是新加坡都市建设的里程碑，还是新加坡城市发展变迁的重要历史见证[2]。而遍及新加坡各大方言族群的著名庙宇中，几乎都供奉

---

① 转引自熊月之主编：《西风东渐》，外语教学与研究出版社2010年版，第124页。

② 参照巫秋玉：《妈祖信俗与海外闽南人的"神缘"》，载《闽南文化研究》，中央文献出版社2003年版。

妈祖神像或牌位以供崇拜，妈祖信俗作为新加坡民意最为深厚普遍的一种信仰文化，至今仍在凝聚新加坡文化认同中起着举足轻重的作用。

同样，沿着妈祖“北上”流传的线路，中国沿海的许多城市如营口、连云港、天津、烟台、青岛等地，都是以妈祖庙的兴建为标志，逐渐由原来荒凉的渔村变成了繁荣的港口城市。其中辽宁营口妈祖庙位于营口市区西部辽河入海口附近，当地人俗称“西大庙”，始建于1726年（清雍正四年），由福建航海而来的客帮和本埠药材业主出资兴建。山东烟台妈祖庙中影响较广的有三处：一是长岛的显应宫；二是蓬莱阁的妈祖庙；三是烟台天后行宫。其中蓬莱阁妈祖庙（1122）曾是古代北方建造最早、规模最大的始祖庙；长岛的显应宫一度被称为“天下第一娘娘庙”；烟台天后行宫则是我国北方仅存的具有闽南风格的天后宫，因其工程繁巨而有“鲁东第一工程”之誉。而妈祖信俗在沿海北上途中影响最大的，还应是担任拱卫京城之责的“天津卫”。天津天后宫作为天津市区现存最古老的庙宇，与福建莆田湄洲妈祖庙、台湾北港朝天宫并列为中国三大妈祖庙，有“南有湄洲妈祖庙，北有天津天后宫”之说，是北方地区妈祖文化的中心。

通过以上简单的梳理可发现，无论是南方的澳门、香港及新加坡，还是北方的天津、青岛等城市的形成与发展，凡是华人聚集和开发的沿海城市，往往都以妈祖庙为中心向外辐射，逐渐形成一座规模宏大、商业发达的现代化都市。天津民间流传这样一句谚语“先有娘娘庙，后有天津卫”，这是对天津文化起源的形象说明；澳门民间也流传着“先有妈阁庙，后有澳门城”的说法；同样在山东青岛也有“先有天后宫，后有青岛市”之说。这些民间谣谚生动揭示出以妈祖信俗为代表的中华本土海洋文明与港口都市之间不可分割的联系。历史学家们如能对此给予应有的关注，无疑会揭开被西方中心主义历史观掩盖的丰富历史的另外一面。如同欧洲的第一个城市出现在岛屿上——希腊的克里特岛，中国及东方本土的海洋城市也同样依托岛屿而兴起。可以说东西方在未有实质性接触之前，就已平行地发展出各具特质的海洋文明传统，并在此基础上形成了颇具现代雏形的港口城市。总之，妈祖信俗的四海流传生动说明了在西方殖民主义者到来之前，中国本土社会曾经自发孕育并发展出怎样辉煌灿烂的海洋文明，和以自由贸易、平等互利、合作共赢为基础的海商文化传统。尽管自明朝中叶以后，由于皇朝统治者的专制闭塞和“禁海”政策而使这一传统遭到严酷打压，它却依然在民间顽强地显示出勃勃生机，并流传到海外“开花结果”。

与西方张扬个性、积极进取的现代海洋文明不同，中国本土海洋文化传统更多地具有阴柔化与杂糅性之多重特征。与妈祖信俗体现着（海商）文化流动与乡土守望之统一的双向内涵不无相似，它同时也昭示着大陆与岛屿、内陆与海洋、中华本土与西方异域文化的复杂融汇。据《莆田县志》记载，妈祖林默诞生于贤良港，28 岁那年在湄洲“羽化升天”。湄洲当地人崇奉其为海神，并立通贤灵女庙于湄洲岛，即湄洲岛妈祖祖庙。这也是世界上最早的祭祀妈祖林默的庙宇。从宋代开始，原本为湄洲地方神的妈祖开始“登上大陆”。妈祖信俗从岛屿移居大陆并在闽南诸县“落户”，是其跨区域流传的关键起点。

不仅因为“湄洲屿是一个孤岛，难以传播，到了陆地之后，有利于信仰的传播”，还由于妈祖“落户”的这些沿海地区不乏当地的政治、经济和文化中心，以及重要的商业渔业港口，使得妈祖信俗可以借助于这些“战略要地”进一步向四方流传。前文提及的泉州海港便是重要例证。妈祖“移居”大陆以后，还被赋予了战争之神、生育之神、漕运之神、驱疫之神等多重之责，成为名副其实的“全能神”和“全民教”①。不过妈祖信俗却始终没有深入到西北等内陆地区，说明她专司海神的本质属性并未发生动摇。另外，妈祖信俗最为基本的“分灵”仪式和“回娘家”风俗，既喻示着流散于世界各地的华人华裔认祖归宗、“食德思根”、叶落归根的深厚情怀，又表达了他们将全球华人视为“一家亲”的美好愿望。正如有学者所说：“妈祖在短暂的生涯中，信仰和执着地追求‘大一’、‘太和’……这‘大一’、‘太和’表示华夏人民的团结一致，国家领土的完整统一，也就是‘大一统’。”② 这一悠久深厚的“大一统”历史传统，既决定了中华民族完整统一的大势所趋，也推动着全球华人在和谐团结的道路上不断前进。

四、余论：“全球中华”下的妈祖信俗

与对其他自然现象的崇拜类似，人们对海洋也经历了一个由原始自然崇拜、动物化想象崇拜到人神崇拜的演进过程。原始时期的人们“视海为神”，如同视风、雷、闪电等自然现象为神一样；自唐代起，以“龙王”为水神和海神的传说逐渐成

① 李露露：《妈祖神韵》，学苑出版社 2003 年版，第 35 页。

② 林庆昌：《妈祖真迹》，中山大学出版社 2003 年版，第 11 页。

为主流，唐代中期的玄宗更以钦定形式册封了“四海龙王”。龙这一相貌丑恶、被视为凶神的海神形象，相当直观地折射出人们对海洋的惧怕心理，与西方传说中的海神波塞冬颇有异曲同工之妙。但“龙”作为原始图腾的产物，却与内陆地区的农耕文明直接相关。“龙起源于中土，随着佛教的传播，王权的提倡，使龙进一步传播开来。”① 位于“南方之南”的闽南沿海百姓却把年轻貌美、勇于在海上冒险救人的林默娘奉为海神，不仅符合“男属阳，女属阴”的中华文化理念，更寄托了他们对浩瀚海洋的美好向往。与之相应的则是中原内陆地区的人们往往将海洋视为黑暗恐怖的象征，如同汉语中的“海”字“从水从晦”，具有“晦暗可怖”的内涵一样。更有些很少见过真正海洋的内陆人把大面积的湖泊也称之为“海”，如“青海”“洱海”等；东南沿海的人们却更习惯于视海为“洋”，无论是“美洋洋”还是“喜洋洋”，体现的都是他们依靠海洋、以洋为生的生活习性。“海”与“洋”的融汇以及妈祖“降服神龙”的传说，从另一角度折射出北方内陆之“海”与南方开放之“洋”的磨合统一。中国人还把毗邻自己的世界上最大的海洋命名为“太平洋”，最鲜明不过地显示了与海洋和谐共存、相互依靠、平安为本的文化心理。

黑格尔在《历史哲学》中曾认为海洋不仅给西方人以直观的“浩浩无际”和“渺渺无限”的观念，还激发起他们去超越“有限一切”的勇气，“大海邀请人类从事征服，从事掠夺，但

① 李露露：《妈祖神韵》，第 43 页。

是也鼓励人类追求利润，从事商业”[1]。黑格尔言简意赅地道出了西方海洋文明追求超越、从事商业和征服大自然及其他民族的“勇敢”特性。不过，他断言古老的中国从未与海洋“发生积极的关系”，却是过于武断的。事实上，中国本土的海洋文明向来不缺乏自由贸易、和平交流的文化精神，只是没有西方人一手持剑、一手捧着《圣经》四处“征服”与掠夺的固有传统。妈祖信俗的四海流传体现的就是这种“不争”“不抢”与和谐通融的伟大智慧。笔者认为妈祖信俗的精神实质乃是一种女性化的至阴、至柔、至软的文化特性。诚如老子所言：“夫唯不争，故天下莫能与之争”（《道德经·上篇》，第二十二章），从而能以“天下之至柔”，“驰骋天下之至坚”（《道德经·下篇》，第四十三章），展示出持久而旺盛的生命活力。同时妈祖信俗又昭示着华夏民族柔中带刚的坚韧意志、“上善若水”的德行品质和开放包容的普世情怀，代表了既“美己之美”又“美人之美”的古老民族精神。千百年来，妈祖信众们奉行一种平等互惠、互通有无、共同富裕的坚定信念，所追求的正是中国古人心中“和而不同”却“美美与共”的“天下大同”世界。而在当今全球经济日益走向一体化的21世纪，女神妈祖作为至善至美及平安吉祥的象征，既是全球炎黄子孙团结亲善、友爱一家的一道精神彩练，又可作为体现中华文化特性的重要象征符号，在不同文化尤其是中西文化交流中发挥桥梁作用。未来的中国要成为“海洋强国”，以太平洋等全球性海洋之水与世界其他民族“结缘”，强化全球范围内的贸易合

---

① ［德］黑格尔著，王造时译：《历史哲学》，上海书店出版社2006年版，第83页。

作和文化经济交流，实现内陆文明与海洋文明的对接，以及中西方文明的互补互助，那么联结了“古今中外”的海神妈祖无疑是“大有可为”的。

附 录：

从容体悟人生奥秘

——台湾作家张培耕先生散文阅读札记

台湾经济的高度发达和当代文化的多元发展，造就了不少游走在文坛边缘、默默地以文字耕耘的散文作家，张培耕先生就是其中取得了不凡创作实绩的一位。多年来，张先生以身患绝症之病躯，凭着坚韧的毅力和从容达观的人生态度，相继结集出版了《平衡的超越》《回归佛陀的时代》《佛踪万里记游》《以山为师》《以水为鉴》《智慧的钥匙》《驾驶与人生》《乡思组曲》《太极人生》等多部散文集。其中《平衡的超越》与《智慧的钥匙》两部作品，于台湾岛内外先后发行一万多册。在台湾那样一个物质化、市场化非常严重的社会里，能有如此出版业绩，不能不令人惊叹。另一方面，笔者又不无遗憾地注意到，海峡两岸的文学评论界对他的散文创作，表现出相当程度上的漠视。本文试图对张培耕先生的散文做一个粗浅的梳理，以期起到抛砖引玉之功效，也希望能引起两岸评论界对这位具有独特风格的散文作家的关注。

一、超越死亡的洒脱与坚韧

死亡大概是对人类心理及整个文明的影响最为深刻而持久的事件了。成千上万年以来，死亡一直震撼着我们的心灵；直到今天，一提到死亡，很多人仍心怀恐怖，有人甚至会联想到阴森可怖的地狱和面目狰狞的鬼魂。但正像当今学者所言，这其实是人类对死亡的一种误解，“死亡是温柔和安详的，它有着无比宽广的胸怀。人类能够死，真是不可思议的奇迹——茫茫宇宙，哪里能够找到死亡？如果没有死亡，哪里能够出现生命？”①的确，作为万物之灵长的人类，应充分理解死亡的意义并对死亡怀有敬意。因为如果我们稍具理性，就会发现生命本身是一个不可逆转的从生到死的过程，可以想象，一个没有死亡的世界该是多么可怕！而人与死神的抗争不会有最终的胜者。那么我们不如坦然面对死亡，做死神的畏友、诤友，与死神同在。

在对待生死的问题上，最集中而深刻地显示出一个人的襟怀与抱负；而人在死亡面前的所有表现，更无不显示出其意志、情操与智慧。古人早就说过，人固有一死，或重于泰山，或轻于鸿毛，虽然“泰山”与“鸿毛”在不同时代、不同环境中会有不同的理解，但人至少可以死得尊严而高贵。张先生对此的感触是很深的，他与古今中外的哲人们一样，始终怀着一种豁达、超脱的态度面对死亡，谈论死亡。在他看来，那些贪生怕死、讳言死亡，以及在死亡面前措手不及的人，往往是由

① 李书崇：《与死亡言和》，四川人民出版社 2002 年版，第 5 页。

于“没有洞察宇宙真理的智慧”的缘故。有人一方面感叹人生的烦恼太多，处处难以遂愿，另一方面却又贪生怕死，醉生梦死；有人终其一生都在死亡的阴影下挣扎生活，直到大限来临撒手而去，于是人生就成了一个愁眉苦脸的悲剧[①]；还有一些人不敢直面真实的人生，不仅讳言死亡，而且认定自己离死亡很遥远，直到有一天死神悄悄来到他身边，与其不期而遇，这才猛然发觉无常之迅速，可惜为时已晚。张先生认为这些都是对死亡不正确的态度。

相反，如果把生命看成一种生死交替、彼此消长的自然过程，正所谓“生劳死息”“生旅死归”，死亡就变成了类似于回归母亲怀抱的长久的休息；如果把死亡既看成生命的终点，又视为一个新的起点，所谓“落红本是无情物，化作春泥更护花”，老朽而陈旧的生命从此终结，崭新而稚嫩的生命由此开始，那么人们对于死亡就不仅不充满恐惧，甚至还可能产生一定的期待与向往。张先生还一再强调，生与死总是相生相伴的，庄严、宁静、美丽、安详的死亡，“皆可在从小到大，从少到老的生命历程中，刻意经营努力创造”[②]。他甚至不无幽默地指出：

> 人之所以怕死或者不愿意死，另一个原因是死前拖泥带水，好些事情未能断然处置、妥善交待。好比旅行住旅馆，离开时既未结账退房，也没有交还房门钥匙，一走了

---

① 张培耕：《笑谈生死话人生》，见《平衡的超越》，台北幼狮文化股份有限公司2004年版。

② 张培耕：《笑谈生死话人生》，见《平衡的超越》，第121页。

之怎能安心？要能走得干净利落，必须早作准备。如果诸事安排妥当，遗书交待得清清楚楚，自然不会牵肠挂肚、恋恋不舍[1]。

的确，如果我们真正树立起超脱豁达的精神，如果我们真正能在日常生活中慢慢学习死亡，体悟死亡的意义，做好充分的心理准备，及早把生前之事安排妥当，就能从容安详、别无牵挂地含笑而去。

不过，死是容易的，生却很艰辛；但人生的辉煌与壮丽，却又存在于生之中，包括死的崇高与尊严，也是生时所设计的。因此，明确了死亡的意义，却令我们更加珍重生命的价值；感受到生命的短暂，反使我们更加从容坚定地开拓进取，赋予生命以高贵丰富的内涵，让自已有限的人生燃烧出永恒而高贵的生命之光。

坦然面对死亡，以一种达观理性的态度超越生死，但同时又绝不向死神低头臣服，这就是张培耕先生在散文创作中极力倡导并身体力行的人生理念。张先生的这一人生理念，与他自己的人生经历和独特的生命体验是有直接关联的。他出生于北伐战争如火如荼的1926年，成长于烽火连天的抗日战争时期，在早年的人生经历中可谓尝尽了艰难困苦特别是颠沛流离的滋味；而家境的贫寒和生活的困苦更使他从小与麻疹、伤寒等病症缠斗不休，几度“生死一线间”；1975年，他在攀登台湾达芬山顶时，在海拔三千多米的山巅，突患胃部穿孔，幸亏亲友

① 张培耕：《笑谈生死话人生》，见《平衡的超越》，第112页。

的相助才得到及时救治，使他再次与死神擦肩而过；更不幸的是，在 1995 年的一次例行体检中，张先生的肝脏被检查出一个直径四公分的肿瘤。在常人看来，这等于是被宣判了死刑。但生性坚韧而达观的张先生没有气馁，以超出凡人的意志，与死神进行了顽强的抗争。他深知，生老病死虽然是人力绝对不能改变的自然法则，“人与死神之战，只有局部战役的胜利，没有最后的凯旋。但曾经胜过的人，毕竟还是一个勇者”[①]。他通过练习太极拳和气功，竟然奇迹般地恢复了。虽经多次手术和疾病，用张先生的话来说，就是“刀下余生”，他却每每以淡然从容之心面对，并怀着满腔热情投身到慈善事业和培养教育青少年成长的社会活动中。尤其可贵的是，他的大部分散文创作，竟然是在他 69 岁患肝癌以后创作完成的。这种坚忍的意志和从容淡定的人生态度，不能不让人惊叹不已。他在人生的最后岁月里，在与病魔不屈不挠的搏斗中，让平凡的生命开出了璀璨夺目的花朵。

二、“培源儒释道”的深厚底蕴

张先生的作品，是可以划归到“文化散文”的范畴以内的。他的一位友人曾以其名讳赠给他一副对联“培源固本儒释道；耕笔勤说益终生”[②]，可谓知己之言。张先生一生以笔耕耘数十载，可谓硕果累累；而他辛勤耕耘的那片沃土，则离不开

---

① 张培耕：《作者小传》，《驾驶与人生》，台北文史哲出版社 2001 年版，第 230 页。

② 书戈：《以智慧为钥，开显超越境界》，《智慧的钥匙》，台北慈济文化中心 2003 年版，第 2 页。

中国文化的深厚滋养。他善于从博大精深、源远流长的中国传统文化里汲取宝贵的精神资源，尤其是儒家学者们重视现实、自强不息以开拓生命意义的人生观念，道家文化中返璞归真、顺其自然的生命观，都深深地浸润着张先生的心灵；而佛家思想里的慈悲为怀、普度众生以及“诚正信爱”的人生理念，更伴随他度过了无数个与疾病搏斗的日夜。

对于博大精深、源远流长的中华传统文化，张先生素来怀有敬仰、羡慕之情，全然没有“五四”以来一些现代知识分子的傲慢与偏见，但他又绝非主张不加区别地全盘接受古人的主张。张先生指出，儒家所宣扬的“父子有亲、君臣有义、夫妇有别、长幼有序、朋友有信”等传统五伦，从现代的眼光来看，只是对农村宗法社会中“特定对象”所定的行为准则，已无法适应现代社会中互不相识却又彼此依赖的群己关系，因此在传统五伦以外，应增加一个“群己有分”作为“第六伦”，其具体内涵就是“心存公德公益，各守本分，严守法纪，尽应尽之义务，负应负之责任”。同样，原来的“仁、义、礼、智、信”等“五常之道”之外加上一个“法”，改为“六常之道”，因为遵守法律和秩序，乃是作为一名现代国民的前提条件。不守法纪，必然会成为文明社会的害群之马①。应该说，对于长期接受“反封建”思想教育的笔者而言，早已习惯了将“三纲五常”视为封建迷信，必欲除之而后快，读到这样的观点的确比较吃惊，不过仔细品味之后却又感觉不无道理。

不过，如果仅仅把张先生看作是在故纸堆里爬梳的思想守

① 张培耕：《谈建立第六伦》，见《平衡的超越》，第85页。

旧者，那就大错特错了。笔者发现，从叔本华、康德、马克思到萨特、汤恩比等现代西方哲人，以及中国当代学人朱光潜等人的观点，莫不被他合理地汲取并加以创造性转化，然后具体运用于笔端。因此，称张先生的散文创作为“融会中西”“贯通古今”的文化心理结晶体，绝非溢美之词。他的散文集《平衡的超越》中的开卷第一篇《愚公和西西弗斯》，就是比较中西方文化精神的精妙之作。长期以来，人们对“愚公移山”这则寓言的读解，往往只是“没有克服不了的困难，没有完不成的任务”一类豪言壮语，它在中国大陆甚至一度被当成“人定胜天”的注脚。张先生却从愚公“精诚所至、金石为开”的故事背后，看到了中国人观念中“天人合一”的思想印记：“在中国，天大地大人也大。人与神是相互尊重、彼此庇佑的敬爱关系，人与环境是彼此共存共荣的和谐关系，人与命运则是可以相互影响的变化关系。”这与西西弗斯的故事中所显示出来的、人与环境的对立及人与命运的顽强抗争，形成了鲜明的对比。愚公移山和西西弗斯被宙斯惩罚的故事，分别在中西方妇孺皆知，张先生从这两个最著名的神话故事入手，比较出中西方“神人关系”和思维方式的深层差异，称得上以小见大、言近旨远。

兼具中西文化底蕴的宏阔视野，使张先生的观点不仅独特别致，而且极具价值观念上的包容性：

> 天国是否真正存在？来生究竟是有无？属于信仰范畴，很难以科学方法论证其实有或予以完全否定。只要设想合理，解释合情，信者又深信不疑，死亡就成为一种向

往，一种超升。在这样的形而上世界中，生命的不朽就是一种真实，对人心有鼓舞和慰藉的作用，对社会有安定教化的功能①。

诚哉斯言！如此心态平和而宽容、视野宏远而阔大并兼具人类理性的睿智之言，对于当今很多国人来说，的确是“久违”了。张先生自称是“与佛有缘”的人。作为星云大师的“在家弟子”，他在晚年曾为佛光山的组织发展做出了贡献。这一人生历练不仅对他的整个人生观和价值观，也对他的散文创作产生了深刻影响。“显而易见，佛教义理的影响，既在他的心灵之中，也在他的笔尖之下。”②但细读张先生的文章会发现，他又绝非局限于宣扬某一家、某一派的学说与主张，他笔下时常出现的“上帝”等字眼，笔者更倾向于在道德伦理和文化象征的意义上加以理解。诚如他所说：“正直是最高的善，爱心是最大的慈。何谓先知？理性加智慧就是先知；谁是上帝，良知加公义就是上帝。”③

三、“道德文章”的现代传承

读张先生的文字，扑面而来的首先是一种浩然之气。这种浩然之气，不仅源于文字背后的凛然风骨，源于作者从容坚定的人生信念，也与作者那独特的文学观念不无关系。张先生多

① 张培耕：《笑谈生死话人生》，见《平衡的超越》，第112页。

② 星云：《祥和欢喜》，《张培耕纪念全集·总目序选》，台北幼狮文化事业股份有限公司2004年版，第6页。

③ 张培耕：《信仰与人生》，见《平衡的超越》，第54页。

次坦言，他秉承的是中国古代“文以载道”的儒家文学传统，并把自己的写作与古人一再宣扬的“立德”“立言”精神紧紧地联系在一起。也许在不少前卫文艺家们看来，这一文学观太过保守与陈旧了些，但中外文学史都已证明：当文学不仅仅局限于文学，而与社会人生有着更多更紧密的接触时，有时反而更能体现出自身的价值，特别是在它与天地正气、人间大道相结合的时候。张先生通过他的作品，自觉承担起了文学不应回避的催人向善、励人向上的社会责任。

笔者发现，张先生笔下出现次数最多的关键词之一，就是蕴含着中国古代文化深厚底蕴的“道”。在我们的古人眼中，“道”不仅是天地阖辟、日月运行和万物生长的本源，还是人间社会伦理规范和真善美圣的最高价值所在。所以“道”与“德”始终联在一起，正如老子所说：“道生之，德蓄之，是以万物莫不尊道而贵德。”张先生深深折服于这种“尊道而贵德”的文化传统，他通过文字所弘扬的“大道”，正是这种诚信为本、仁义友善的伦理精神，一种人和人之间的同情、关切与慈爱。

从古朴的伦理观念和纯朴的人性理想出发，张先生针对现代社会越来越物质化、功利化的不良倾向，一再表达了自己的深切忧虑与尖锐批判。应当承认，自西方资产阶级开启人类现代社会以来，科技文明的飞跃进步、物质生活的空前丰富和整个社会的日新月异，已成不可逆转的时代主潮。但人类在充分享受自我创造的新生活的同时，却又蕴藏着严重的道德隐忧和文明危机。被丰裕的物质生活所包裹的现代人，已越来越不善于倾听自己心灵深处的真实声音，越来越忽略了人性中柔软与节制的一面，甚至有些被日新月异的科技进步和人类一次次征服自然的胜利冲昏了头脑。张先生所表达的忧虑，正是当今很多智者共同的忧虑，可谓切中了当今中外社会的共同弊害。

张先生还把一种深邃的批判锋芒投向了现代教育体制。作为一名执教多年的中学教师，张先生对当前教育体制中愈演愈烈的功利化、物质化倾向是有深切痛感的。在他看来，只求专精、只讲成绩、只重视传授知识和训练技能的现代教育方式，只是一种狭隘意义上的“教育”，绝不能与春风化雨般的道德教化、人性提升相提并论。他痛切地感叹：“师道不存，杏坛晦暗，实在是教育的最大偏差和严重堕落。”[①]过度功利化和竞技化的教育，正在使教育失去教化的正面功能，造成人的异化和非人化，把富有灵性、充满丰富情感和深刻心灵体验的活生生的人，改造为社会大生产所需要的“工具”与“产品”。张先生大声疾呼：“如何从精神文明的倒退、人性异化的逆流中把人挽救出来，是当前教育工作最终友好最神圣的使命。”[②]为了强调道德熏陶在现代教育中应有的地位，他甚至主张，在原有智商（IQ）和近年流行的“情商”（EQ）之外，再加上一个“道德智商”（Moral Quotient）的概念，学校应该更加注重道德情怀的陶冶和自我情绪调控能力的培养。

可以说，教书与育人、为人与为文、立德与立言，在张先生那里得到了有机的统一。正如台湾著名政治家，前“行政院长”李焕先生在给张先生的信中所说：“大作的印行，应该有

① 张培耕：《回归人本的教育》，见《平衡的超越》，第36页。
② 张培耕：《回归人本的教育》，见《平衡的超越》，第38页。

利于世道人心，挽救青年一代的颓废心灵，暮鼓晨钟，实非过誉。”①当然，张先生的文字绝不只有刚性的一面，更与那些居高临下、道貌岸然的道德说教有天壤之别。他的文字中包含着批判，但这批判更像是涓涓细流，有着“润物细无声”般的洒脱与平易。张先生的所有文字，更像是一位平易近人的智者在与他的友人和晚辈之间的促膝长谈，因而很容易贴近读者那柔软乃至弱小的心灵。

四、“借禅以为喻”的诗性情怀

张先生既然是以“禅眼”看天下的，那么在他笔下，宇宙万物无不蒙上了一层伦理的色彩，那一草一木、一山一水都暗藏着无穷的意味，充满哲理的“玄机”。于是他笔下的梅、兰、竹、菊、松等植物，分别成了“圣洁坚贞”“高贵清远”“虚直高洁”“孤高淡雅”与“刚毅劲拔”等品质的象征。他更善于从人们习以为常、习焉不察的平凡琐事中，体悟到深邃独特的人生哲理。在驾车奔波时单调辛苦的路途中，张先生体悟出了驾驭人生的高超艺术：“前进后退，左转右弯，乃至变换车道，只要方向盘打得稳健灵活，肆应裕如。同样的道理，为人处事，既不可过分拘泥，亦不可任意方便。适度坚持，适度权变，人生的回转空间就会十分宽广。”②从远足登山、攀越高峰的过程中，张先生体验着生命的张力，求证着自我的价值：

---

① 李焕：《序〈平衡的超越〉》，《张培耕纪念文集·总目序选》，台北幼狮文化事业股份有限公司 2003 年版，第 8 页。

② 张培耕：《驾驶座上》，见《驾驶与人生》，台北幼狮文化事业股份有限公司 2004 年版，第 12 页。

"山是慈蔼温馨的摇篮、理性客观的教室，也是冷酷无情的战场。它使你深刻地理解到：何谓自力更生，何谓不屈不挠。作为一个登山者，山让你牢记向上向前的重要意义，永远必须置于舒适与安全之上。"因此，他愿"以山为友"，"以山为师"①。甚至在用面盆洗脸的日常行为中，张先生也体悟到一种禅意——"水，才是人类最早能够看到自己的一面镜子"②，并由此进一步生发道："滋润营养，水是一切生活的根源。网罟舟楫，水是历史文明的摇篮和起站。体悟深思，知解笃行，水更是人类聪明智慧、灵秀之气发祥的源泉。"③

张先生的文字，常常充满着佛家的禅意和哲人的悟性。而正是这种"禅悟人生"的视角与眼光，又使他能够见常人所未见，道别人所未道。例如"两点之间直线最短"这一几何学"公理"，可谓人尽皆知。但张先生反其意而用之，认为如果离开了纯粹数学或理论科学的范畴，那么它的绝对正确性则是大可怀疑的。"从人生的、哲学的、政治的以及军事的观点而论，十之八七，两点之间，曲线最短。"当然，至于应该曲到何种程度，又得"因时、因地、因人、因事而有不同"④。张先生的真正用意，是要阐述一种不应被当代人忽略的社会生活的辩证法——曲中求直、虚中有实。的确，当代社会是一个片面追求效率和速度、过于求新求异的社会，当代人已渐渐遗忘"慢中求快""苦中求乐"的古训，当然也不可能再有古人"十年寒

---

① 张培耕：《以山为师》，台北幼狮文化事业股份有限公司 2004 年版，第 2 页。

② 张培耕：《以水为鉴·自序》，台北幼狮文化事业股份有限公司 1993 年版。

③ 张培耕：《以水为鉴》，第 155 页。

④ 张培耕：《两点之间，直线最长》，见《以水为鉴》，第 10 页。

窗”的勤奋和耐心，只是盼望着“马到成功”，一步到位。有人甚至不计后果地追求感官满足，以牺牲美好的前程换来片刻的欢娱。长此以往，必将是社会素质的下降，后果是不堪设想的。——张先生的担忧绝非杞人忧天。

数学作为科学之母，构成了人类社会和文明发展的基础。张先生却告诫说：“在今天，人人自信了解数学并且经常加以运用，而又常被数学所骗而不自知。……不予界定，不加说明，数学能把你从地下骗到天上。”[①]张先生的这一番告诫，可以说切中了当前社会中人人深受其害、却又无能为力的一个重要弊端——数学的滥用。在当前社会，数学不仅不能帮助我们很好地解决“质”与“量”的问题，还被人用来大玩“魔术”，成为他们欺骗别人乃至误导公众的一个手段。笔者发现即使在人文科学领域，也渐渐形成了以数量决定一切的不良风气，其结果必然要造成大家对表面数字的过分倚重和依赖。要知道，把人等同于某一个简单的符号，把人生的意义简化为一堆数字是极其危险的。不仅不利于维护人性的尊严，更使人忽略了生命意义的创造与追寻。我想张先生所强调的“一加一不一定等于二”，对海峡两岸的“数字化”社会，都具有很好的警示意义。

这些“似非而是”之高论，初看不可思议，细细读后又觉贴切准确。笔者认为，这与作者那“借禅以为喻”的诗性情怀是不可分割的。笔者深信，禅的最高境界与诗的审美境界有着诸多相通相似处。这不仅因为佛家之禅与诗人之语在思维结构

① 张培耕：《一加一不等于二》，见《以水为鉴》，第6页。

中的深层相似，正如清人陈宏绪在《尺牍类钞·二集》中所说“禅以妙悟为主……诗亦如之，此相类而合者也”，更在于参禅悟道者那虚怀若谷、超凡脱俗的情怀，与真正意义上的审美心态是完全一致的。什么是美？康德曾有这样的至理名言：“美，就是不通过意识可以做出判断，不通过欲望而能产生快乐。”可见一个只知名利之好、只闻声色之香的功名利禄之徒，是绝对谈不上什么审美或审美经验的。当然他也绝不能看见那琳琅满目的自然人生之美。

以张先生那样的年纪，那样的气度，早已看过了太多的浮名虚利与世事幻象，于是留在其心中的，除了拓展人生价值、造福他人与社会的宏愿之外，就只有对美的驻足欣赏了。而只有在死神之光的映照下，生命才显得如此美丽可爱，如此让人留恋。

生与死的梦幻联欢

——读张万康《道济群生录》

“生存还是灭亡，这是个问题。”莎士比亚让笔下的哈姆莱特道出的这句经典台词，不知困惑了多少西方人。但对于中国人乃至深受汉文化熏染的全球华人而言，恐怕难以理解这如何会成为一个“问题”。因为他们的选择既明确又简单：当然是要活下去！正如林语堂所说：对于中国人而言，我们生活着的这个尘世才是“唯一的天堂”，因此要趁着人生尚未消亡之时尽可能地将其享受①。此种文化传统造就了华夏民族异乎寻常的生存意志与生命力，古老的中华文明也在一次次磨难中没有间断地延续至今；不过其缺陷或者说“劣根性”也有目共睹，那就是为了活下去，什么都可以忍受，包括自由和尊严的丧失。鲁迅笔下的阿Q即使举目无亲，一无所有，穷困潦倒到只能在土谷祠里“安身”的地步，依然得过且过、麻木不仁地活着，甚至无师自通地发明了一套“精神胜利法”，在白日梦般的自我想象与欺罔中自得其乐。可以想见，如果不是作家让

① 林语堂：《生活的艺术》，安徽文艺出版社1988年版，第136页。

他因一场“意外”而早早地“大团圆”，阿Q凭借他那良好的“心态”，完全能在贫困屈辱中“颐养天年”。不信可以读一读余华在20世纪90年代创作的著名小说《活着》。主人公徐富贵若被称为“阿Q第二”当不为过，虽饱经乱世沧桑和人间离乱，亲人们相继离去，他却依然乐天知命地活着。余华通过这部小说告诉人们：人是为活着而活着的，而不是为了活着之外的其他任何事物而活着。如果说鲁迅通过阿Q形象对中国国民劣根性的批判深邃有力，发人深省，那么余华在徐富贵这一人物身上体现的对于人生的执着与坚韧，同样令人深深地感动。

相对而言，张万康《道济群生录》中的万爸痴迷于尘世生活的程度，绝不亚于《活着》里的徐富贵。尽管万爸不像富贵那样“传奇”，也不如阿Q如此“典型”，但或许正因为万爸只是芸芸众生中毫不“起眼”的普通一员，在他身上反而可以更多地折射出华夏子民的文化心理共性。这位台湾老兵随遇而安的生活态度，以及对生活质量的要求之低，几乎到了令人咋舌的程度。你看他“但凡看到电灯亮着就想关，一盆水可以拿来作多种用途”的偏执，甚至连抽水马桶都舍不得用，“要用漱口杯去接水龙头的水，半杯水倒入马桶去冲，所剩半杯水留着，下次拉尿继续冲”①。此等“老一辈人”，相信很多人都有一种“似曾相识”的感觉。你再看他练就的那一身常人难以忍受的“忍术”与“忍功”：即使被推进了ICU（重症监护病房），“口含巨形吸管”却仍能保持昂扬的战斗意志和蓬勃的生

① 张万康：《道济群生录》，广西师范大学出版社2014年版，第21页。

命活力，“目光温柔而炯炯，精神济济且奕奕”，面对疾病和死亡可谓是“不屈不挠，不屈不退，不宁死不宁屈”[1]，并能神奇般地在病患的折磨中化苦为乐、以苦为乐地多活一天是一天。此等“登峰造极之变态化境”，连叙述者兼小说主人公万康都觉得不可思议。但知父莫如子，老父的求生意志如此坚定，为人子者岂能不奋发有为地拼命救治？于是作家让小说中的万康上魔山、下苦海，不仅在尘世间为濒危的父亲找到了“最好的医生”与“最好的护士”，给了老父“最好的治疗和照顾”，还让自己在灵界、冥界与天界之间纵横驰骋，请来了保生大帝、药师佛、日月菩萨、关二爷、吕洞宾等各路神仙大军，并召唤家里的猫狗和曾经救生过的信鸽齐齐助阵，与病魔展开了一场惊天地、泣鬼神的殊死大战。万康那拳拳爱父之心，孺慕孝亲之情，早已是人神共知，天地可鉴。难怪王德威先生将这部小说戏称为“新版第二十五孝”，简直可与古人的卧冰求鲤、割骨疗亲有得一拼，并认为“他（作家张万康）所有花招后面是个简单的心愿——我要我爹活下去”[2]，掷地有声又言简意赅地概括了整部小说的主旨。

然而生老病死终究是宇宙间芸芸众生的第一铁律，无论万康的心念怎样强大，也无论他的孝心与爱心如何感天动地，都无法让万爸的病情有真正的转机。年过 90 的万爸身患肺炎气喘，贲门狭窄到食物无法过关，连通过鼻胃管灌食都要遭遇“逆流呕出”，再加上肝硬化和腹水，还被怀疑患上了胰腺癌，

① 张万康：《道济群生录》，第 304 页。

② 王德威：《我要我爹活下去——小说二十五孝之〈道济群生录〉》，见《道济群生录》，第 8 页。

心肝肾同时衰竭。突遭如此来势汹汹的重疾之侵袭，即使神医华佗再世，恐怕也是回天乏术。因此相对于“我要我爸活下去”的强烈心愿，作家在字里行间表达的更像是一种“老爹让我帮他（继续）活下去”，而“我”却做不到的无力与悲怆。或许正是为了排解这种因“做不到”而导致的种种情感压力和道德焦虑，作家才更加积极地调动起各种想象手段，让小说中的万康不惜挑动众神灵围绕万爸之“命案”各显神威，斗智斗法，并在正邪神魔之间展开了一场“神灵荼毒”的“兵团大战”，直杀得天昏地暗，血海尸山。很显然，以万康的智识和敏感，他早就对生命本身的虚妄、现代医学的无能，以及对垂危老父之种种救治的徒劳，有了深深的洞察和感悟。此种生死关头，谁能保证下一步的“救治”不会演变成新一轮的折腾？更不要说医院的诊疗夹杂着不少误诊与漏诊；医生的建议反反复复，充斥着责任的推诿和彼此的“倾轧”了。那么应治疗到什么程度而不为过？人子万康面临的这一难题，其纠结并不亚于哈姆莱特在“生存还是灭亡”之间的难以抉择。于是我们看到，作家让小说中的万康时而与万爸并肩大战炎魔王及“恶水娘娘”，还勇闯地府，与众法官及鬼师爷据理力争，只为替父求得“一小块生活”；时而又与判官“同流合污”，站到了同一战壕，欲要亲手拔掉老爸呼吸器的插头，甚至大逆不道地奉劝老爸：“与其死在别人手里，不如死在我手里。你的病很艰难，我也怕他们糟蹋你。”[1] 只是万爸绝不肯向死神投降，“父子连心”的万康也就终究无法痛下“杀手”。——在这肆意想象和

---

① 张万康：《道济群生录》，第89页。

狂野笔墨的背后，折射出的却是一种求生不得、求死亦难的天下第一“囧”境与窘态。此种“鬼门关”前的弥留与挣扎，无论对于万爸本人还是万康等身边的亲人，都有着太多的无奈和凄苦。最后有劳阿弥陀佛和观音菩萨亲自出马，才算顺利地将万爸“接引”西去，送别的亲人也终于结束了这场旷日持久的劫难和煎熬。逝者已逝，活着的人还要继续活着。人生在世，少不了人与人乃至亲人之间的“迎来送往”，只要尽心尽力、问心无愧，便已足矣。

不过，如果你将这部小说仅仅视为弘扬孝道，为天下子女树立新时代“孝星”榜样的励志作品，或是凄凄惨惨戚戚的“发愤”与“诉苦”之作，那就大错特错了。事实上，真正令读者大跌眼镜并牢牢“拴住”其眼球的，应该是作家对传统叙事伦理的大胆颠覆。他在大悲大痛、生死攸关的“严重”关切中，又刻意营造了一副喜剧化乃至狂欢化的情绪氛围。不仅在字里行间处处显示出轻松幽默、滑稽可笑的艺术风格，更以种种大胆、越轨乃至“挑战人伦”的叛逆笔墨，写出了包括生老病死在内的尘世间种种荒谬、荒唐与可笑。我们实在不知作家凭借怎样的一种功力和定力，硬生生将一场原本哀痛惨烈的生死大战与愁云惨雾的生离死别写成了如此令人耳目一新，甚至挑战人们神经的生死大“联欢”？虽然死亡既是结束又是开始，既是哀恸也是欢喜（解脱），但像张万康这样将老父的往生写成庆生，将亲人离去的哀伤与“解放”的喜悦融为一体的奇特（当然也更加真实）书写方式，应该说还是相当“触目惊心”的。如此自由奔放、无拘无束乃至“肆无忌惮”的笔墨文字，自然源自作家的一种洒脱和自信。——一种道德与文化的自信。且不说作为人子，万康对其父已尽心尽力，知心贴己，在道德上无可挑剔；在文化心理上，则有药师佛、阿弥陀佛、日月菩萨、保生大帝、吕洞宾等诸位“神友”“佛友”及“道友”的相伴相助，不舍不弃，万康与万爸无论在生界、冥界还是神界，都不孤立无助、孤单寂寞。更有宫毘罗等佛界“虎将”为之出生入死；关帝爷等忠义之神与之并肩战斗，“捧头相送”；小鸽子等“通灵肉身”几欲成为红颜知己；就连负责勾取万爸性命的铁面判官也与之“亦敌亦友”，情同知交；甚至西方的基督天主都派了“洋神仙”前来助阵，万康与万爸又怎能不底气十足、无惧生死地在天地间“潇洒走（拼）一回”呢？

只有健康活泼、自由开放的文化传统，才能造就如此健康而蓬勃的心灵。儒道佛文化土壤的丰厚滋养，孕育了万爸与万康那自由生动、深厚沉潜与柔软细致的生命感受。他们既得到了天地诸神与人间社会的关爱与厚爱，也将这种爱互相分享与传递。万康对万爸的贴心知己，自然也与两人朝夕相处、日积月累的良好互动密不可分：他们是父子，更像是患难之交的朋友或无话不谈的兄弟。只有如此，万康对万爸那“单纯想活”的执着性格，才能了解最深，体会最切，在叹息、悲叹之余又充满理解和敬意，并对其性格品行进行了如此一番“知根知底”、自由率性的描述和演绎。从这一意义讲，万康与万爸都是幸运的。也正因如此，小说中的万康才能如同参透生老病死、生命轮回的佛陀一样，对人世间的一切于大彻大悟之后又能拈花一笑，并以一双洞察人性、理解人性的慧眼俯视着芸芸众生的种种闹剧和笑剧，欣赏着形形色色或高贵或卑劣的人性表演。可以说，他既洞察到了人类种种努力的徒劳，领悟到目标本身的虚无虚妄，又对其“知其不可而为之”的坚忍顽强无限钦敬；他既玩世不恭又充满温馨；既尖刻地讽刺着人性固有的弱点和尘世的阴暗，同时又善解人意；他嘲讽一切，调侃一切，洞达一切，甚至颠覆一切，却又包容一切，理解（善解）并欣赏一切，以出世的精神投入到入世的生活，在日日夜夜的操劳奔波和生老病死的疾苦中，快快乐乐地活着，同时将一种源远流长的文化传统和人生信念，“生生不息”地传递下去。

万康的幸运还在于他将“幻想”这一上天赐予的珍贵礼物应用发挥到了极致。是的，幸亏有了幻想这一神奇的“法术”，才使得原本悲哀而沉重、枯燥而乏味的尘世生活，平添了如此绚丽多姿、生动丰富的神气与灵气；多亏掌握了小说这一能上天入地、让心灵展开自由想象的艺术，作家才能如此轻松自如且出神入化地将一种原本是“往事不堪回首”的病痛书写，转化成了令人回味无穷的游戏大战。一方面是现实中的苦不堪言，压力重重，另一方面则是文字（幻想游戏）里的无穷乐趣，妙不可言。两者既相互对照又形影相随，互动连连，相辅相成。不过作家的幻想绝非是要在世俗生活之外构建一个独立的童话王国，更没有西方哲人想象超验世界的雄心壮志，相反却有着“既来源于生活又服务于生活”的鲜明世俗特色，从而使得现实与梦幻之间形成一种缠绵悱恻、难解难分的复合关系，并为小说增添了不少半真半假、亦真亦假、虚虚实实的独特美学气味。倘若没有这些虚实结合的艺术手段，很难设想作家在既没有曲折生动的故事情节，又缺乏丰满鲜明的人物性格之前提下，能将一个生老病死的传统题材写得如此有声有色，有滋有味。尤其是小说写到第九回之后，据悉，生活中的万爸已经病逝，照料与救治老父的现实压力已经不再，于是当初所有的痛苦体验似乎都变成了“美好”的审美回忆，过去的生死大战也演变成了古老的神魔交锋抑或时尚的网络游戏。作家的写作也就更加从心自如、轻松幽默，令读者直看得既惊心动魄又欢欣鼓舞，简直有些欲罢不能，欲停不止了。小说最后在“兵团大战”的高潮中戛然而止，多少有些让人“意犹未尽”。正所谓：与天斗，其乐无穷；与地斗，其乐无穷；与人斗，其乐无穷。那么与（病）魔斗，与鬼斗，岂不更加其乐无穷？作家贯彻到底的游戏娱乐精神，不仅超越了时空，超越了悲苦，也超越了一时的是非善恶。就其“彻底性”而言，与他那“单纯想活”的老爸简直如出一辙，难分伯仲。如果说万爸被惊呼为“天人”是当之无愧，那么写作者张万康堪称一大“鬼才”自不为过。更不要说支撑其父其子之心胸情怀的，同样是一种“化悲（苦）为乐”、以苦作乐的乐感文化精神。果然是“有其父必有其子”！

许荣哲的迷藏术

“生命里有无数捉迷藏。生命，本身就是一场繁复到你难以想象的捉迷藏。”许荣哲如是说。这一“生命迷藏论”虽然可视为“人生就像一场游戏一场梦”的某个变种，却将某些被我们忽视的生命本质活脱脱揭示了出来。

许荣哲的小说可视为他对这一独特生命感悟的艺术演绎，而在这方面他又表现出超乎寻常的想象力。最值得一提的当然是他的短篇小说《迷藏》，作家将这篇小说放置在小说集《迷藏》的卷首，并以此作为整部小说集的名字，可见它在作家心中的分量。小说的主人公同时也是叙述者“我”（萧国辉）小时候最爱与伙伴们玩捉迷藏的游戏，他们常常把一根竹竿插在广阔的金针花田里，“当鬼的人攀爬上竹竿的顶端，心中默数至一百。然后其他人迅速倒卧在金针花田里找掩护。数完数，当鬼的人可以先从高处往下眺望，然后再溜下竹竿找人”。这种别出心裁的“玩法”，其原型显然来自台湾高山地区竹排湾族的竹竿祭。许荣哲通过这一构思，将儿童嬉戏欢闹的轻松场面与带有恐怖特质的宗教习俗融为了一体。小说的一个中心情节是萧国辉反复做着同一个梦境：少年时期的他不幸被轮到

“当鬼”，于是他被小伙伴们恶作剧地悬吊于竹竿高高在上的尽头，最后“僵塑成突梯古怪、猴子攀爬大树的怪异姿势”，四周则是一望无际的金针花田。这实在是一个既唯美又冷酷、既惊悚又滑稽的画面。作家让这一画面在小说中反复出现并贯穿文本始终，只是被悬吊其上的人物时而是萧国辉本人，时而变成了萧国辉的童年伙伴沈再勇。而在这样的转换中，萧国辉时而成为众人施虐的对象，时而变成与大家一起对沈再勇施害的“凶手”或帮凶。其实，被悬吊于竹竿之上的究竟是谁已无关紧要，沈再勇就是萧国辉，萧国辉也正是沈再勇，两者既互相映射又合二为一。作品一再暗示只有沈再勇能洞悉萧国辉的一切，有些事情“甚至连我都不清楚”，沈再勇却知道，“他什么都知道”。可见“什么都知道”的沈再勇更像是萧国辉的另一个自我。而这一画面究竟是“我”的记忆，还是“我”的梦境与幻觉，更显得无关紧要了。至于整篇小说究竟是沈再勇在跟小伙伴们“捉迷藏”，还是萧国辉的记忆在跟他“捉迷藏”，抑或是叙述者也即作者在跟读者“捉迷藏”，当然也是无关紧要的。唯一能确定的只是，作为读者的我们已陷入作家精心设置的“藏猫猫”的迷宫中。

读许荣哲的小说就像在重温青春期做过的一个个荒诞不羁的白日梦。青春是做梦的年纪，但许荣哲的梦幻里很少有对未来美好的憧憬，总是充斥着荒诞不羁的死亡和形形色色的病态。他的“胡思乱想”往往离不开精神病态者的创伤记忆与幻觉，以及被压抑着的火热心灵的青春骚动、青春逆反期的叛逆反抗和恶作剧。与此相应，许荣哲的“白日梦”里也很少有奥特曼、蝙蝠侠一类顶天立地、拯救人类的英雄形象，相反他笔下的主人公大多是一群难以融入主流社会，有着各种各样心理问题的少男少女，像《为什么都没有人相信》中因学业和社会压力而几近精神崩溃的补习生，以及《失控》中那位因“粗心大意”或者说“失控”而在大学入学考试中得了“七个零分”的周月雅，《泡在福马林里的时间》里那位住在台北市边陲地带，“好像也是整个中国、整个世界的边陲”的忧郁女孩，还有《那年夏天》中和据此扩张而成的长篇小说《寓言》中三位无所事事、喜欢跟大人“玩消失”的浪游少年。他们往往是被主流社会所抛弃、被学校老师所鄙视、甚至被父母等亲人所忽视的“问题少年”。此外就是一些虽饱经沧桑却最终被时代和社会所抛弃、变得一无所有的老人，如《逃啊，赵甲》中的赵甲；以及藏匿于深山老林、与主流社会和城市文明切断了联系的山地族群，如《漂泊的湖》中那个被描绘为“世界边缘”的崖中学及其山地社会。许荣哲笔下的一个突出意象是“边缘”与“边陲”，主要人物则是被社会严重忽视的以少年儿童、老人为主的社会边缘者。他们与主流社会格格不入，似乎只有躲在人迹罕至的萤火虫的世界里玩些“捉迷藏”的恶作剧游戏，在城市的大街小巷无所事事地游荡，在百无聊赖中打发空虚的时光，才能找到自己的“存在感”；或者回到自己用梦境、幻觉和记忆编织的带有阿Q式的“心灵温柔乡”中，才能对抗冷酷无情、空虚无聊的生命现实。

许荣哲的小说相当敏锐且痛感地表现了台湾“后现代”社会中一部分都市少年的病态人生与病态心理。许多人往往想当然地认定当今社会的新一代年轻人成长于“蜜罐”中，充分享受着现代文明的各种便利，与他们饱经苦难、历经动荡与沧桑的父辈及祖辈相比，理应要幸运和幸福许多。殊不知一代人有一代人的甘苦，正如物质生活的丰富不能导致心灵的富有一样，衣食无忧的生活更不能体现新一代人的价值感和存在感。在作家笔下，生命的孤寂、空虚和被漠视，要比人生历程中的苦难和不幸更可怕，其难以忍受的程度甚至已超过了生命的消失——死亡本身。《失控》中的周月雅发出这样的见解：“我并不怕世界末日，如果可以选择的话，我还比较喜欢世界末日，但是我怕一个人孤寂的死去。像上次大地震的时候，我一个人躲在桌子底下哭。地震停了，我还是没能从桌子底下爬出来，我还是不停地哭，哭着哭着就在桌子底下睡着了。我其实并不怕被压死，我怕的是一个人死在异乡，没有人知道这栋大楼底下死了一个我。”的确，无论生命多么卑微都离不开呵护与关注，年轻的人生尤其需要关爱、鼓励与喝彩。东西方作家都曾深邃细致地渲染过“死无葬身之地”的人生大恸，但在许荣哲看来，比“死无葬身之地”更甚的，却是死（消失）后仍无人关注的悲哀。人与人之间的冷漠无情，现代社会的畸形变态皆可由此折射出来。他小说中的很多人物不惜以“玩消失”的极端方式，向周围的人们宣示自己的存在，但往往仍是徒劳。《泡在福马林里的时间》中的那位女孩，被恶作剧的同学用胶带和绳子捆绑后“关进教室后面的杂物柜里”，她“消失”后却没有引起任何反响。面对少了一个同学的课堂，老师只是“粗心”地把她当成了另一位经常逃课的学生，轻轻地说了一句：“嗯，又没来啊。”可见个体生命的卑微和被忽视已到了“令人发指”的程度。许荣哲如果能沿着这一主题进一步深入开掘，相信一定会触及台湾后现代社会的种种复杂面向，也可为台湾文学拓出一片新领地。

但令人遗憾的是，相对于对这些卑微者和边缘者给予冷峻的剖析和深入的表现，许荣哲更喜欢跟读者玩“捉迷藏”。他在讲述一个个生命悲哀的故事时还刻意增加了一种貌似轻松的恶作剧式的调侃语气。尽管由此造就了他那略带嘲讽和玩世不恭意味的独特叙述风格，却无疑大大削弱了许荣哲小说的悲剧内蕴和对社会的批判力度。作家那玩世的“迷藏”哲学和“迷藏术”，以及由此导致的游移不定的“白日梦”式的思维定式和构思方式限定了他，常常使他难以真正“深刻”与“集中”起来。许荣哲本人或许发现了自己的这一困境，所以他多方努力并尝试自我突围。近年来他把更多精力转向长篇小说创作，并在题材上有意识地向“重大题材”靠拢。在《寓言》中，他试图把三个浪游少年的浪游经历与体验，与台湾历史上的“美浓反水库运动”等“重大”社会政治运动联系起来；而在另一本“台湾第一部描写921大地震的长篇小说”《漂泊的湖》中，他甚至将这种戏谑式的“迷藏术”与大地震连接在一起。但作家显然无法将自己“玩世”“调侃”的艺术个性与此类严肃的社会历史事件、自然灾难题材有机地融为一体。如果说在短篇小说《逃吧，赵甲》中，作家将赵甲似真似假的人生记忆和经历，与70年代的“保钓运动”、国民党“反共复国”等历史事件串联起来，尚能揭示出台湾社会的风云变幻和滑稽可笑的社会乱象，以及“所有的意义都在扭曲变形，变成另一种意义逃走”的人生荒诞感；《寓言》中三个浪游少年无所事事的浪游，也可反衬出大人世界一本正经的“美浓反水库运动”的荒谬可笑；那么到了《漂泊的湖》中，这种刻薄的嘲讽和玩世哲学似乎与小说表现的灾难背道而驰。惊天动地的大地震或许可以说是造物主跟人类玩了一场“捉迷藏”的小游戏，然而“游戏”背后却是成千上万的生命消失，成千上万的家庭生离死别。其中的痛楚和悲哀，没有身临其境、感同身受的人无论如何是难以体谅的。指出人类社会的“游戏”本质固然勇气可嘉，但对人类灾难的戏谑和调侃，却很容易走向“玩笑过大”的反面。人类虽然常常身陷迷藏之中，却应努力获得穿透迷藏的力量，让自己超越于迷藏本身。

捉迷藏的乐趣不仅在寻找与发现的过程，更在于通过“消失”和“出现”的转换，使心智未开的儿童获得一种“重整世界”的快乐。这样一种快乐与青春期的白日梦，以及各种艺术虚构简直如出一辙。但“生命里”有无数捉迷藏与“叙述里”有无数捉迷藏并非一回事，尽管两者有时可以彼此融汇，相得益彰。如叙述者的颠三倒四、真真假假可以让读者“感同身受”地体验到“迷藏”的无所不在，从而在一次次“消失—寻找”以及“上当受骗”中充分领略叙述的魅力。不过这同时也对作家的叙述创新提出了更高要求。因为对作家而言，这无异于一场艰难的冒险游戏。如果游戏失败或创新程度未能满足读者的期待，就如同只会重复“狼来了”的那个小孩子一样，原本生动有趣的游戏很容易变成被轻易识破且陈旧无奇的谎言。许荣哲小说《为什么都没有相信》里的周月娥，无论怎样强调和埋怨“我说的都是真的，你们怎么都不相信”，终究还是无法让人相信她。事实上，在叙述者与读者之间，以及作者和期待读者之间，更应维系一种牢固的信任关系，如同玩“捉迷藏”游戏的小伙伴之间需维持信任关系一样。

当然，对于“捉迷藏”最为喜欢和痴迷的还是涉世未深、童真无邪的少年儿童。我相信，在深入走进儿童心灵世界，放下身段、设身处地为少年儿童“捉迷藏”这一领域，“许叔叔”尚有广阔的施展空间。

后 记

本书是我多年来从事华文文学研究的学术结晶。收入本书前，部分文字曾在学术期刊发表，在此感谢刘勇、李怡、李良、易晖、朱建国、池雷鸣等师友的帮助提携。

本书第九章《灵动的中华神》一文，系与我的博士研究生叶枝梅同学合作完成，在此特别说明。

沈庆利

2017 年 12 月